and the
Order of the Phoenix

HARRY POTTER & THE ORDER OF THE PHOENIX

First published in Great Britain in 2003 by Bloomsbury Publishing Plc
Text © J.K. Rowling 2003
Publishing and Theatrical Rights © J.K. Rowling
Cover illustrations by Jonny Duddle © Bloomsbury Publishing Plc 2014
Map illustration by Tomislav Tomic © J.K. Rowling 2014
All characters and elements © and TM Warner Bros. Entertainment Inc. All rights reserved.
Korean translation copyright © 2019 by Moonhak Soochup Publishing Co., Ltd.

저자의 저작인격권이 보장되어 있습니다.
이 책에서 등장하는 모든 인물과 사건은 허구이며 실존 인물과 사건을 연상시키는 부분이 있더라도
이는 저자의 의도와 무관합니다.

이 책은 저작권사와의 독점계약으로 ㈜문학수첩에서 출간되었습니다.
저작권법에 의해 한국 내에서 보호를 받는 저작물이므로 무단 전재와 무단 복제를 금합니다.

불사조 기사단
5

J.K. 롤링 지음 | 강동혁 옮김

문학수첩

나의 세상을

마법처럼 만들어 주는

닐, 제시카, 데이비드에게

HARRY POTTER
불사조 기사단 1

1장	디멘터의 공격을 받은 더들리	15
2장	부엉이 떼	45
3장	선발대	80
4장	그리몰드가 12번지	107
5장	불사조 기사단	138
6장	고귀하고 유서 깊은 블랙 가문	169
7장	마법 정부	205
8장	청문회	229
9장	위즐리 부인의 고뇌	252

HARRY POTTER
불사조 기사단 2

10장	루나 러브굿	15
11장	기숙사 배정 모자의 새 노래	47
12장	엄브리지 교수	80
13장	덜로리스와 함께한 방과 후 징계	127
14장	퍼시와 패드풋	173
15장	호그와트 장학관	216
16장	호그스 헤드에서	254

HARRY POTTER
불사조 기사단 3

17장	교육 법령 24조	15
18장	덤블도어의 군대	53
19장	사자와 뱀	92
20장	해그리드의 이야기	129
21장	뱀의 눈	164
22장	세인트 멍고 마법 질병 상해 병원	204
23장	폐쇄 병동에서의 크리스마스	247

HARRY POTTER
불사조 기사단 4

24장	오클루먼시	15
25장	궁지에 몰린 딱정벌레	59
26장	본 것과 미리 보지 못한 것	102
27장	켄타우로스와 고자질쟁이	147
28장	스네이프의 가장 끔찍한 기억	189
29장	진로 상담	233
30장	그롭	273

HARRY POTTER
불사조 기사단 5

31장	O.W.L.	15
32장	벽난로 밖으로	55
33장	싸움과 탈출	90
34장	미스터리부	112
35장	베일 너머	140
36장	그가 두려워한 단 한 사람	183
37장	잃어버린 예언	204
38장	두 번째 전쟁의 시작	245

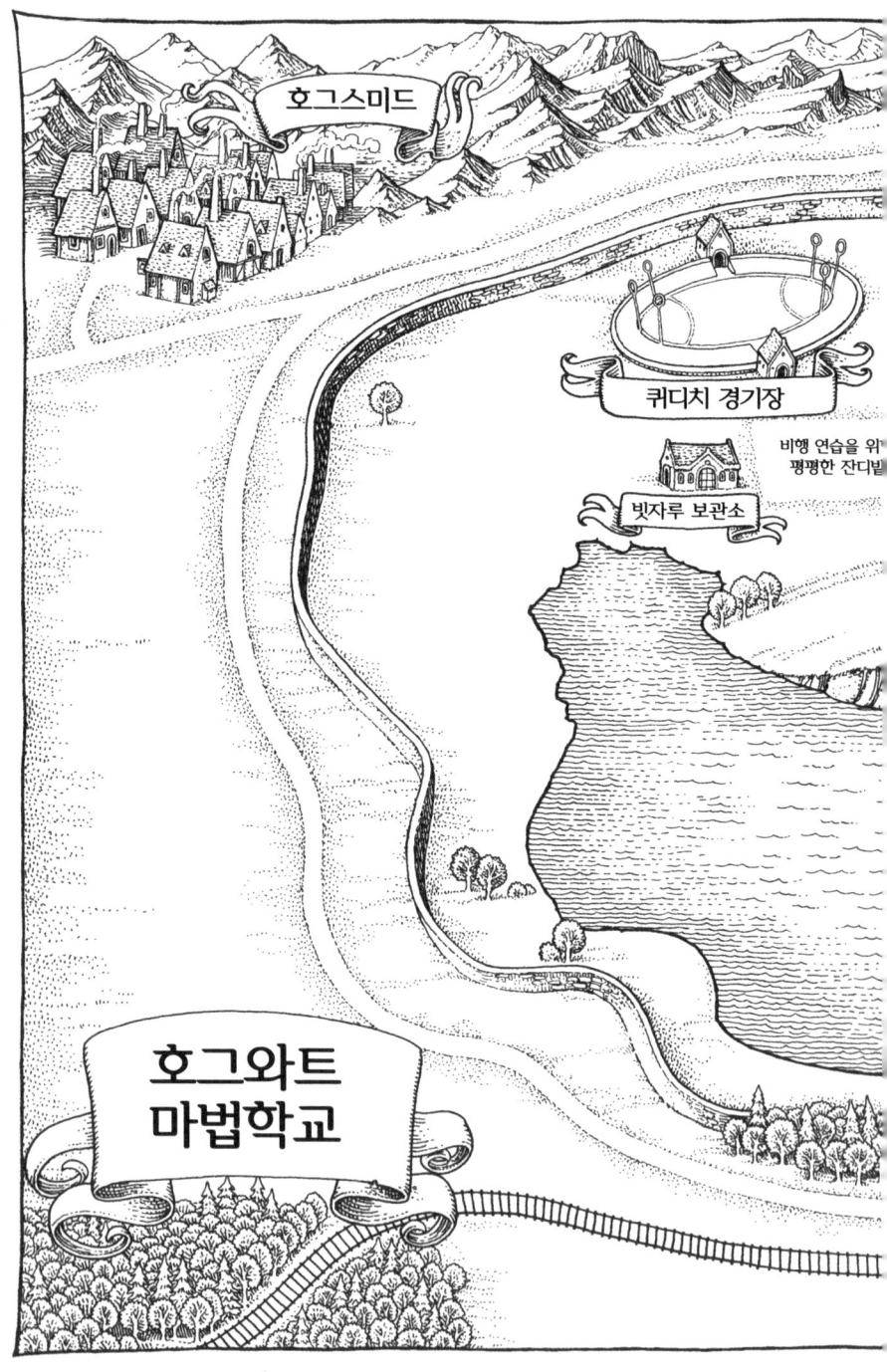

일러두기

- 이 책은 2003년에 한국에서 처음 출간된 '해리 포터' 시리즈의 《해리 포터와 불사조 기사단》을 새로 번역한 것으로, 2014년 Bloomsbury Publishing Plc.에서 출간된 J.K. Rowling의 *Harry Potter and the Order of the Phoenix*를 저본으로 삼았다.
- 인명 등 고유명사의 표기는 국립국어원 외래어표기법과 오디오북의 발음을 따랐으나, 이미 널리 굳어진 몇몇 명칭('호그와트', '헤르미온느', '래번클로', '후플푸프' 등등)은 기존 한국어판 번역을 그대로 따랐다.
- 역주는 본문 중에 '—옮긴이'로 표시했다.

31장
O.W.L.

 론은 그리핀도르가 퀴디치 우승컵을 차지하는 데 한몫했다는 사실에 너무 도취된 나머지 다음 날 어떤 일에도 집중하지 못했다. 그가 오직 시합 얘기만 하고 싶어 했으므로, 해리와 헤르미온느는 그룹에 관한 얘기를 꺼낼 기회를 잡을 수가 없었다. 사실 두 사람 모두 그 얘기를 해 주려고 그렇게 열심히 애쓴 건 아니었다. 둘 다 론을 그토록 잔인한 방식으로 현실로 돌려놓고 싶은 마음은 없었던 것이다. 날이 화창하고 따뜻했기에 그들은 휴게실보다 다른 사람들이 엿들을 가능성이 적은 호숫가의 너도밤나무 아래에서 함께 시험공부를 하자고 론을 설득했다. 처음에 론은 이 제안을 별로 탐탁하게 여기지 않았다. 가끔씩 '위즐리는 우리의 왕'이

터져 나오는 것은 물론, 모든 그리핀도르 학생이 지나가면서 등을 두드려 주는 상황을 한껏 즐기고 있었기 때문이다. 하지만 잠시 후 그는 신선한 공기를 쐬면 좋을 거라는 데 동의했다.

그들은 너도밤나무 그늘 아래 책을 펼쳐 놓고 앉았다. 그러는 동안 론은 시합에서 첫 골을 막아 낸 순간을 자세히 들려주었다. 느낌상 열두 번째쯤 되는 것 같았다.

"그러니까 내 말은, 난 이미 데이비스한테 한 골을 먹었잖아. 그래서 그렇게 자신감이 들지는 않았어. 근데 나도 모르겠어. 브래들리가 나한테 다가오는데 난데없이 이런 생각이 들더라. '넌 할 수 있어!'라고. 그리고 어느 방향으로 몸을 날려야 하는지 판단하기까지 1초 정도 있었어. 브래들리는 오른쪽 골대를 겨누는 것처럼 보였지. 정확히 말하면 내 오른쪽 골대 말이야. 브래들리한테는 왼쪽이고. 하지만 이상하게 그 녀석이 속임수를 쓰고 있다는 기분이 들어서 위험을 무릅쓰고 왼쪽으로 날아갔어. 그러니까, 그 녀석의 오른쪽으로 말이야. 그리고, 뭐, 그다음에 무슨 일이 일어났는지는 너희도 봤으니까." 그는 겸손한 척 말을 맺으며 바람에 자연스럽게 휘날린 것처럼 보이도록 쓸데없이 머리카락을 뒤로 넘기더니, 근처에 있는 사람들(수다를 떨고 있는 후플푸프 3학년 무리)이 자기 말을 들었는지 확인하려고 주위를 흘끗 둘러보았다. "그다음 5분쯤 지나서 체임버스가 날아왔을 때는…… 뭐야?" 론이 해리의 표정을 보고 말을 멈추며 물었다. "왜 웃는 거야?"

"안 웃었어." 해리는 재빨리 말하고는 표정을 바로잡으려고 애쓰며 변환 마법 필기를 내려다보았다. 실은 방금 론을 보자 한때 바로 이 나무 아래 앉아 머리카락을 흩뜨리던 또 다른 그리핀도르 퀴디치 선수가 떠올랐던 것이다. "그냥 우리가 이긴 게 기뻐서 그래. 그게 다야."

"그래." 론이 그 단어를 음미하며 천천히 말했다. "우리가 이겼어. 지니가 걔 코앞에서 스니치를 잡았을 때 챙이 지은 표정 봤어?"

"울었겠지?" 해리가 씁쓸하게 말했다.

"뭐, 그래…… 그보단 화를 낸 것에 가까웠지만……." 론이 얼굴을 살짝 찌푸렸다. "걔가 땅에 내려섰을 때 빗자루 던지는 건 봤지?"

"어……." 해리가 말을 끌었다.

"음, 실은…… 못 봤어, 론." 헤르미온느가 책을 내려놓으면서 무겁게 한숨 쉬더니 미안한 듯 그를 보며 말했다. "사실 해리랑 내가 그 시합에서 본 건 데이비스의 첫 골뿐이었어."

론이 신경 써서 흩뜨린 머리카락이 실망감에 축 처지는 것처럼 보였다. "못 봤다고?" 그가 힘없이 둘을 돌아보며 말했다. "내가 그 골들을 막아 내는 걸 하나도 못 봤단 말이야?"

"음, 그래." 헤르미온느가 달래듯 그에게 손을 내밀며 말했다. "하지만 론, 우리도 경기장을 떠나고 싶지 않았어. 어쩔 수 없었어!"

"아, 그래?" 론이 말했다. 얼굴이 빨개지고 있었다. "왜?"

"해그리드 때문에." 해리가 말했다. "해그리드가 거인들한테 다녀온 이후로 왜 계속 상처투성이가 됐는지 말해 주기로 했거든. 우리한테 같이 금지된 숲으로 들어가 달랬고, 우리에게는 선택의 여지가 없었어. 너도 해그리드를 잘 알잖아. 아무튼……."

이야기는 5분 안에 전달되었고, 설명이 끝나자 론의 화난 표정은 절대 믿을 수 없다는 표정으로 바뀌어 있었다.

"*거인을 데려와서 금지된 숲에 숨겨 놨다고?*"

"응." 해리가 우울하게 말했다.

"아냐." 이렇게 말하면 사실이 아닌 게 된다는 듯 론이 말했다. "아니야. 그럴 리 없어."

"아니, 이미 그렇게 했어." 헤르미온느가 단호하게 말했다. "그롭은 키가 5미터쯤 되고, 6미터짜리 소나무를 뽑는 걸 재미있어하고, 나를……." 그녀가 코웃음을 쳤다. "'헤르미'라고 알고 있어."

론이 초조한 웃음을 터뜨렸다.

"그리고 해그리드가 우리한테 바라는 건……?"

"그래, 그롭한테 영어를 가르쳐 주는 거야." 해리가 말했다.

"정신이 나갔네." 론은 거의 두려움에 질린 목소리로 말했다.

"응." 헤르미온느가 《중급 변환 마법》 페이지를 넘겨 부엉이가 오페라 안경으로 변하는 모습을 보여 주는 연속 그림을 노려보며 짜증스럽게 말했다. "그래, 나도 해그리드가 정신이 나갔다는 생각이 들기 시작했어. 하지만 불행하게도, 해그리드는 해리랑 내가 약속을 하게 만들었어."

"뭐, 약속이야 깨면 그만이지." 론이 단호하게 말했다. "그러니까 내 말은…… 우리는 시험도 봐야 하고, 퇴학을 당하기까지……." 그는 손을 들어 엄지와 검지를 거의 닿을 듯이 해 보였다. "……요만큼 남았다고. 게다가 어쨌든…… 노버트 기억하지? 아라고그 기억하지? 해그리드의 괴물 친구들하고 얽혔다가 일이 잘 풀린 적이 한 번이라도 있었냐?"

"나도 알아. 문제는 그냥…… 우리가 약속을 했다는 거야." 헤르미온느가 작은 소리로 말했다.

론은 넋이 나간 표정으로 머리카락을 다시 납작하게 눌렀다.

"뭐……." 그가 한숨을 쉬었다. "해그리드는 아직 해고당한 게 아니잖아? 지금까지 잘 버텨 왔으니까, 학기가 끝날 때까지 버틸 수 있을지도 몰라. 그럼 아예 그롭 근처에 갈 필요가 없을 거야."

햇빛이 내리쬐는 교정은 새로 색칠한 것처럼 빛나고 있었다. 구름 한 점 없는 하늘은 매끄럽게 반짝이는 호수에 비친 자기 모습을 보고 미소 지었다. 보드랍고 윤이 나는 초록색 잔디는 산들바람에 가끔씩 물결쳤다. 6월이 되었지만, 5학년 학생들에게 그것은 단 한 가지만을 의미했다. 드디어 O.W.L.이 닥쳐온 것이다.

교수들은 더 이상 숙제를 내주지 않았다. 수업은 교수들이 생각하기에 시험에 나올 가능성이 가장 높은 내용을 복습하는 데 할애되었다. 굳은 의지로 가득 찬 열띤 분위기가 해리의 머리에서 O.W.L.을 제외한 모든 것을 몰아냈지만, 마법약 수업 시간이 되면 가끔씩 루핀이 스네이프한테 해리에게 오클루먼시 수업을 계속해 주어야 한다고 말했는지 궁금해지기도 했다. 만약 루핀이 그 말을 했다면 스네이프는 지금 해리를 무시하는 것만큼이나 철저하게 루핀을 무시한 셈이었다. 해리에게는 오히려 다행인 상황이었다. 그는 스네이프와의 과외수업이 아니더라도 상당히 바쁘고 긴장한 상태였다. 다행히 헤르미온느도 요즘 딴 데 너무 정신이 팔려 있어서 오클루먼시에 관해 꼬치꼬치 묻지 않았다. 그녀는 혼자 중얼거리며 많은 시간을 보내고 있었고, 집요정 옷도 며칠째 내놓지 않았다.

O.W.L.이 하루하루 다가올수록 이상하게 구는 사람은 헤르미온느뿐만이 아니었다. 어니 맥밀런은 시험공부와 관련해서 사람들을 취조하는 짜증 나는 습관이 생겼다.

"넌 하루에 몇 시간이나 공부하는 것 같아?" 약초학 교실 앞에 줄서 있는데 그가 미친 사람처럼 눈을 번뜩이며 해리와 론에게 물었다.

"모르겠는데." 론이 말했다. "몇 시간쯤 되겠지."

"여덟 시간쯤?"

"그만큼은 안 될걸." 론이 약간 놀란 표정으로 말했다.

"나는 여덟 시간 하고 있어." 어니가 가슴을 부풀리며 말했다. "여덟 시간이나 아홉 시간. 매일 아침 식사 전에 한 시간은 하려고 해. 평균 여덟 시간이야. 운이 좋으면 주말에는 열 시간도 할 수 있어. 월요일에는 아홉 시간 반을 했고. 화요일에는 별로 못 했어. 겨우 일곱 시간 십오 분 했거든. 그리고 수요일에는……."

그 순간 스프라우트 교수가 그들 세 사람에게 온실로 들어오라고 말했다. 그 덕분에 어니가 장황하게 늘어놓던 이야기를 그만두게 되어서 해리는 무척 고마웠다.

한편, 드레이코 말포이는 혼란을 조장하는 다른 방법을 찾아냈다.

"당연한 얘기지만 중요한 건 뭘 아는지가 아니야." 시험이 시작되기 며칠 전, 마법약 교실 앞에서 그가 크래브와 고일에게 큰 소리로 말하는 것이 들렸다. "누구를 아는지가 중요하지. 뭐, 우리 아버지는 오랫동안 마법사 시험 관리국 국장하고 친하게 지내 오셨거든. 그리젤다 마치뱅스라고, 우리 집에 저녁 식사 초대도 하고 그랬어."

"저게 사실일까?" 헤르미온느가 놀라서 해리와 론에게 속삭였다.

"사실이라도 우리가 뭘 어쩌겠어." 론이 우울하게 말했다.

"사실이 아닐 거야." 네빌이 뒤에서 조용히 말했다. "그리젤다 마치뱅스는 우리 할머니 친구분인데, 말포이네 얘기를 하신 적이 한 번도 없거든."

"어떤 분이야, 네빌?" 헤르미온느가 즉시 물었다. "엄격하신 분이니?"

"실은, 우리 할머니랑 좀 비슷해." 네빌이 가라앉은 목소리로 말했다.

"그래도 그분을 알아서 해가 될 건 없겠다. 안 그래?" 론이 기운을 북돋우려는 듯 그에게 말했다.

"글쎄, 뭐가 달라질 것 같진 않아." 네빌이 더욱 비참한 목소리로 말했다. "할머니는 항상 마치뱅스 교수님한테 내가 우리 아빠만큼 잘하지는 못한다고 하시거든……. 뭐…… 세인트 멍고에서 우리 할머니 봤잖아."

네빌은 바닥에 시선을 고정하고 있었다. 해리, 론, 헤르미온느는 흘깃 서로 시선을 주고받았지만 무슨 말을 해야 할지 알 수 없었다. 그들이 마법사 병원에서 만난 일을 네빌이 입에 올린 건 이번이 처음이었다.

한편, 5학년과 7학년 사이에서는 집중력과 두뇌 회전, 각성 상태에 도움이 되는 약물을 사고파는 암시장이 성행하고 있었다. 해리와 론은 래번클로의 6학년생 에디 카마이클이 권한 바루피

오의 뇌 활성 묘약에 큰 유혹을 느꼈다. 그는 작년 여름 자신이 O.W.L.에서 아홉 개의 '출중함' 등급을 받은 건 전부 그 덕분이라고 장담하면서, 단돈 12갈레온에 0.5리터를 팔겠다고 했다. 론은 해리에게 호그와트를 졸업해 취직하자마자 자기 몫의 약값을 갚겠다고 말했지만, 그들이 거래를 마무리 짓기도 전에 헤르미온느가 카마이클에게서 약병을 압수하더니 내용물을 변기에 몽땅 쏟아부어 버렸다.

"헤르미온느, 우린 그걸 사려고 했단 말이야!" 론이 소리쳤다.

"멍청하게 굴지 마." 그녀가 으르렁거리듯 말했다. "차라리 해럴드 딩글의 용 발톱 가루를 먹든가."

"딩글이 용 발톱 가루를 가지고 있어?" 론이 기대감에 차서 물었다.

"이제 없어." 헤르미온느가 말했다. "그것도 압수했거든. 이런 것들 중에 실제로 효과가 있는 건 하나도 없단 말이야."

"용 발톱은 효과 있어!" 론이 말했다. "믿을 수가 없을 정도래. 머리 회전을 빠르게 해 줘서, 몇 시간 동안 엄청나게 똑똑해진다는 거야. 헤르미온느, 조금만 먹게 해 주라, 응? 해로울 것 없잖……."

"그건 해로울 수도 있어." 헤르미온느가 으스스하게 말했다. "내가 살펴봤는데, 사실은 말린 독시 똥이었어."

이 정보는 두뇌 자극제에 대한 해리와 론의 열망에 찬물을 끼얹었다.

그들은 다음 변환 마법 수업 시간에 시험 일정과 O.W.L. 진행에 대한 자세한 안내를 전달받았다.

학생들이 칠판에 적힌 시험 날짜와 시간을 베껴 쓰고 있을 때 맥고나걸 교수가 말했다. "보다시피 O.W.L.은 2주 연속으로 진행됩니다. 오전에는 이론 필기시험을 보고, 오후에는 실기시험을 치를 겁니다. 물론, 천문학 실기시험은 밤에 실시됩니다. 자, 여러분의 시험지에는 가장 엄격한 부정행위 방지 마법이 걸려 있다는 사실을 경고해야겠군요. 자동 정답 깃펜은 시험장 안에 갖고 들어갈 수 없고, 리멤브럴이나 탈부착 커닝 옷소매, 자동 수정 잉크도 마찬가지입니다. 이런 말을 해서 유감이지만, 매년 자신이 마법사 시험 관리국의 규칙을 피해 갈 수 있다고 생각하는 학생이 적어도 한 명은 나오는 것 같더군요. 그리핀도르에는 그런 학생이 없기를 바랄 뿐입니다. 우리의 새로운 교장 선생님이……." 맥고나걸 교수는 피튜니아 이모가 유독 잘 안 닦이는 얼룩을 볼 때와 같은 표정을 지으며 그 단어를 발음했다. "기숙사 담임 교수들에게, 부정행위를 하면 아주 가혹한 처벌을 받게 될 거라는 말을 학생들한테 전해 달라고 부탁했습니다. 왜냐하면, 당연히 여러분의 시험 결과가 교장 선생님의 새로운 학교 운영 성과를 반영할 테니까요."

맥고나걸 교수가 아주 작게 한숨을 쉬었다. 그녀의 뾰족한 코가 벌름거리는 것이 보였다.

"……아무튼, 그게 여러분이 최선을 다하지 말아야 할 이유가 되진 않습니다. 여러분은 여러분 자신의 미래를 생각해야 하니까요."

"질문이 있는데요, 교수님." 헤르미온느가 손을 들고 말했다. "시험 결과는 언제 알게 되나요?"

"7월 중에 부엉이가 갈 겁니다." 맥고나걸 교수가 말했다.

"좋은데." 딘 토머스가 다 들리는 목소리로 속삭였다. "그러면 방학 때까지는 걱정할 필요가 없잖아."

해리는 6주 후 프리빗가의 침실에 앉아 O.W.L. 결과를 기다리는 자신의 모습을 상상해 보았다. 뭐, 올여름엔 적어도 편지 한 통은 확실히 받겠구나, 하고 해리는 생각했다.

첫 시험인 일반 마법 이론은 월요일 아침으로 예정되어 있었다. 해리는 일요일 점심 식사 이후 헤르미온느에게 문제를 내주기로 약속했지만, 시작하자마자 후회했다. 그녀는 아주 불안해하면서 계속 그에게서 책을 낚아채 자기가 완벽하게 옳은 답을 내놓았는지 확인했다. 그러다 결국 《마법의 성과들》의 날카로운 모서리로 해리의 코를 세게 치고 말았다.

"그냥 혼자 하지 그래?" 그가 눈물이 고인 눈으로 그녀에게 책을 돌려주며 단호하게 말했다.

한편, 론은 손가락으로 귀를 막고 소리 없이 입술을 움직이면서 일반 마법 2년 치 필기를 읽고 있었다. 셰이머스 피니건이 바닥에 등을 대고 누운 채 실질적인 일반 마법의 정의를 암송하는 동안 딘은 《마법 주문에 관한 표준 교과서: 5학년용》을 보면서 그 내용을 확인해 주었다. 기초 이동 마법을 연습하고 있던 파르바티와 라벤더는 각자의 필통에 마법을 걸어 탁자 가장자리를 따라 경주를 벌이고 있었다.

그날 저녁 식사 분위기는 착 가라앉아 있었다. 하루 종일 열심히 공부한 해리와 론은 별다른 말을 하지 않고 먹는 데만 집중했다. 한편 헤르미온느는 연신 나이프와 포크를 내려놓고 가방을 찾기 위해 식탁 밑으로 머리를 숙인 다음 책을 꺼내 어떤 사실이나 숫자를 확인했다. 론이 막 식사를 제대로 해야 한다고, 그렇지 않으면 밤에 잠을 잘 자지 못할 거라고 말하고 있을 때, 헤르미온느의 손가락에서 포크가 힘없이 미끄러지더니 요란한 소리를 내며 접시 위에 떨어졌다.

"아, 세상에." 그녀가 현관홀 쪽을 바라보며 힘없이 말했다. "저 사람들이야? 시험 감독관이?"

해리와 론은 의자에서 몸을 홱 돌렸다. 대연회장 문밖으로, 엄브리지가 나이가 꽤 들어 보이는 마법사 몇 명과 함께 서 있는 모습이 보였다. 엄브리지가 상당히 긴장한 듯 보이자 해리는 기분이 좋았다.

"좀 더 가까이 가서 볼래?" 론이 물었다.

해리와 헤르미온느는 고개를 끄덕이고 재빨리 현관홀로 향하는 양쪽 여닫이문으로 향했다. 그들은 문을 지나면서 속도를 늦추고 시험 감독관들 옆을 조용히 지나쳐 걸어갔다. 해리는 어찌나 주름이 많은지 꼭 얼굴에 거미줄을 씌운 것처럼 보이는 조그맣고 등이 굽은 여자 마법사가 틀림없이 마치뱅스 교수일 거라고 생각했다. 엄브리지가 그녀에게 공손하게 말을 걸고 있었다. 마치뱅스 교수는 귀가 살짝 먹은 듯 겨우 30센티미터 떨어져 있는 것치고는 아주 큰 소리로 엄브리지 교수에게 대꾸했다.

"여기까지 오는 데 아무 문제 없었어요. 괜찮았어요. 예전에도 여러 번 와 봤으니까요!" 그녀가 조금 짜증스러운 듯 말했다. "그러고 보니, 최근에 덤블도어 교수에게서 소식을 듣지 못했는데!" 그녀는 덤블도어가 빗자루 창고에서 불쑥 나타날지도 모른다고 기대하듯 현관홀을 둘러보며 덧붙였다. "어디 있는지 도통 모르는 모양이지요?"

"전혀 모릅니다." 엄브리지가 해리, 론, 헤르미온느를 심술궂은 눈으로 쏘아보며 말했다. 그들은 론이 신발 끈을 묶는 척하는 동안 계단 밑에서 꾸물거렸다. "하지만 제 생각에는, 머잖아 마법 정부가 찾아낼 거예요."

"과연 그럴까요?" 왜소한 몸집의 마치뱅스 교수가 소리치듯 말했다. "덤블도어가 발견되고 싶어 한다면 모를까! 내가 잘 알지……. 덤블도어가 N.E.W.T.를 치를 때 내가 직접 변환 마법과 일반 마법을 감독했으니까. 덤블도어는 내가 한 번도 본 적이 없는 일들을 마법 지팡이 하나로 해냈어요."

"네…… 뭐……." 엄브리지 교수가 말했다. 해리, 론, 헤르미온느는 발을 질질 끌면서 최대한 아주 천천히 대리석 계단을 올라갔다. "교무실을 보여 드릴게요. 먼 길을 오셨으니 차 한 잔 드시고 싶을 것 같은데요."

마음 불편한 저녁이었다. 모두가 마지막 시험공부를 하려고 기를 쓰고 있었지만 아무도 진도를 많이 나가진 못하는 것 같았다. 해리는 일찍 잠자리에 들었지만 느낌상 몇 시간 동안이나 뜬눈으로 누워 있었다. 그는 진로 상담과, 무슨 일이 있어도 해리가 오러가 되도록 도와주겠다던 맥고나걸 교수의 분노에 찬 선언을 떠올렸다. 시험 시간이 다가오자 좀 더 실현 가능한 꿈을 말할 걸 그랬다는 생각이 들었다. 침실 안에 뜬눈으로 누워 있는 사람이 분명 해리뿐만은 아니었지만 누구도 말을 하지 않았고, 마침내 그들은 하나둘씩 잠들었다.

다음 날 아침 식사 시간, 5학년 학생 가운데 말을 많이 하는 사람은 아무도 없었다. 파르바티가 숨을 죽이고 주문을 연습하자 그녀 앞의 소금 통이 들썩거렸다. 헤르미온느는 《마법의 성과들》을 다시 읽고 있었는데, 어찌나 빠르게 읽는지 눈알이 흐릿해 보일 지경이었다. 네빌은 끊임없이 나이프와 포크를 떨어뜨리고 마멀레이드 병을 쳐서 넘어뜨렸다.

일단 아침 식사가 끝나자, 5학년들과 7학년들은 다른 학생들이 수업을 들으러 가는 동안 현관홀을 서성거렸다. 9시 30분이 되자 그들은 기숙사별로 불려 다시 대연회장으로 들어갔다. 대연회장은 해리가 펜시브에서 아버지와 시리우스, 스네이프가 O.W.L.을 치를 때 보았던 것과 똑같은 모습으로 다시 배치되어 있었다. 네 개의 기숙사 식탁이 수많은 1인용 책상으로 대체되어 있고, 그 책상들은 모두 맥고나걸 교수가 학생들을 마주 보고 서 있는 대연회장의 교직원 식탁을 바라보고 있었던 것이다. 모두가 자리를 잡고 조용해지자 맥고나걸 교수가 입을 열었다. "시작합니다." 그러더니 그녀는 옆에 있는 책상 위의 커다란 모래시계를 뒤집었다. 책상에는 그 밖에도 여분의 깃펜과 잉크병, 양피지 두루마리가 놓여 있었다.

해리는 시험지를 뒤집었다. 심장이 세차게 쿵쾅거렸다(오른쪽으로 세 줄 건너 네 자리 앞에는 헤르미온느가 벌써 뭔가를 휘갈겨 쓰고 있었다). 그는 첫 번째 문제를 내려다보았다. 'a) 사물을 날아다니게 만드는 데 필요한 주문을 쓰고, b) 마법 지팡이 동작을 묘사하시오.'

해리는 몽둥이가 공중으로 높이 날아올랐다가 큰 소리를 내며 트롤의 단단한 두개골에 떨어지던 기억을 잠깐 떠올렸다……. 그는 살짝 미소 지으며 시험지 위로 몸을 숙이고 답을 쓰기 시작했다.

"뭐, 그렇게 나쁘지는 않았지?" 두 시간 뒤 현관홀에 나왔을 때 헤르미온느가 불안한 듯 물었다. 그녀는 여전히 시험지를 움켜쥐고 있었다. "격려 마법에 관한 문제를 잘 풀었는지 모르겠어. 시간이 모자랐거든. 딸꾹질 해제 마법에 대해서도 적었니? 적어야 하는지 잘 모르겠더라고. 격려하는 마법으로 보기엔 너무 나간 것 같기도 하고. 그리고 23번 문제는……."

"헤르미온느." 론이 단호하게 말을 끊었다. "전에도 말한 것 같은데, 우린 이미 끝난 시험을 처음부터 다시 치를 생각 없어. 한 번 치르는 것만으로도 충분히 괴로우니까."

5학년들은 다른 학년 학생들과 함께 점심을 먹었다(점심 식사를 위해 네 개의 기숙사 식탁이 다시 나타난 뒤였다). 그런 다음 대연회장 옆에 있는 작은 방으로 우르르 들어가, 실기시험 차례대로 이름이 불리기를 기다렸다. 알파벳 순서에 따라 학생들이 몇 명씩 불려 나가는 동안 남은 학생들은 주문을 중얼거리며 마법 지팡이 동작을 연습하다가 가끔씩 실수로 서로의 등이나 눈을 찌르기도 했다.

헤르미온느의 이름이 불렸다. 그녀는 덜덜 떨면서 앤서니 골드스틴, 그레고리 고일, 대프니 그린그래스와 함께 방을 나섰다. 이미 시험을 치른 학생들은 이곳에 돌아오지 않았으므로 해리와 론은 헤르미온느가 시험을 어떻게 치렀는지 전혀 알 수 없었다.

"잘했겠지. 걔가 언젠가 일반 마법 시험에서 120점 맞았던 거 기억나?" 론이 말했다.

10분 뒤 플리트윅 교수가 소리쳤다. "팬지 파킨슨, 파드마 파틸, 파르바티 파틸, 해리 포터."

"행운을 빌어." 론이 조용히 말했다. 해리는 대연회장으로 들어갔다. 마법 지팡이를 너무 꽉 움켜쥐고 있어서 손이 떨렸다.

"토프티 교수님 앞이 비었구나, 포터." 문 앞에 서 있던 플리트윅 교수가 특유의 높은 목소리로 말했다. 그는 시험장 저쪽, 작은 책상 뒤에 앉아 있는 가장 늙고 머리가 많이 벗어진 시험 감독관을 가리켰다. 그의 옆에서는 마치뱅스 교수가 드레이코 말포이의 시험을 감독하고 있었다.

"포터, 맞나?" 해리가 다가가자 토프티 교수가 노트를 확인하고 코안경 너머로 그를 바라보며 말했다. "그 유명한 포터?"

해리는 곁눈으로 말포이가 자신에게 따가운 눈길을 던지는 모습을 분명히 보았다. 말포이가 공중에 띄워 놓았던 와인 잔이 바닥에 떨어져 박살 났다. 해리는 씩 웃지 않을 수 없었다. 토프티 교수가 격려하듯 해리에게 마주 미소 지었다.

"그래." 그는 떨리는 노쇠한 목소리로 말했다. "긴장할 필요 없다. 자, 이 에그 컵을 가져가서 옆으로 재주넘게 만들어 보겠니?"

해리는 전반적으로 시험을 꽤 잘 치렀다는 생각이 들었다. 그의 공중 부양 마법은 확실히 말포이보다 훨씬 나았다. 물론 색깔 바꾸기 마법과 성장 마법을 헷갈리는 바람에, 오렌지색으로 바꿔 놓아야 했던 쥐가 미처 실수를 바로잡을 새도 없이 오소리만 하게 부풀어 오르지 않았더라면 더 좋았겠지만. 그 순간 헤르미온느가 대연회장에 없어서 다행이었다. 이후에도 해리는 그녀에게 굳이 이 이야기를 하지 않았다. 하지만 론에게는 말할 수 있었다. 론은 만찬용 접시를 거대 버섯으로 변신시켰는데, 어쩌다 그런 일이 일어났는지는 전혀 알지 못했다.

그날 밤에는 쉴 시간이 없었다. 그들은 저녁 식사를 마친 뒤 곧바로 휴게실로 가서 다음 날에 있을 변환 마법 시험공부에 몰두했다. 해리는 복잡한 주문 형태와 이론 들이 머릿속에서 윙윙대는 가운데 잠자리에 들었다.

해리는 다음 날 오전에 치른 필기시험에서 바꾸기 마법의 정의를 까먹고 쓰지 못했지만 실기는 예상보다 훨씬 잘 본 기분이었다. 최소한 이구아나를 완전히 소멸시키는 데는 성공했던 것이다. 반면 옆자리의 가엾은 해너 애벗은 완전히 냉정을 잃고 어쩐 일인지 자기에게 주어진 족제비를 한 무리의 플라밍고로 증식시켜 버렸다. 그 바람에 새들을 잡아 대연회장에서 내보내느라 10분 동안 시험이 중단되었다.

수요일에는 약초학 시험을 치렀다(송곳니 제라늄에게 조금 물린 것을 제외하면 해리는 상당히 잘해 냈다는 기분이 들었다). 그리고 목요일에는 어둠의 마법 방어법 시험이 있었다. 해리는 이때 처음으로 시험에 통과했다는 확신이 들었다. 필기시험도 전혀 어렵지 않았고, 실기시험에서는 현관홀로 나가는 문 근처에서 싸늘하게 지켜보는 엄브리지의 코앞에서 온갖 해제 마법과 방어 마법을 선보이며 유독 쾌감을 느꼈다.

"와, 브라보!" 해리가 완벽한 보가트 퇴치 마법을 보여 주자, 이번에도 해리의 시험을 감독하던 토프티 교수가 소리쳤다. "정말 아주 잘했다! 음, 그만하면 될 것 같다, 포터…… 다만……."

그는 몸을 앞으로 살짝 숙였다.

"내 친구 타이베리우스 오그던이 그러는데 네가 패트로누스를 불러낼 수 있다면서? 보너스 점수를 좀 줄까 하는데……?"

해리는 마법 지팡이를 들고 엄브리지를 똑바로 바라보며 그녀가 해고당하는 장면을 상상했다.

"엑스펙토 패트로눔!"

마법 지팡이 끝에서 은빛 수사슴이 뛰쳐나와 대연회장 안을 가

법게 달렸다. 시험 감독관 전원이 고개를 돌려 패트로누스가 나아가는 모습을 지켜보았다. 패트로누스가 은빛 증기로 변해 사라지자 토프티 교수는 핏줄이 튀어나온 울퉁불퉁한 손으로 열렬히 박수를 쳤다.

"훌륭해!" 그가 말했다. "아주 잘했다, 포터. 가도 좋아!"

해리가 문 옆에 있는 엄브리지를 지날 때 두 사람의 눈이 마주쳤다. 그녀의 크고 늘어진 입가에 심술궂은 미소가 감돌았지만 그는 신경 쓰지 않았다. 그가 단단히 착각한 게 아니라면(혹시 착각했을 경우에 대비해 누구에게도 말하지 않을 작정이었지만), 그는 방금 O.W.L.에서 '출중함'을 따냈다.

금요일에는 헤르미온느가 고대 룬문자 시험을 쳤고, 해리와 론은 하루를 쉬었다. 주말이 통째로 남아 있었기 때문에 잠깐 시험공부를 쉴 여유를 낸 것이다. 그들은 열린 창문 앞에서 기지개를 켜며 하품을 했다. 마법사 체스를 두고 있는데 창문으로 훈훈한 여름 바람이 불어왔다. 저 멀리 금지된 숲 가장자리에서 학생들을 가르치고 있는 해그리드가 보였다. 해리는 학생들이 어떤 동물을 살펴보는 중인지 추측해 보았다(남학생들이 뒤로 약간 물러서 있는 걸 보면 유니콘이 틀림없었다). 그때 초상화 구멍이 열리고 헤르미온느가 들어왔다. 그녀는 완전히 뿔이 난 표정이었다.

"룬문자 시험은 어땠어?" 론이 하품을 하고 기지개를 켜면서 물었다.

"'에와즈'를 잘못 해석했어." 헤르미온느가 길길이 뛰며 말했다. "그건 '방어'가 아니라 '동맹'이란 뜻인데, '에이와즈'랑 헷갈렸어."

"아, 뭐." 론이 느릿느릿 말했다. "겨우 하나 실수한 거잖아? 그래도 넌 여전히……."

"아, 닥쳐!" 헤르미온느가 화를 냈다. "단 한 번의 실수가 통과냐 낙제냐를 결정지을 수도 있단 말이야. 게다가, 누가 또 엄브리지 연구실에 니플러를 풀어놨어. 문을 새로 달았는데 어떻게 뚫고 집어넣었는지 모르겠어. 막 그곳을 지나왔는데 엄브리지가 있는 대로 비명을 지르더라고. 들어 보니까 니플러가 엄브리지의 다리를 물어뜯으려고 했나 봐."

"잘됐네." 해리와 론이 동시에 말했다.

"잘된 게 *아냐!*" 헤르미온느가 열을 내며 말했다. "엄브리지는 해그리드가 그런 짓을 했다고 생각한단 말이야. 기억 안 나? 우린 해그리드가 쫓겨나길 바라지 *않잖아!*"

"해그리드는 지금 수업 중이야. 엄브리지도 해그리드 잘못으로 몰 수 없을걸." 해리가 창밖을 가리키며 말했다.

"아, 넌 가끔 너무 순진해, 해리. 넌 정말로 엄브리지가 증거가 나올 때까지 기다려 줄 거라고 생각해?" 헤르미온느가 말했다. 그녀는 있는 대로 성질을 부리기로 작정한 듯 여학생 기숙사 쪽으로 휙 들어가더니 문을 쾅 닫았다.

"참 사랑스럽고 상냥한 소녀야." 론이 퀸을 살짝 밀어 해리의 나이트를 물리치면서 아주 작게 속삭였다.

헤르미온느의 저기압 상태는 주말 내내 계속됐지만, 해리와 론은 월요일에 있을 마법약 시험공부를 하느라 토요일과 일요일 대부분을 보냈기에 그것을 쉽게 무시할 수 있었다. 마법약은 해리가 가장 기대하지 않는 시험이었다. 오러가 되겠다는 꿈을 망칠 게 분명한 시험이기도 했다. 아니나 다를까, 필기시험은 매우 어려웠다. 2학년 때 불법적으로 마셔 보았기에 그 효과를 정확히 묘사할 수 있었던 폴리주스 마법약 문제에서는 만점을 받았을지도 모르지만.

오후의 실기시험은 생각만큼 끔찍하지 않았다. 시험을 칠 때 스네이프가 없었기 때문에 해리는 마법약을 만들면서 평소보다 훨씬 덜 긴장했다. 해리와 가까운 곳에 앉아 있던 네빌 또한 마법약 수업 시간에 봤던 그 어떤 모습보다도 행복해 보였다. 마치뱅스 교수가 "시험 끝, 솥단지에서 물러나세요"라고 말했을 때, 해리는 좋은 점수는 받지 못하더라도 운이 따라 준다면 낙제는 면했을 거라고 생각하며 견본 플라스크의 마개를 닫았다.

"겨우 네 과목 남았네." 그리핀도르 휴게실로 돌아갈 때 파르바티 파틸이 지친 듯 말했다.

"겨우라고!" 헤르미온느가 쏘아붙이듯 말했다. "나는 숫자점이 남았어. 아마 그게 가장 어려운 과목일 거야!"

아무도 마주 쏘아붙일 만큼 멍청하지는 않았기에 그녀는 누구에게도 화풀이를 할 수 없었고, 휴게실에서 너무 시끄럽게 키득거리는 1학년생 몇몇을 나무라는 것으로 만족해야 했다.

해리는 해그리드를 실망시키지 않기 위해서라도 화요일 마법 생명체 돌보기 시험을 잘 봐야겠다고 결심했다. 실기시험은 오후에 금지된 숲 근처 잔디밭에서 치러졌다. 학생들은 열두 마리의 고슴도치 사이에 숨어 있는 크날을 정확히 구분해야 했다(비결은 녀석들 하나하나에게 우유를 주는 것이었다. 가시에 여러 가지 마법적 속성이 깃들어 있는 크날은 이상할 정도로 의심이 많아서, 자신들을 독살하려는 것처럼 보이는 행동에 대개 난폭해졌다). 그다음 보우트러클을 제대로 다루는 모습을 보여 주고, 심각한 화상을 입지 않은 채 불게를 먹이고 씻겨야 했으며, 여러 가지 음식 가운데서 아픈 유니콘에게 줄 먹이를 골라야 했다.

해리의 눈에 오두막 창밖을 걱정스럽게 내다보는 해그리드가 보였다. 이번 해리의 시험 감독관은 땅딸막한 여자 마법사였는데, 그녀가 미소 지으며 가도 좋다고 말하자 해리는 해그리드에게 엄지손가락을 살짝 들어 보인 뒤 성으로 돌아갔다.

수요일 아침의 천문학 필기시험은 웬만큼 잘 본 것 같았다. 목성의 위성 이름을 전부 맞게 적었는지는 확실하지 않았지만, 적어도 그중 어디도 '어른'으로 뒤덮여 있지 않다는 점에는 자신이 있었다. 천문학 실기시험은 저녁까지 기다려야 했다. 대신 오후에는 점술 시험을 치렀다.

점술에 대한 해리의 낮은 기대치에 비춰 보더라도 시험은 형편없었다. 아무리 봐도 텅 비어 있는 수정구슬에서 뭔가 움직이는 것을 보려 하다니, 그냥 책상을 들여다보며 뭔가가 보이기를 바라는 것과 뭐가 다른가 싶었다. 찻잎을 읽다가 완전히 냉정을 잃고 만 그는 마치뱅스 교수가 머잖아 둥글고 검고 눅눅한 낯선 이를 만나게 될 것 같다고 말했고, 그녀의 손바닥을 보고 인생선과 두뇌선을 헷갈리는 바람에 그녀가 지난주 화요일에 이미 죽었어야 했다고 말함으로써 이 대실패를 마무리했다.

"뭐, 이건 원래부터 낙제가 예정되어 있었잖아." 대리석 계단을 오르면서 론이 우울하게 말했다. 그는 방금 해리에게, 자기가 수정구슬에 나타난 코에 사마귀가 있는 못생긴 남자에 대해 시험 감독관에게 상세히 설명하고 있었는데, 눈을 들어 보니 수정구슬에 비친 시험 감독관의 모습을 묘사하고 있었다는 사실을 깨달았다고 말해서 해리의 기분을 한결 나아지게 만들어 주었다.

"애초에 그 멍청한 과목을 듣지 말았어야 했어." 해리가 말했다.

"지금이라도 포기할 수 있잖아."

"그래." 해리가 말했다. "목성과 천왕성이 너무 가까워졌을 때 무슨 일이 일어나는지 관심 갖는 척은 더 이상 하지 말자."

"그리고 이제부터는 내 찻잎에 '죽어, 론, 죽어'라고 적혀 있어도 신경 쓰지 않을 거야. 그냥 쓰레기통에 버릴 거라고. 원래 그래야 하니까."

해리가 웃고 있는데 뒤에서 헤르미온느가 달려왔다. 그는 혹시라도 헤르미온느의 성질을 돋울까 봐 곧바로 웃음을 멈췄다.

"음, 숫자점은 그럭저럭 잘 본 것 같아." 그녀가 말하자 해리와 론은 둘 다 안도의 한숨을 내쉬었다. "그럼, 저녁 식사 전에 별자리표를 잠깐 훑어볼 수 있겠다."

그들은 11시에 천문탑 꼭대기에 도착했다. 구름 한 점 없이 고요한, 별을 관측하기에 완벽한 밤이었다. 교정은 은색 달빛에 잠겨 있었고, 공기에는 약간 차가운 기운이 감돌았다. 학생 모두가 각자 망원경을 설치하고, 마치뱅스 교수가 지시를 내리면 주어진 별자리표의 빈칸들을 채웠다.

마치뱅스 교수와 토프티 교수는 학생들 사이를 돌아다니며, 그들이 관찰하고 있는 별과 행성 들의 위치를 정확하게 기록하는지 지켜보았다. 양피지 부스럭거리는 소리와 가끔씩 망원경 위치를 조정하는 삐걱거리는 소리, 수많은 깃펜이 사각거리는 소리를 빼면 사방이 조용했다. 30분이 지나고 다시 한 시간이 흘렀다. 성창문 안쪽 불빛이 꺼지면서 교정에 비쳐서 깜빡거리던 작은 황금

빛 사각형들도 사라지기 시작했다.

하지만 해리가 별자리표의 오리온자리를 완성했을 때, 그가 서 있던 난간 바로 아래에서 성문이 열리면서 돌계단으로 흘러나온 빛이 잔디밭을 조금 가로지른 곳까지 비췄다. 해리는 망원경 위치를 조정하다가 아래를 힐끔 내려다보았다. 문이 닫히고 잔디밭이 다시 어둠에 휩싸이기 전, 기다란 그림자 대여섯 개가 빛이 밝게 비춰진 잔디밭 위를 움직이는 것이 보였다.

해리는 다시 망원경에 눈을 대고 초점을 맞춘 뒤 이제는 금성을 살펴보았다. 그는 별자리표에 행성을 기록하려고 표를 내려다봤지만 뭔가가 그의 주의를 끌었다. 그는 양피지 위에 깃펜을 대고 멈춘 채 눈을 가늘게 뜨고 어두운 교정을 내려다보았다. 대여섯 개의 형체가 잔디밭을 가로질러 걸어가는 모습이 보였다. 그들이 움직이고 있지 않았다면, 또 달빛이 그들의 머리 꼭대기를 비추고 있지 않았다면, 그들은 컴컴한 땅바닥과 전혀 구분되지 않았을 것이다. 이 거리에서도 해리는 그 가운데 가장 땅딸막한 사람의 걸음걸이를 알아볼 수 있을 것 같은 이상한 기분을 느꼈다. 그 사람이 무리를 이끄는 듯했다.

그는 엄브리지가 자정이 지난 시간에 사람들을 다섯이나 거느리고 산책을 나가려 하는 이유를 떠올릴 수가 없었다. 그때 누군가가 뒤에서 기침을 하자, 그는 자신이 시험 보는 중이라는 사실을 떠올렸다. 금성의 위치는 잊어버린 뒤였다. 그는 망원경에 눈을 바짝 갖다 대고 다시 금성을 찾아서 별자리표에 그려 넣으려고 했다. 그때, 뭔가 이상한 소리가 나는지 듣기 위해 경계하고 있던 그는 멀찍이서 인적 없는 교정에 울려 퍼지는 문 두드리는 소리를 들었다. 그 소리에 이어 곧바로 커다란 개가 짖어 대는 소리가 먹먹하게 들려왔다.

해리는 눈을 들었다. 가슴이 두방망이질 쳤다. 해그리드의 오두막 창문에 불이 밝혀져 있었고, 그 창문을 배경으로 잔디밭을 가로질러 갔던 사람들의 윤곽이 보였다. 문이 열리자 여섯 개의 뚜렷한 형체가 문턱을 넘어가는 모습이 똑똑히 보였다. 문이 다시 닫히고 정적이 찾아들었다.

해리는 너무나 불안했다. 그는 론이나 헤르미온느도 자신이 본 것을 알아챘는지 보려고 주위를 힐끗 돌아봤지만, 그 순간 마치뱅스 교수가 등 뒤로 걸어왔기에 다른 사람의 시험지를 훔쳐보는 것처럼 보이고 싶지 않아서 얼른 자신의 별자리표 위로 몸을 기울이고 뭔가를 쓰는 척했다. 그러면서도 실제로는 난간 너머로 해그리드의 오두막을 보고 있었다. 형체들은 이제 오두막 창문 근처를 왔다 갔다 하면서 불빛을 가리고 있었다.

그는 마치뱅스 교수의 시선이 목덜미에 닿는 것을 느끼고 망원경에 눈을 댄 채, 이미 한 시간 전에 위치를 표시한 달을 올려다보앉다. 그러나 마치뱅스 교수가 지나간 순간, 멀찍이 떨어진 오두막에서 터져 나온 고함이 어둠을 뚫고 곧장 천문탑 꼭대기까지 울려 퍼졌다. 해리 주위의 몇몇 학생이 망원경 뒤에서 목을 길게 빼고 해그리드의 오두막 쪽을 바라보았다.

토프티 교수가 또 한 번 작게 헛기침을 했다.

"자, 집중하세요." 그가 부드럽게 말했다.

대부분의 학생들은 다시 망원경으로 눈을 돌렸다. 해리는 왼쪽을 보았다. 헤르미온느가 해그리드의 오두막을 뚫어지게 바라보고 있었다.

"에헴, 20분 남았습니다." 토프티 교수가 말했다.

헤르미온느는 깜짝 놀라며 즉시 별자리표로 눈을 돌렸다. 해리는 자신의 별자리표를 내려다보다가, 금성을 화성으로 잘못 표기했다는 것을 깨달았다. 그는 고개를 숙이고 실수한 것을 고쳤다.

교정에서 **쾅** 하는 요란한 소리가 들렸다. 밑에서 무슨 일이 벌어지는지 보려고 서두르다가 망원경 끝에 얼굴을 찔린 몇몇 학생이 "아얏!" 하고 소리쳤다.

해그리드의 오두막 문이 활짝 열려 있었다. 오두막에서 쏟아져 나오는 빛 덕분에 해그리드의 모습이 무척 선명하게 보였다. 고함을 지르며 주먹을 휘두르는 거대한 형체가 여섯 사람에게 둘러싸여 있었다. 해그리드 쪽으로 작디작은 빨간색 빛줄기가 날아가는 것을 보니 그에게 기절 마법을 걸려는 것 같았다.

"안 돼!" 헤르미온느가 소리쳤다.

"얘야!" 토프티 교수가 아연실색해서 말했다. "지금은 시험 시간이야!"

하지만 아무도 더 이상 별자리표에 관심을 기울이지 않았다. 빨간색 빛줄기들이 여전히 해그리드의 오두막 근처를 날아다니고 있었고, 어째서인지 해그리드에게 맞았다가 튕겨 나오는 듯했다. 해그리드는 여전히 흔들리지 않고 꼿꼿이 서 있었다. 해리가 본 게 맞다면 그는 지금 싸우고 있었다. 고함과 외침이 교정에 울려 퍼졌다. 한 남자가 소리쳤다. "이성적으로 행동하게, 해그리드!"

해그리드가 소리쳤다. "이성은 개뿔, 날 이런 식으로 데려갈 수는 없어, 돌리시!"

해리는 해그리드를 지키려는 팽의 조그만 윤곽을 보았다. 팽은 해그리드를 둘러싼 마법사들에게 수차례 덤벼들다가 기절 마법을 맞고 바닥에 쓰러졌다. 해그리드는 분노의 고함을 터뜨리며 마법을 쏜 사람을 힘껏 들어다가 내던져 버렸다. 그 사람은 3미터쯤 날아가더니 다시 일어나지 않았다. 헤르미온느가 두 손으로 입을 가린 채 헉하고 숨을 들이켰다. 눈을 돌려 론을 보니 그 역시 겁에 질린 표정이었다. 그들 중 누구도 해그리드가 정말로 화를 내는 모습은 본 적이 없었던 것이다.

"저것 봐!" 파르바티가 난간 너머로 몸을 기울이고 성 아래쪽을 가리키며 높은 소리를 내질렀다. 성문이 다시 열려 있었다. 더 많은 빛이 어두운 잔디밭으로 쏟아지고, 이제 하나의 길고 검은 그림자가 어른거리며 잔디밭을 가로지르고 있었다.

"나 참!" 토프티 교수가 걱정스럽게 말했다. "이제 16분 남았습니다!"

하지만 그의 말에 귀 기울이는 학생은 아무도 없었다. 학생들은 이제 싸움이 벌어지고 있는 해그리드의 오두막 쪽으로 전력 질주하는 사람을 지켜보고 있었다.

"어떻게 감히!" 그 사람이 달려가면서 소리쳤다. "*어떻게 감히!*"

"맥고나걸 교수님이야!" 헤르미온느가 속삭였다.

"해그리드를 내버려 두세요! *내버려 두라고 했습니다!*" 맥고나걸 교수의 목소리가 어둠을 뚫고 들려왔다. "대체 무슨 이유로 해그리드를 공격하는 겁니까? 해그리드는 아무 짓도 하지 않았어요. 그런 짓을 당할 만한 일은 아무……."

헤르미온느, 파르바티, 라벤더가 동시에 비명을 질렀다. 오두막 근처에 있던 사람들 넷이 동시에 맥고나걸 교수에게 기절 마법을 날린 것이다. 오두막과 성 사이 중간 지점에서 붉은 광선이 그녀를 맞혔다. 그녀는 한순간 으스스한 붉은빛으로 빛나더니 곧장 붕 날아가 땅바닥에 등부터 털썩 떨어져 더는 움직이지 않았다.

"가고일이 가글 할 노릇이군!" 토프티 교수가 소리쳤다. 그 역시 시험은 완전히 잊은 것처럼 보였다. "경고도 하지 않고! 저런 말도 안 되는 짓을!"

"**이런 겁쟁이들!**" 해그리드가 소리쳤다. 그의 목소리가 탑 꼭대기까지 또렷이 들려왔다. 성안에서 불빛 몇 개가 깜빡거리며 다시 켜졌다. "**비겁한 겁쟁이들! 이거나 먹어라, 이것도……**"

"아, 세상에……." 헤르미온느는 말을 잇지 못했다.

해그리드가 가까이에서 공격을 퍼붓던 사람들에게 두 차례 크게 손을 휘둘렀다. 곧바로 쓰러진 걸 보면 그들은 완전히 기절한 것 같았다. 해리는 해그리드가 허리를 구부리는 것을 보고 그가 마침내 주문의 효과에 굴복했다고 생각했다. 하지만 해그리드는 다음 순간 오히려 자루처럼 보이는 뭔가를 등에 짊어지고 다시 일어섰다. 해리는 해그리드가 팽의 늘어진 몸을 어깨에 둘러멨다는 것을 알아챘다.

"잡아, 잡아!" 엄브리지가 소리를 질렀지만, 남아 있는 그녀의 조력자는 해그리드의 주먹이 닿는 범위에 들어가기를 굉장히 꺼리는 듯했다. 사실 그 사람은 너무 급하게 뒷걸음질 치다가, 의식을 잃은 동료 한 사람에게 걸려 넘어지고 말았다. 해그리드는 팽을 목에 둘러멘 채 몸을 돌려 달리기 시작했다. 엄브리지가 마지막으로 기절 마법을 쐈지만 빗나갔다. 해그리드는 멀리 떨어진 교문을 향해 전속력으로 달려가 어둠 속으로 사라졌다.

한동안 전율로 가득한 침묵이 이어졌다. 다들 입을 쩍 벌린 채 교정을 내려다보고 있었다. 그때 토프티 교수의 목소리가 희미하게 들려왔다. "음…… 다들 5분 남았습니다."

별자리표의 3분의 2밖에 채우지 못했지만 해리는 시험이 끝나기만을 간절히 바랐다. 마침내 시험이 끝나자 그와 론과 헤르미온느는 망원경을 무작정 보관함에 쑤셔 넣고 황급히 나선형 계단을 달려 내려갔다. 자러 가는 학생은 아무도 없었다. 모두 계단 아래 서서 흥분한 채 자신들이 본 광경을 큰 소리로 떠들어 대고 있었다.

"저 사악한 여자가!" 헤르미온느가 헐떡였다. 분노가 치밀어 말하기가 힘겨운 듯했다. "한밤중에 해그리드를 몰래 급습하려고 하다니!"

"분명 트릴로니 때와 같은 구경거리가 또 생기는 걸 피하고 싶었던 거겠지." 어니 맥밀런이 학생들을 비집고 오면서 아는 척 말했다.

"해그리드 잘 싸우더라. 그치?" 론이 말했다. 감명을 받았다기보다는 깜짝 놀란 표정이었다. "어떻게 주문이 전부 튕겨 나오지?"

"거인 핏줄이라 그럴 거야." 헤르미온느가 떨리는 목소리로 말했다. "거인을 기절시키는 건 아주 어려워. 트롤처럼 아주 강하거든……. 하지만 가엾은 맥고나걸 교수님은…… 가슴에 기절 마법을 네 발이나 정통으로 맞으신 데다가, 딱히 젊지도 않으시잖아."

"끔찍해, 끔찍해." 어니가 잘난 척 고개를 저으며 말했다. "뭐, 나는 자러 갈게. 다들 잘 자라."

주위에 있던 아이들은 여전히 잔뜩 흥분한 채 방금 본 광경에 대해 떠들어 대면서 멀어져 갔다.

"적어도 해그리드를 아즈카반에 집어넣지는 못했어." 론이 말했다. "덤블도어한테 간 거겠지?"

"그럴 거야." 헤르미온느가 울음을 터뜨릴 것 같은 얼굴로 말했다. "아, 끔찍해. 난 정말 덤블도어 교수님이 금방 돌아올 줄 알았어. 하지만 이제는 해그리드까지 잃었잖아······."

그들은 터벅터벅 그리핀도르 휴게실로 돌아갔다. 휴게실은 가득 차 있었다. 바깥에서의 소동 때문에 몇몇 사람이 잠에서 깨어나 다급히 친구들을 깨운 것이다. 해리, 론, 헤르미온느보다 먼저 도착한 셰이머스와 딘이 모두에게 천문탑 꼭대기에서 보고 들은 것을 이야기하고 있었다.

"그런데 왜 해그리드를 해고하는 거지?" 앤젤리나 존슨이 고개를 저으며 물었다. "트릴로니랑은 다른데. 이번 학기에는 전보다 훨씬 더 잘 가르치고 있었잖아!"

"엄브리지는 반 인간들을 싫어해." 헤르미온느가 안락의자에 털썩 주저앉으며 씁쓸하게 말했다. "예전부터 해그리드를 쫓아내려고 안달이었어."

"그리고 그 여자는 해그리드가 자기 연구실에 니플러를 집어넣는다고 생각했어." 케이티 벨이 목소리를 높였다.

"아, 제기랄." 리 조던이 입을 가리며 말했다. "엄브리지 연구실에 니플러를 집어넣은 건 나야. 프레드랑 조지가 두어 마리 남겨 줬거든. 니플러를 공중 부양시켜서 창문으로 집어넣은 건데."

"그게 아니라도 엄브리지는 해그리드를 해고했을 거야." 딘이 말했다. "덤블도어 교수님이랑 워낙 가까웠잖아."

"맞아." 해리가 헤르미온느 옆 안락의자에 주저앉으며 말했다.

"나는 맥고나걸 교수님이 괜찮으시기만 바랄 뿐이야." 라벤더가 울음을 터뜨릴 것 같은 얼굴로 말했다.

"교수님은 사람들이 성으로 다시 모시고 올라왔어. 우리가 침실 창문으로 봤어." 콜린 크리비가 말했다. "별로 좋아 보이지는 않았어."

"폼프리 선생님이 고쳐 주시겠지." 얼리샤 스피넛이 단호하게 말했다. "아직까지 한 번도 못 고치신 적이 없으니까."

휴게실이 빈 것은 새벽 4시가 다 되어서였다. 해리는 잠이 완전히 달아난 기분이었다. 해그리드가 어둠 속으로 전력 질주하는 모습이 머릿속에서 떠나지 않았다. 엄브리지에게 어찌나 화가 나는지, 어떤 벌을 줘도 속이 풀리지 않을 것 같았다. 상자 가득한 굵

주린 폭발 꼬리 스크루트들에게 먹이로 주자는 론의 제안에도 나름 끌리기는 했지만. 그는 끔찍한 복수를 생각하며 잠들었다가, 세 시간 뒤 제대로 쉬지도 못한 기분으로 침대에서 일어났다.

마지막 시험인 마법의 역사는 오후에 치러질 예정이었다. 아침을 먹고 나자 해리는 침대로 돌아가고 싶은 마음이 굴뚝같았지만, 오전에 마지막 복습을 할 생각이었기 때문에 대신 두 손으로 머리를 감싼 채 휴게실 창가에 앉아, 헤르미온느가 빌려준 1미터짜리 필기를 읽으면서 졸지 않으려고 애썼다.

2시가 되자 5학년 학생들은 대연회장에 들어가 뒤집힌 시험지 앞에 자리를 잡았다. 해리는 기진맥진한 기분이었다. 그냥 빨리 시험을 끝내고 자러 가고 싶은 마음뿐이었다. 그런 다음 내일 론과 함께 퀴디치 경기장으로 가서 론의 빗자루를 타고 날면서 시험공부에서 해방된 자유를 만끽할 작정이었다.

"시험지 뒤집으세요." 마치뱅스 교수가 대연회장 앞쪽에서 거대한 모래시계를 뒤집으며 말했다. "시작해도 됩니다."

해리는 첫 번째 문제를 뚫어지게 바라보았다. 몇 초가 흐르고 나서야 해리는 그 문제의 단어 하나 이해하지 못했다는 것을 깨달았다. 말벌 한 마리가 높은 창문들 중 하나에 부딪치면서 정신 사납게 윙윙거리고 있었다. 그는 갈팡질팡하다가 마침내 천천히 답안을 작성하기 시작했다.

이름을 떠올리기가 무척 힘들었고 날짜는 계속 헷갈렸다. 그는 마지막에 시간이 남으면 다시 보기로 하고 4번 문제를 그냥 건너뛰었다('마법 지팡이 규제가 18세기 고블린 반란 발발에 영향을 주었는지, 혹은 고블린들을 더 잘 통제하는 계기가 되었는지 논하시오'). 5번 문제('1749년에 비밀 유지 법령이 어떤 식으로 위반되었고, 재발을 방지하고자 어떤 조치가 도입되었는지 논하시오')는 답안 작성을 시도해 보기는 했지만 계속 몇 가지 중요한 쟁점들을 놓친 것 같았다. 이 이야기 어딘가에 뱀파이어들이 등장했던 것 같은데.

그는 확실하게 답을 쓸 수 있는 문제가 있는지 더 찾아보다가 10번 문제를 발견했다. '국제 마법사 연맹이 형성되기까지 어떤 상황들이 이어졌는지 기술하고, 리히텐슈타인의 마법사들이 왜 연맹 가입을 거부했는지 설명하시오.'

'이건 알아.' 머릿속이 무기력하고 늘어진 듯한 기분이었지만 해리는 속으로 생각했다. 헤르미온느의 손 글씨로 적힌 제목이 생생하게 떠올랐다. '국제 마법사 연맹의 형성'……. 겨우 오늘 아침에 필기에서 본 내용이었다.

그는 답을 쓰면서 때때로 눈을 들어 마치뱅스 교수 옆 책상 위의 커다란 모래시계를 보았다. 그의 앞자리에는 긴 검은색 머리카락을 의자 등받이 아래로 늘어뜨린 파르바티 파틸이 앉아 있었다.

해리는 한두 번 그녀가 고개를 살짝 움직일 때마다 머리카락 안에서 반짝거리는 조그만 황금빛을 멍하니 바라보고 있다는 것을 깨닫고 정신을 차리기 위해 머리를 흔들었다.

……최초의 국제 마법사 연맹 마법사장은 피에르 보나코르였지만, 리히텐슈타인 마법사 사회는 그의 임명을 반대했다. 왜냐하면…….

해리의 사방에서 깃펜들이 허겁지겁 땅을 파는 쥐처럼 양피지를 긁적거리고 있었다. 뒤통수에 와닿는 햇볕이 아주 뜨거웠다. 보나코르가 무슨 짓을 해서 리히텐슈타인의 마법사들을 불쾌하게 만들었더라? 트롤과 무슨 관련이 있었던 것 같은데……. 그는 파르바티의 뒤통수를 다시 멍하니 바라보았다. 레질리먼시를 할 줄 알아서 그녀의 뒤통수를 창문처럼 열고 피에르 보나코르와 리히텐슈타인 사이에 불화를 일으킨 트롤 관련 문제가 어떤 것이었는지 볼 수만 있다면…….

해리는 눈을 감고 두 손으로 얼굴을 감쌌다. 눈꺼풀에서 이글거리던 붉은빛이 점점 어둡고 차가워졌다. 보나코르는 트롤 사냥을 멈추고 트롤들에게도 권리를 주고 싶어 했다. 하지만 리히텐슈타인은 유달리 포악한 산트롤 무리 때문에 문제를 겪고 있었다……. 그래, 그거였어.

그는 눈을 떴다. 눈부시게 하얀 양피지를 보자 눈이 따끔거리고 눈물이 고였다. 그는 천천히 트롤 관련 내용을 두 줄 더 쓴 다음 자신이 여태 적은 답안을 읽어 보았다. 내용이 그렇게 영양가 있거나 상세하지는 않은 것 같았다. 국제 마법사 연맹에 관한 헤르미온느의 필기는 분명 여러 페이지 이어져 있었는데.

그는 다시 눈을 감고 그 필기를 눈앞에 떠올려 보려고, 기억해 내려고 애썼다……. 국제 마법사 연맹은 프랑스에서 첫 모임을 가졌다. 그래, 하지만 그건 이미 적었다…….

고블린들이 참석하려 했다가 쫓겨났다……. 그 얘기도 적었다…….

그리고 리히텐슈타인에서는 아무도 참석하고 싶어 하지 않았다…….

'생각해.' 그는 두 손에 얼굴을 묻은 채 스스로를 타일렀다. 사방에서 깃펜들이 양피지를 긁적이면서 끝나지 않을 듯한 답안을 써 나갔고, 앞에 있는 모래시계에서는 모래가 흘러내렸다…….

그는 또다시 미스터리부의 서늘하고 어두운 복도를 걸어가고 있었다. 마침내 목표에 도달하기로 마음먹고 결연함이 깃든 확고한 발걸음으로, 가끔씩 달리기도 하면서 걷고 있었다……. 평소처럼 검은 문이 홱 열렸다. 그는 수많은 문이 달린 둥근 방에 들어와 있었다…….

곧장 돌바닥을 가로질러 또 한 번 문을 지나자 불빛들이 벽과

바닥에서 어른거리고 기계가 찰칵대는 소리가 들렸지만 살펴볼 시간은 없었다. 서둘러야 했다…….

그는 세 번째로 만나는 문까지 남은 몇 걸음을 가볍게 달려갔다. 다른 문들과 마찬가지로 그 문도 홱 열렸다…….

그는 다시 한 번 유리구슬로 가득한 선반들이 있는 대성당 크기의 방에 들어와 있었다……. 그의 심장은 지금 매우 세차게 뛰고 있었다……. 이번에는 다다를 것이다……. 97번 열에 도착했을 때 그는 왼쪽으로 돌아서 두 선반 진열장 사이의 통로를 빠르게 나아갔다…….

하지만 통로 맨 끝에 어떤 형체가 있었다. 어떤 검은 형체가 마치 다친 동물처럼 바닥에서 꿈틀거리고 있었다……. 해리의 속이 오그라들었다. 두려움으로…… 흥분으로…….

그의 입에서 어떠한 인간미도 깃들지 않은 높고 차가운 목소리가 흘러나왔다.

"가져와라……. 들고 와라, 지금 당장……. 나는 만질 수 없지만…… 넌 할 수 있다……."

바닥의 검은 형체가 약간 움직였다. 해리는 긴 손가락으로 마법 지팡이를 쥐고 있는 하얀 손이 그 자신의 팔 끝에서 들어 올려지는 것을 보고…… 높고 차가운 목소리가 *"크루시오!"* 하고 외치는 소리를 들었다.

바닥 위의 남자가 고통 어린 비명을 지르며 일어서려고 애쓰다가 몸부림치면서 뒤로 넘어졌다. 해리는 웃고 있었다. 그가 마법 지팡이를 들어 올리자 저주가 풀렸다. 검은 형체는 신음하며 더 이상 움직이지 않았다.

"볼드모트 경이 기다린다……."

쓰러져 있던 남자가 부들부들 떨리는 두 팔로 바닥을 짚고 어깨를 몇 센티미터 들어 올리더니 고개를 들었다. 피투성이가 된 얼굴은 수척했고, 고통으로 뒤틀리면서도 반항심으로 경직되어 있었다…….

"날 죽여야 할 거다." 바닥의 남자, 시리우스가 중얼거렸다.

"마지막에는 꼭 그렇게 해 주마." 차가운 목소리가 말했다. "하지만 우선 날 위해 그걸 가져와라, 블랙……. 지금까지 진짜 고통을 느꼈던 것 같나? 다시 생각해 봐라……. 앞으로 몇 시간이 남아 있다. 아무도 네 비명을 듣지 못할 것이다……."

볼드모트가 다시 마법 지팡이를 내리자 누군가가 비명을 질렀다. 누군가가 고함을 지르며 뜨거운 책상에서 차가운 돌바닥으로 쓰러졌다. 해리는 바닥에 부딪쳐 깨어나고서도 계속 소리를 질렀다. 흉터가 불타오르는 것 같았다. 그의 사방에서 대연회장의 광경이 불쑥 나타났다.

32장
벽난로 밖으로

"안 갈 거예요……. 병동엔 안 가도 돼요. 그러고 싶지 않……."

그는 토프티 교수에게 벗어나려고 애쓰면서 횡설수설했다. 주위 학생들이 모두 바라보는 가운데 해리를 부축해 현관홀로 데리고 나간 토프티 교수는 무척 걱정스럽게 그를 바라보고 있었다.

"전…… 전 괜찮아요, 교수님." 해리가 얼굴에서 땀을 닦으며 더듬거렸다. "정말이에요……. 그냥 잠이 들어서…… 악몽을 꾼 거예요……."

"시험 스트레스구나!" 나이 든 마법사가 떨리는 손으로 해리의 어깨를 토닥이며 가엾다는 듯 말했다. "그럴 수 있단다, 애야. 그럴 수 있어! 자, 물을 좀 마시고 열을 식히면 아마 대연회장으로 돌아갈 준비가 되지 않을까? 시험은 거의 끝났지만 마지막으로 답안을 제대로 손볼 수 있을지 모른단다."

"네." 해리가 되는 대로 입을 열었다. "그러니까…… 아뇨……. 다 풀었어요. 할 수 있는 만큼은 한 것 같아요."

"좋다, 아주 좋아." 나이 든 마법사가 부드럽게 말했다. "내가 들어가서 네 시험지를 가져다주마. 가서 좀 누워 있는 게 좋겠구나."

"그럴게요." 해리가 고개를 세차게 끄덕이며 말했다. "고맙습니다."

나이 든 마법사가 문턱을 넘어 대연회장 안으로 사라지자마자 해리는 대리석 계단을 달려 올라가 복도들을 빠르게 돌진했다. 어찌나 빨리 지나갔는지 초상화들이 꾸짖듯 투덜거릴 정도였다. 그는 계단을 몇 층 더 올라간 끝에 허리케인처럼 병동 문을 박차고 들어갔다. 그 바람에 (몬태규의 벌린 입에 웬 밝은 파란색 액체를 숟가락으로 떠 넣고 있던) 폼프리 선생이 놀라서 비명을 질렀다.

"포터, 대체 무슨 생각으로 이러는 거니?"

"맥고나걸 교수님을 뵈어야 해요." 해리가 헐떡였다. 너무나 숨이 차서 폐가 찢어질 것 같았다. "지금 당장요……. 급한 일이에요!"

"교수님은 여기 안 계신다, 포터." 폼프리 선생이 슬픈 듯 말했다. "오늘 아침 세인트 멍고로 이송되셨어. 그분 나이에 기절 마법을 가슴에 정통으로 네 발이나 맞다니. 돌아가시지 않은 게 기적이야."

"교수님이…… 안 계신다고요?" 해리가 충격에 사로잡힌 채 말했다.

병동 바깥에서 종이 울렸다. 저 멀리서 평소처럼 학생들이 복도 양쪽에서 우르르 쏟아져 나오기 시작하는 소리가 들려왔다. 해리는 폼프리 선생을 바라보며 여전히 꼼짝 않고 서 있었다. 마음속에서 공포가 치솟았다.

이야기할 사람이 아무도 남아 있지 않았다. 덤블도어도 떠났고 해그리드도 떠났지만, 맥고나걸 교수만은 언제나 그 자리에 있을 거라고 생각했다. 화를 잘 내고 융통성은 좀 없을지 모르지만 항상 믿음직한 모습으로 제자리를 굳건히 지키고 있을 거라고…….

"네가 놀란 것도 무리는 아니야, 포터." 폼프리 선생이 이해하고도 남는다는 표정을 지으며 말했다. "그자들 중 한 명이라도 밝은 대낮에 미네르바 맥고나걸과 얼굴을 맞댄 상태에서 기절 마법을 걸 수 있는 사람이 있다면 말을 안 해! 비겁하다고밖에 할 수 없는 짓이었어……. 경멸스러울 만큼 비겁한……. 내가 없을 때 너희 학생들에게 무슨 일이 일어날지 걱정되지만 않았다면 항의의 뜻으로 사직했을 거야."

"네." 해리가 멍하니 대꾸했다.

그는 어떻게 해야 할지 모른 채 병동에서 학생들이 바글거리는 복도로 터덜터덜 걸어 나왔다. 복도에서는 아이들에게 이리저리 떠밀리며 서 있었다. 속에서 독가스처럼 퍼지는 공포 탓에 머리가 어질어질했고 뭘 해야 할지도 생각나지 않았다…….

'론이랑 헤르미온느.' 머릿속에서 어떤 목소리가 말했다.

그는 앞을 가로막은 학생들을 밀치며 다시 달리기 시작했다. 학생들이 화를 내며 항의하는 소리는 들리지도 않았다. 전속력으로 두 층을 달려 내려간 그는 대리석 계단 꼭대기에 다다라 두 사람이 자신을 향해 황급히 달려오는 모습을 보았다.

"해리!" 헤르미온느가 그를 보자마자 매우 겁에 질린 표정으로 물었다. "무슨 일이야? 괜찮아? 어디 아픈 거야?"

"어디 갔었어?" 론이 물었다.

"따라와." 해리가 다급히 말했다. "빨리. 해 줄 얘기가 있어."

그는 이 문, 저 문을 들여다보며 앞장서서 2층 복도를 따라가다가 마침내 빈 교실을 발견하고 뛰어들어 갔다. 론과 헤르미온느가 들어오자 그는 곧바로 문을 닫고 문에 기대선 채 그들을 마주 보았다.

"시리우스가 볼드모트한테 붙잡혔어."

"*뭐?*"

"네가 그걸 어떻게……."

"방금 봤어. 시험 보다가 잠들었을 때."

"하지만…… 하지만 어디서? 어떻게?" 헤르미온느가 하얗게 질린 얼굴로 물었다.

"어떻게 된 건지는 나도 몰라." 해리가 말했다. "하지만 어딘지는 정확히 알아. 미스터리부에 작은 유리구슬이 잔뜩 놓여 있는 선반들로 가득한 방이 있는데, 볼드모트와 시리우스는 97번 열 맨 끝에 있어……. 그자는 시리우스를 이용해, 그곳에서 자기가 원하는 물건을 손에 넣으려 하고 있어……. 시리우스를 고문하고 있어……. 결국에는 시리우스를 죽일 거라고 했어!"

해리의 목소리가 자기도 모르게 떨렸다. 무릎도 마찬가지였다. 그는 진정하려고 애쓰며 책상으로 가서 그 위에 걸터앉았다.

"어떻게 하면 거기에 갈 수 있을까?" 그가 물었다.

잠시 침묵이 흘렀다. 론이 말했다. "거, 거기에 간다고?"

"미스터리부에 가야지, 시리우스를 구하려면!" 해리가 큰 소리로 말했다.

"하지만, 해리……." 론이 머뭇거렸다.

"뭐? 뭐?" 해리가 재촉했다.

해리는 둘 다 마치 그가 뭔가 불합리한 요구를 한다는 것처럼 입을 쩍 벌린 채 자신을 바라보고 있는 이유를 이해할 수가 없었다.

"해리." 헤르미온느가 약간 겁먹은 목소리로 말했다. "어……볼드모트는 어떻게…… 어떻게 아무한테도 들키지 않고 마법 정부에 들어간 걸까?"

"내가 그걸 어떻게 알아?" 해리가 소리쳤다. "문제는 우리가 거기에 어떻게 가느냐야!"

"하지만…… 해리, 이렇게 생각해 봐." 헤르미온느가 그에게 한 발 다가서며 말했다. "지금은 오후 5시야……. 마법 정부는 틀림없이 직원들로 가득할 거라고……. 어떻게 볼드모트랑 시리우스가 누구의 눈에 띄지 않고 거기 들어갈 수 있겠어? 해리…… 그 둘은 수배 대상 1순위 마법사야……. 너는 그 둘이 오러들로 가득한 건물에 들키지 않고 들어갈 수 있었을 거라고 생각해?"

"몰라, 볼드모트가 투명 망토나 뭐 그런 걸 썼겠지!" 해리가 소리쳤다. "아무튼 미스터리부는 늘 내가 갈 때마다 텅 비어 있었고……."

"넌 한 번도 거기에 간 적이 없어, 해리." 헤르미온느가 조용히 말했다. "네 꿈에 그곳이 나왔을 뿐이야. 그게 다야."

"그건 평범한 꿈이 아니야!" 해리가 자리에서 일어나 헤르미온느에게 한 발 다가서며 그녀의 얼굴에 대고 소리쳤다. 그는 헤르미온느를 붙잡아 흔들고 싶었다. "그럼 론의 아빠 일은 어떻게 설명할 건데? 그건 다 뭐였냐고! 내가 어떻게 론의 아빠한테 일어난 일을 알았을까?"

"말이 되긴 해." 론이 헤르미온느를 보며 조용히 말했다.

"하지만 이건…… 이건 가능성이 너무 낮아!" 헤르미온느가 절박하게 말했다. "해리, 시리우스는 줄곧 그리몰드가에만 있는데 볼드모트가 대체 어떻게 시리우스를 잡을 수 있었겠어?"

"시리우스가 더 이상 못 견디고 상쾌한 공기라도 좀 마시고 싶어 했을지도 모르잖아." 론이 걱정스러운 목소리로 말했다. "오래전부터 그 집에서 나오고 싶어서 안달이었으니까……."

"하지만 왜……." 헤르미온느가 집요하게 말했다. "대체 왜 볼드모트가 그 무기인지 뭔지를 얻는 데 시리우스를 이용하고 싶어 한 거냐고."

"몰라, 이유야 엄청나게 많을 수 있지!" 해리가 그녀에게 소리쳤다. "어쩌면 볼드모트가 보기에 시리우스는 다쳐도 상관없는 사람이라거나……."

"저기 말이야, 나 방금 무슨 생각 났어." 론이 숨죽여 말했다. "시리우스의 동생이 죽음을 먹는 자였잖아? 어쩌면 그자가 시리우스한테 무기를 손에 넣는 비법을 말해 줬을지도 몰라!"

"그래, 그래서 덤블도어 교수님이 시리우스를 줄곧 가둬 놓고 싶어 안달했던 거야!" 해리가 말했다.

"저기, 미안한데" 하고, 헤르미온느가 소리쳤다. "너희 둘 다 말도 안 되는 소리를 하고 있어. 아무 증거도 없고, 볼드모트랑 시리우스가 거기에 있다는 증거도 전혀……."

"헤르미온느, 해리가 봤다잖아!" 론이 그녀에게 돌아서며 말했다.

"좋아." 그녀가 겁에 질렸으면서도 결의에 찬 표정으로 말했다. "이 말은 해야겠는데……."

"뭔데?"

"너…… 이건 비난하려는 게 아냐, 해리! 하지만 넌…… 뭐랄까…… 그러니까, 너 약간, 음…… *사람들을 구해야 된다는* 사명감 같은 걸 갖고 있는 거 아니야?" 그녀가 말했다.

해리는 그녀를 노려보았다.

"그게 무슨 뜻이야? '사람들을 구해야 된다는 사명감'이라니?"

"그게…… 넌……." 그녀는 그 어느 때보다 불안해 보였다. "그러니까…… 예를 들면 작년에…… 트라이위저드 대회 때도…… 호수에서…… 그래선 안 되는 거였잖아……. 내 말은, 그 들라쿠르의 여동생을 구할 필요가 있었느냐는 거지……. 넌 조금…… 지나쳤어……."

뜨겁고 따가운 분노의 파도가 해리의 몸을 휩쓸고 지나갔다. 어떻게 지금 그 실수를 상기시킬 수 있단 말인가?

"그러니까, 아주 훌륭한 행동이긴 했지." 헤르미온느가 재빨리 말했다. 해리의 얼굴에 떠오른 표정을 보고 무척 겁먹은 듯했다. "다들 훌륭한 일이라고 생각했어……."

"그거 이상하네." 해리가 떨리는 목소리로 말했다. "왜냐하면 내가 영웅 노릇 하느라 시간을 낭비했다고 론이 말했던 게 기억나거든……. 네가 생각하는 게 그거지? 내가 이번에도 영웅 노릇을 하고 싶어 한다고 생각하는 거 아냐?"

"아니야, 그건 아냐!" 헤르미온느가 깜짝 놀라서 말했다. "내 말은 전혀 그런 뜻이 아니야!"

"뭐, 할 말이 있으면 빨리 해. 우린 지금 시간을 낭비하고 있으니까!" 해리가 소리쳤다.

"내가 말하려는 건…… 볼드모트가 너를 잘 안다는 거야, 해리! 볼드모트는 너를 꾀어내려고 지니를 비밀의 방으로 데려갔어. 그런 게 바로 그자의 방식이야. 그자는 네가 시리우스를 도우러 갈 사람이라는 걸 알아! 만약에 그자가 너를 미스터리부로 끌어들이려 하는 거라면……?"

"헤르미온느, 그자가 나를 그곳으로 끌어들이려는 것이든 아니든 그건 중요하지 않아. 맥고나걸 교수님이 세인트 멍고로 실려 갔어. 호그와트에는 우리가 이야기를 나눌 수 있는 기사단 사람이 한 명도 남아 있지 않아. 그리고 우리가 가지 않으면 시리우스는 죽은 거나 마찬가지야!"

"하지만 해리, 만약 네 꿈이…… 그냥 꿈일 뿐이면 어떻게 해?"

해리는 답답한 듯 고함을 질렀다. 헤르미온느는 겁에 질린 표정을 지으며 실제로 그에게서 물러났다.

"넌 이해 못 해!" 해리가 그녀에게 소리쳤다. "나는 악몽을 꾸는 게 아니야. 그냥 꿈을 꾸는 게 아니라고! 너는 내가 무엇 때문에 그 오클루먼시를 다 배웠다고 생각해? 왜 덤블도어 교수님이 내가 이런 것들을 못 보게 하려 했다고 생각하느냐고. 이것들이 **진짜**기 때문이야, 헤르미온느. 나는 시리우스가 갇혀 있는 걸 봤어. 볼드모트가 시리우스를 붙잡았고, 그 일은 아무도 몰라. 그 말은, 시리우스를 구할 수 있는 건 우리뿐이라는 거야. 가기 싫으면 관둬. 하지만 나는 갈 거야. 알았어? 그리고 내 기억이 맞다면, 내가 디멘터들한테서 널 구했을 때는 너도 '사람을 구해야 된다는 사명감'을 문제 삼지 않았던 것 같은데. 아니면……." 그는 론을 돌아보았다. "……내가 바실리스크한테서 네 동생을 구했을 때라든가……."

"나는 그런 걸 문제 삼은 적 없어!" 론이 열을 내며 소리쳤다.

"하지만 해리, 너도 방금 말했잖아." 헤르미온느가 사납게 말했다. "덤블도어 교수님은 네가 이런 것들을 보지 못하게 마음을 닫아거는 법을 배우기를 바라셨어. 네가 오클루먼시를 제대로 배웠다면 넌 절대 이런 걸 보지 못했을……."

"내가 그냥 못 본 것처럼 굴 거라고 생각한다면……."

"시리우스도 네가 마음 닫아거는 법을 배우는 것보다 중요한 일은 아무것도 없다고 했잖아!"

"뭐, 내가 방금 본 게 뭔지 알았다면 다르게 말했……."

교실 문이 열렸다. 해리, 론, 헤르미온느는 홱 돌아섰다. 지니가 궁금하다는 듯한 얼굴로 걸어 들어왔고 그 뒤를 루나가 따랐다. 그녀는 늘 그렇듯 지나가다가 우연히 들어오게 됐다는 표정을 짓고 있었다.

"안녕." 지니가 머뭇거리며 말했다. "해리 목소리가 들리길래. 뭐 때문에 소리를 지르고 있었어?"

"신경 꺼." 해리가 거칠게 말했다.

지니가 눈썹을 치켜올렸다.

"나한테 그런 식으로 말할 필요는 없잖아." 그녀가 싸늘하게 말했다. "나는 그냥 내가 도울 게 있는지 궁금했을 뿐이야."

"도와줄 것 없어." 해리가 짧게 말했다.

"너 좀 무례하게 굴고 있어." 루나가 평온하게 말했다.

해리는 욕을 하고 돌아섰다. 지금 그가 결코 원하지 않는 게 하나 있다면 그건 바로 루나 러브굿과의 대화였다.

"잠깐." 헤르미온느가 갑자기 입을 열었다. "잠깐…… 해리, 애들이 도와줄 수 있어."

해리와 론이 그녀를 바라보았다.

"들어 봐." 그녀가 다급히 입을 열었다. "해리, 시리우스가 정말로 본부를 떠났는지 확인해야 해."

"말했잖아, 내가 봤……."

"해리, 이렇게 빌게, 부탁이야!" 헤르미온느가 간절하게 말했다. "제발 무작정 런던으로 달려가기 전에 시리우스가 정말 집에 없는지만 확인해 보자. 거기 없다는 걸 확인하면, 그다음에는 맹세하는데 널 막지 않을게. 갈게. 시리우스를 구하기 위해서라면 무, 무슨 일이든 할게."

"시리우스는 **지금** 고문을 당하고 있단 말이야!" 해리가 소리쳤다. "낭비할 시간 없어."

"하지만 이게 만약 볼드모트의 속임수라면 확인해 봐야 해, 해리. 그래야만 해."

"어떻게?" 해리가 물었다. "어떻게 확인할 건데?"

"엄브리지의 벽난로로 시리우스한테 연락해 보자." 헤르미온느가 말했다. 그녀는 그런 생각만으로도 꽤 겁에 질린 표정이었다. "엄브리지를 다시 유인하는 거야. 하지만 망볼 사람이 필요하겠지. 그때 지니랑 루나가 도움이 될 수 있어."

무슨 일이 벌어지는 건지 영문을 알 수 없어 어리둥절해하면서도 지니가 서슴없이 말했다. "알았어, 그렇게 할게." 루나도 말했다. "'시리우스'라면, 스터비 보드먼을 말하는 거야?"

아무도 대꾸하지 않았다.

"좋아." 해리가 헤르미온느에게 날 선 목소리로 말했다. "좋아, 이 일을 빨리 처리할 방법을 생각해 낸다면 나도 찬성이야. 그렇지 않다면 지금 당장 미스터리부로 가겠어."

"미스터리부?" 루나가 약간 놀란 듯 말했다. "하지만 거기까지 어떻게 가려고?"

이번에도 해리는 그녀를 무시했다.

"좋아." 헤르미온느가 두 손을 한데 모아 비틀면서 책상 사이를 왔다 갔다 했다. "좋아…… 음…… 우리 중 한 명이 가서 엄브리지를 찾아야 해. 그래서…… 그래서 엄브리지를 엉뚱한 데로 보내 버리는 거야. 연구실에서 멀리. 무슨 말을 해야 할까……. 모르겠다……. 피브스가 평소처럼 뭔가 끔찍한 일을 꾸미고 있다고 하거나……."

"내가 할게." 론이 바로 나섰다. "내가 엄브리지한테 피브스가 변환 마법 교실이나 뭐 그런 걸 박살 내고 있다고 말할게. 거기는 엄브리지 연구실에서 엄청 멀리 떨어져 있으니까. 생각이 나서 말인데, 아마 가는 길에 피브스를 만나면 진짜로 그렇게 하라고 설득할 수 있을지도 몰라."

변환 마법 교실을 박살 내겠다는데도 헤르미온느가 반대하지 않는 걸 보면 상황이 얼마나 심각한지를 알 수 있었다.

"알았어." 헤르미온느가 말했다. 계속 서성거리는 그녀의 이마에 주름이 깊게 패 있었다. "자, 무단 침입을 하는 동안에는 학생들을 엄브리지의 연구실 가까이 오지 못하게 해야 해. 안 그랬다간 분명 슬리데린 애들이 엄브리지한테 가서 일러바칠 테니까."

"루나랑 내가 복도 양쪽에 서 있을게." 지니가 재빨리 말했다. "누가 질식 가스를 잔뜩 풀어놨으니 이쪽으로 가면 안 된다고 경고하는 거야." 헤르미온느는 지니가 준비라도 한 듯 거짓말을 떠올리는 것을 보고 놀란 표정을 지었다. 지니가 어깨를 으쓱하더니 말했다. "프레드랑 조지가 떠나기 전에 그렇게 하려고 계획했었거든."

"좋아." 헤르미온느가 말했다. "자 그럼, 해리, 넌 나랑 투명 망토를 쓰고 연구실로 몰래 들어가자. 그리고 너는 시리우스랑 얘기를……."

"시리우스는 거기 없다니까, 헤르미온느!"

"내 말은, 확인…… 확인을 할 수 있다는 거야. 내가 망을 보는 동안 시리우스가 집에 있는지 없는지 확인해 봐. 너 혼자 연구실에 들어가서는 안 될 것 같아. 리가 이미 니플러를 들여보내서 창문이 허점이라는 걸 증명했으니까."

화가 나고 조바심이 나는 와중에도 해리는 엄브리지의 연구실에 함께 들어가겠다는 헤르미온느의 제안이 연대감과 의리의 표현이라는 것을 알았다.

"난…… 알았어, 고마워." 그가 웅얼거렸다.

"좋아. 그럼, 우리가 그 모든 일을 하더라도 5분 이상을 벌 수는 없을 거야." 해리가 이 계획을 받아들인 것에 안도한 얼굴로 헤르미온느가 말했다. "필치랑, 그놈의 장학관 직속 선도부인지 뭔지 하는 애들이 돌아다니고 있으니까."

"5분이면 충분할 거야." 해리가 말했다. "자, 가자."

"*지금*?" 헤르미온느가 충격을 받은 표정으로 말했다.

"당연히 지금 가야지!" 해리가 화를 냈다. "어쩔 생각이었어? 저녁 식사라도 다 마칠 때까지 기다릴 줄 알았어? 헤르미온느, 시리우스는 *지금 이 순간*에도 고문을 당하고 있단 말이야!"

"난…… 아, 알았어." 그녀가 절망적으로 말했다. "넌 가서 투명 망토를 가져와. 엄브리지의 연구실이 있는 복도 끝에서 만나자. 알았지?"

해리는 대답 대신 그 교실에서 뛰쳐나가 복도에 몰려 있는 학생들을 헤치고 달리기 시작했다. 그는 두 층 위에서 셰이머스와 딘을 만났는데, 그들은 유쾌하게 인사하며 휴게실에서 해 질 녘부터 동틀 때까지 이어지는 시험 뒤풀이를 계획하고 있다고 말했다. 해리는 그들의 이야기를 거의 듣지도 못했다. 해리는 그들이 얼마나 많은 버터맥주를 몰래 들여와야 할지 계속 말다툼을 벌이는 동안 허겁지겁 초상화 구멍으로 들어가, 그들이 해리가 가 버렸다는 사실을 눈치채기도 전에 투명 망토와 시리우스의 칼을 가방에 안전하게 넣어 가지고 다시 구멍을 나왔다.

"해리, 갈레온 몇 닢 내줄래? 해럴드 딩글이 우리한테 파이어위

스키를 조금 팔 수 있을 거라던데…….."

하지만 해리는 이미 복도를 따라 내달리고 있었다. 몇 분 뒤에는 남은 계단 몇 개를 훌쩍 뛰어넘어 론과 헤르미온느와 지니와 루나가 있는 곳에 도착했다. 그들은 엄브리지의 연구실이 있는 복도 끝에 모여 있었다.

"가져왔어." 그가 헐떡거렸다. "그럼 갈 준비 됐지?"

"좋아." 시끌벅적한 6학년 무리가 그들을 지나가자 헤르미온느가 속삭였다. "그럼 론, 너는 가서 엄브리지를 유인해. 지니, 루나, 지금부터 다른 애들이 복도에 들어오지 못하게 해 줬으면 좋겠어……. 해리랑 나는 투명 망토를 쓰고 주위가 빌 때까지 기다릴게."

론은 성큼성큼 멀어져 갔다. 그의 밝은 빨간색 머리카락이 복도 저 끝에 가 있는 게 보였다. 한편 똑같이 선명한 지니의 머리카락은 주변의 북적거리는 학생들 사이에서 보였다 안 보였다 하면서 반대편으로 향했다. 그 뒤를 루나의 금발 머리가 따랐다.

"이리 와." 헤르미온느가 해리의 손목을 잡아끌면서 중얼거렸다. 그녀는 못생긴 중세 마법사 흉상이 있는 곳으로 해리를 끌고 갔다. 돌로 된 그 조각상은 받침대 위에서 혼잣말을 중얼거리고 있었다. "해리, 너…… 너 정말 괜찮아? 아직도 얼굴이 새하얘."

"난 괜찮아." 그는 짤막하게 말하고 가방에서 투명 망토를 꺼냈다. 사실 흉터에서 통증이 느껴지긴 했지만 그렇게 심하게 아프지는 않았으므로, 해리는 볼드모트가 벌써 시리우스에게 치명적인 일격을 가하지는 않았을 거라고 생각했다. 볼드모트가 에이버리에게 벌을 줄 때는 이보다 훨씬 심하게 아팠으니까.

"자." 그가 말했다. 그는 투명 망토를 둘 모두에게 확 뒤집어씌웠고, 그들은 눈앞의 흉상이 라틴어로 중얼거리는 소리 너머로 귀를 기울였다.

"이쪽으로 가면 안 돼!" 지니가 학생들에게 소리치고 있었다. "미안하지만, 안 돼. 회전 계단 쪽으로 돌아가야 해. 누가 여기다 질식 가스를 터뜨렸어."

학생들이 불평하는 소리가 들렸다. 부루퉁한 어떤 목소리가 말했다. "가스는 안 보이는데."

"그야 색깔이 없으니까 그렇지." 지니가 짜증이 담긴 목소리로 그럴듯하게 말했다. "하지만 정 지나가고 싶으면 가 봐. 그럼 우리 말을 믿지 않는 다음 명청이한테 네 시체를 증거로 보여 줄 수 있을 테니까."

학생들이 천천히 흩어졌다. 질식 가스 소식이 퍼져 나간 듯 학생들은 더 이상 이쪽으로 오지 않았다. 마침내 주위가 텅 비자 헤르미온느가 조용히 말했다. "이 정도면 된 것 같아, 해리. 자, 가자."

그들은 투명 망토를 뒤집어쓴 채 앞으로 나아갔다. 루나가 복도

저쪽에서 그들에게 등을 돌린 채 서 있었다. 지니 옆을 지나갈 때 헤르미온느가 속삭였다. "잘했어. 신호 잊지 마."

"무슨 신호?" 엄브리지의 연구실 문에 다가가면서 해리가 작은 소리로 물었다.

"엄브리지가 오는 걸 보면 큰 소리로 '위즐리는 우리의 왕'을 합창하기로 했어." 헤르미온느가 대답했고, 해리는 시리우스가 준 칼을 문과 벽 틈새에 집어넣었다. 자물쇠가 찰칵 열리자 그들은 연구실로 들어갔다.

접시를 따뜻하게 덥히는 늦은 오후의 햇볕을 쬐는 총천연색 고양이들이 있을 뿐 연구실은 지난번처럼 고요하고 텅 비어 있었다. 헤르미온느는 안도의 한숨을 내쉬었다.

"두 번째 니플러 사건 이후로 추가 보안 조치를 해 놨을 수도 있다고 생각했는데."

그들은 투명 망토를 벗었다. 헤르미온느는 재빨리 창문으로 다가가 밖에서는 보이지 않는 곳에 서서 마법 지팡이를 꺼내 들고 교정을 내려다보았다. 해리는 벽난로로 달려가 플루 가루 단지를 쥐고 벽난로 안에 한 줌 던져 넣었다. 에메랄드색 불꽃이 확 일어났다. 그는 재빨리 무릎을 꿇고 이글거리는 불꽃 속으로 머리를 밀어 넣은 뒤 소리쳤다. "그리몰드가 12번지!"

머리가 유원지 놀이기구에서 막 내린 것처럼 빙빙 돌았지만, 무릎은 차가운 연구실 바닥에 단단히 붙박여 있었다. 그는 소용돌이 치는 재 속에서 계속 눈을 질끈 감고 있다가 회전이 멈추자 눈을 떴다. 그는 어느새 그리몰드가의 냉기 가득한 긴 부엌을 내다보고 있었다.

그곳에는 아무도 없었다. 예상했던 일이지만, 텅 빈 방을 봤을 때 가슴속 깊은 곳에서 치솟는 끔찍함과 몸을 녹일 듯한 공포의 물결에는 아직 준비가 되어 있지 않았다.

"시리우스?" 그가 소리쳤다. "시리우스, 거기 있어요?"

그의 목소리가 부엌에 메아리쳤지만 벽난로 오른쪽에서 들리는 발을 질질 끄는 미세한 소리를 빼면 아무런 반응도 없었다.

"거기 누구예요?" 그냥 쥐가 아닐까 생각하면서도 그가 소리쳤다.

집요정 크리처가 살금살금 시야로 들어왔다. 그는 최근에 양손을 심하게 다친 듯 붕대를 둘둘 감고 있었지만 어쩐지 무척 즐거워 보였다.

"벽난로에 포터 녀석의 머리가 있네." 크리처는 이상하게 텅 빈 부엌에 대고 말했다. 승리감에 찬 눈길로 해리를 은근슬쩍 훔쳐보면서. "여기엔 왜 왔는지 크리처는 궁금한데?"

"시리우스 어디 있어, 크리처?" 해리가 물었다.

집요정은 쌕쌕거리며 웃었다.

"주인님은 나가셨는데요, 해리 포터."

"어디로 갔어? 어디로 갔냐고, 크리처?"

크리처는 그저 낄낄거릴 뿐이었다.

"경고한다!" 해리는 지금 처지에서는 크리처에게 벌을 줄 방법이 없는 것이나 마찬가지라는 사실을 잘 알면서도 그렇게 말했다. "루핀은? 매드아이는? 누구라도 거기 있어?"

"여기에는 크리처밖에 없어요!" 집요정이 신이 나서 말하더니, 해리에게서 등을 돌리고 부엌 끝에 있는 문으로 천천히 걸어가기 시작했다. "주인마님이랑 수다나 좀 떨어야겠어. 그래, 오랫동안 그럴 기회가 없었잖아. 크리처의 주인이 마님에게서 크리처를 떼어 놓았으니까."

"시리우스는 어디 갔어?" 해리가 집요정의 등 뒤에 대고 소리쳤다. "크리처, 시리우스가 혹시 미스터리부에 갔어?"

크리처는 가다 말고 멈춰 섰다. 해리는 눈앞의 의자 다리들이 이룬 숲 사이로 크리처의 벗어진 뒤통수를 간신히 알아볼 수 있었다.

"주인님은 가엾은 크리처에게 어디로 가는지 말씀해 주시지 않습니다요." 집요정이 조용히 말했다.

"하지만 넌 알고 있잖아!" 해리가 소리쳤다. "아냐? 너는 시리우스가 어디 있는지 알잖아!"

잠깐 침묵이 흐르더니 집요정은 조금 전보다 더욱 큰 소리로 낄낄거렸다.

"주인님은 미스터리부에서 돌아오지 않으실 거예요!" 그가 고소하다는 듯 말했다. "또다시 크리처와 주인마님 단둘이 남게 됐어요!"

그러더니 그는 허겁지겁 앞으로 나아가 복도로 통하는 문으로 사라졌다.

"너……!"

하지만 단 한 마디 욕설이나 모욕을 내뱉을 새도 없이 정수리에서 엄청난 고통이 느껴졌다. 그는 재를 잔뜩 들이켜고 목이 막힌 채 불길 밖으로 질질 끌려 나갔다. 그리고 끔찍할 만큼 갑작스럽게도 어느새 엄브리지 교수의 넓적하고 허여멀건 얼굴을 올려다보고 있었다. 해리의 머리채를 잡고 벽난로 밖으로 끌어낸 그녀는 마치 목을 긋기라도 할 것처럼 그의 머리를 있는 힘껏 뒤로 젖히고 있었다.

"포터 군은……." 그녀가 해리의 목을 더더욱 뒤로 젖혀 천장을 보게 하며 속삭였다. "니플러들이 두 번이나 들어왔는데도 내가 쓰레기나 뒤져 먹는 더러운 작은 생물이 또다시 연구실에 몰래 들어오도록 놔둘 것 같았나요? 멍청하긴. 지난번 니플러가 들어온 이후로 나는 문 전체에 위장 감지 마법을 걸어 놨어요. 이 학생의 마법 지팡이를 가져가세요." 그녀가 해리의 눈에는 보이지 않는 누군가에게 소리쳤다. 해리는 누군가의 손이 로브 가슴 주머니 안쪽을 뒤져 마법 지팡이를 꺼내는 것을 느꼈다. "저 애 것도."

문 쪽에서 몸싸움하는 소리가 들렸다. 해리는 헤르미온느 역시 마법 지팡이를 빼앗겼다는 것을 알았다.

"왜 내 연구실에 들어왔는지 알고 싶군요." 엄브리지가 해리의 머리카락을 쥔 주먹을 흔들었다. 해리는 비틀거렸다.

"저는…… 제 파이어볼트를 가지러 온 거예요!" 해리가 쉰 목소리로 외쳤다.

"거짓말." 그녀가 다시 그의 머리를 흔들었다. "너도 잘 알다시피 네 파이어볼트는 지하 감옥에서 엄중한 감시를 받고 있어, 포터. 너는 벽난로에 머리를 집어넣고 있었어. 누구랑 대화하고 있었던 거지?"

"아무도……." 해리가 그녀에게서 벗어나려고 애쓰며 말했다. 머리카락이 몇 가닥 뽑혀 나가는 것이 느껴졌다.

"*거짓말!*" 엄브리지가 소리쳤다. 그녀가 내동댕이치는 바람에 해리는 책상에 세게 부딪혔다. 밀리선트 벌스트로드에게 붙잡혀 벽에 딱 붙어 있는 헤르미온느의 모습이 보였다. 말포이가 창틀에 기댄 채, 한 손으로 해리의 마법 지팡이를 공중에 던졌다가 다시 받으며 히죽 웃고 있었다.

밖에서 소란이 일더니 덩치 큰 슬리데린 학생 몇몇이 들어왔다. 그들은 각각 론과 지니, 루나를 꽉 붙잡고 있었다. 당황스럽게도 크래브에게 목이 졸린 채 금방이라도 질식할 것처럼 보이는 네빌도 있었다. 넷 모두 입에 재갈이 물려 있었다.

"다 잡아 왔어요." 워링턴이 론을 거칠게 방 안으로 떠밀며 말했다. "이 녀석은" 하고, 그가 두꺼운 손가락으로 네빌을 쿡 찔렀다. "제가 저 애를 잡는 걸 막으려고 했고요." 그는 지니를 가리켰다. 지니는 자기를 붙들고 있는 덩치 큰 슬리데린 여학생의 정강이를 걷어차려 하고 있었다. "그래서 같이 데려왔습니다."

"좋아, 잘했어요." 엄브리지가 몸부림치는 지니를 바라보며 말했다. "음, 호그와트는 곧 위즐리 청정 구역이 될 것 같군요?"

말포이가 큰 소리로 아첨하듯 웃었다. 엄브리지는 얼굴 전체에 흐뭇한 미소를 띠고, 친츠 안락의자에 앉아 눈을 깜빡이면서 꽃밭에 앉은 두꺼비처럼 포로들을 올려다보았다.

"그래, 포터." 그녀가 말했다. "너는 내 연구실 주변에 보초들을 배치하고 이 광대 녀석을 보내서……." 그녀가 고갯짓으로 론을 가리켰다. 말포이가 더욱 큰 소리로 웃음을 터뜨렸다. "나한테 폴터가이스트가 변환 마법 교실을 망가뜨리고 있다고 말하게 했지. 그 폴터가이스트가 학교에 있는 망원경 렌즈에 죄다 잉크를 칠해 놓느라 바쁘다는 걸 내가 뻔히 아는데 말이야……. 필치 씨가 막 그 사실을 알려 준 참이었거든. 확실히, 누군가와 이야기하는 게 너한테는 아주 중요한 일이었던 모양이야. 알버스 덤블도어였니? 아니면 그 잡종 해그리드? 미네르바 맥고나걸이었을 것 같지는 않은

데. 누구와도 이야기할 수 없을 만큼 많이 아프다고 들었으니까."

그 말에 말포이와 장학관 직속 선도부 몇몇이 더욱 크게 웃음을 터뜨렸다. 해리는 분노와 증오심으로 가득 차 몸이 부들부들 떨리는 것을 느꼈다.

"내가 누구랑 이야기하든 당신이 상관할 일은 아니지." 그가 으르렁거렸다.

엄브리지의 축 늘어진 얼굴이 팽팽하게 당겨지는 듯했다.

"좋아." 그녀가 가장 위험하고도 가식적인 상냥한 목소리로 말했다. "아주 좋아요, 포터 군……. 나는 포터 군에게 자유롭게 말할 기회를 줬어요. 포터 군은 거부했고요. 내 입장에서는 억지로 말하게 하는 것 말고는 대안이 없네요. 드레이코, 스네이프 교수님을 모셔 와요."

말포이는 해리의 마법 지팡이를 자기 로브에 집어넣고 실실 웃으며 방을 나갔다. 하지만 해리는 그것을 거의 눈치채지도 못했다. 방금 뭔가를 깨달았던 것이다. 그 사실을 잊을 만큼 멍청했다니 믿을 수가 없을 정도였다. 해리는 모든 기사단 단원이, 시리우스를 구하는 데 도움을 줄 수 있는 모두가 사라졌다고 생각했다. 하지만 틀렸다. 호그와트에는 아직 불사조 기사단 단원이 한 명 남아 있었다. 스네이프.

슬리데린 학생들이 론과 다른 아이들을 붙들고 있느라 낑낑대고 실랑이하는 소리를 빼면 연구실에는 침묵만이 흘렀다. 워링턴의 목 조르기에 맞서 몸부림을 치던 론이 입술에서 피를 흘리며 엄브리지의 카펫 위로 떨어졌다. 지니는 여전히 자신의 양팔을 단단히 쥐고 있는 6학년 여학생의 발을 밟으려 애쓰고 있었다. 목을 조르는 크래브의 팔을 떼어 내려 애쓰는 네빌의 얼굴이 점점 검푸르게 변했다. 헤르미온느는 밀리선트 벌스트로드를 떼어 놓으려는 헛된 시도를 하는 중이었다. 반면 루나는 자기를 붙잡고 있는 사람 옆에 무기력하게 서서, 이런 진행은 지루하다는 듯 멍하니 창밖을 응시하고 있었다.

해리는 고개를 돌려 엄브리지를 바라보았다. 그녀는 그를 자세히 살피고 있었다. 그는 일부러 담담하고 무표정한 얼굴을 유지했다. 그때 복도에서 발소리가 들리더니 연구실로 돌아온 드레이코 말포이가 스네이프에게 문을 열어 주었다.

"저를 보자고 하셨습니까, 교장 선생님?" 스네이프가 완전히 무관심한 표정으로, 짝을 지어 실랑이를 벌이고 있는 학생 모두를 둘러보며 말했다.

"아, 스네이프 교수님?" 엄브리지가 활짝 웃으며 자리에서 일어섰다. "네, 베리타세룸이 한 병 더 있었으면 좋겠는데요. 가급적 빨리 부탁드려요."

"포터를 취조하려고 가져가신 게 제가 갖고 있는 마지막 한 병이었습니다만." 그가 기름진 검은 머리카락 사이로 그녀를 싸늘하게 바라보며 말했다. "그걸 다 쓰신 건 물론 아니겠지요? 세 방울이면 충분할 거라고 말씀드렸는데요."

엄브리지는 얼굴을 붉혔다.

"더 만들어 주실 수 없나요?" 그녀가 말했다. 몹시 화가 났을 때 늘 그랬던 것처럼 그녀의 목소리는 더욱 간드러지게 변해 있었다.

"물론 가능합니다." 스네이프가 입술을 비틀어 올리며 말했다. "숙성하는 데 달의 한 주기가 걸리니까 대략 한 달 안에 준비해 드릴 수 있습니다."

"한 달이라고요?" 엄브리지가 두꺼비처럼 몸을 부풀리며 꽥꽥거렸다. "한 달요? 하지만 오늘 저녁에 필요해요, 스네이프! 방금 포터가 제 벽난로를 이용해 한 명 또는 그 이상의 사람과 대화하는 걸 발견했어요!"

"그렇습니까?" 해리를 돌아본 스네이프가 처음으로 약간 흥미로운 기색을 보이며 말했다. "뭐, 놀랄 일도 아니군요. 포터는 단한 번도 교칙을 따르려고 한 적이 없으니까요."

그의 차갑고 어두운 시선이 해리의 눈을 파고들었다. 해리는 움찔거리지 않고 그와 눈을 마주쳤다. 꿈에서 본 것에 열중하며, 스네이프가 자신의 마음속에서 그 꿈을 읽고 알아채 주기를 바라면서…….

"난 포터를 취조하고 싶어요!" 엄브리지가 화를 내며 소리쳤다.

스네이프는 해리에게서 격한 분노로 부들부들 떨리는 그녀의 얼굴로 다시 눈길을 돌렸다. "이 녀석이 억지로라도 진실을 토해 내게 만들려면 마법약이 필요해요!"

"이미 말씀드렸다시피……." 스네이프가 부드럽게 말했다. "제가 비축해 둔 베리타세룸은 더 이상 없습니다. 포터를 독살하고 싶으신 게 아니라면…… 물론 그러고 싶은 마음은 저도 충분히 공감합니다만, 저는 도와드릴 수 없습니다. 단 한 가지 문제는 독극물 대부분의 효력이 너무 빨리 나타나서 희생자에게 진실을 말할 시간을 별로 주지 않는다는 겁니다만."

스네이프가 다시 해리를 바라보았다. 해리는 그를 빤히 쳐다보았다. 말없이 의사소통을 하려니 미칠 것만 같았다.

'볼드모트가 미스터리부에 시리우스를 잡아 뒀어요.' 그는 절박하게 생각했다. '볼드모트가 시리우스를…….'

"근신입니다!" 엄브리지가 날카롭게 소리치자 스네이프는 다시 그녀를 돌아보았다. 그의 눈썹이 약간 치켜 올라가 있었다. "일부러 협조하지 않는 거군요! 루시우스 말포이가 항상 당신을 아주 높이 평가하기에 기대를 많이 했는데! 내 연구실에서 나가요!"

스네이프는 빈정대듯 그녀에게 공손하게 허리를 숙여 보이더니 나가려고 발걸음을 돌렸다. 해리는 기사단에 무슨 일이 벌어졌는지를 말해 줄 마지막 기회가 문밖으로 걸어 나가고 있다는 사실을 알았다.

"그자가 패드풋을 붙잡았어요!" 해리가 소리쳤다. "그자가, 그것이 감춰진 곳에 패드풋을 붙잡아 뒀어요!"

스네이프는 연구실 문손잡이에 손을 얹은 채 멈춰 섰다.

"패드풋?" 엄브리지 교수가 기대에 찬 얼굴로 해리에게서 스네이프에게로 눈을 돌리며 소리쳤다. "패드풋이 뭐지? 뭐가 어디에 숨겨져 있다는 거야? 얘가 무슨 말을 하는 거죠, 스네이프?"

스네이프가 해리를 돌아보았다. 헤아리기 어려운 표정이었다. 해리는 그가 이해했는지 어쩐지 알 수 없었지만 감히 엄브리지 앞에서 더 명확하게 말할 수는 없었다.

"전혀 모르겠군요." 스네이프가 차갑게 말했다. "포터, 네가 헛소리를 지껄이길 바랐다면 난 너한테 왁자지껄 음료를 줬을 거다. 그리고 크래브, 힘을 좀 빼도록. 롱보텀이 목이 졸려 죽기라도 하면 지루한 서류 작업이 뒤따를 테니까. 유감이지만 네가 취업할 때 네 추천서에 그 이야기를 쓸 수밖에 없다."

그는 문을 탁 닫고 나가 버렸다. 해리는 조금 전보다 더 불안해졌다. 스네이프는 그의 마지막 희망이었다. 그는 엄브리지를 바라봤다. 엄브리지도 똑같은 마음인 것 같았다. 그녀의 가슴이 분노와 답답함으로 오르락내리락했다.

"좋아." 그녀가 말하더니 마법 지팡이를 꺼냈다. "아주 좋아……. 다른 대안이 남아 있지 않구나……. 이건 학교에서의 훈육을 뛰어넘은 문제야……. 정부 보안에 관련된 문제니까……. 그래…… 그래……."

그녀는 뭔가를 하려고 스스로를 설득하는 것처럼 보였다. 그녀는 해리를 뚫어지게 바라보며 마법 지팡이로 손바닥을 두드리고 무겁게 숨을 쉬면서 초조하게 한 발에서 다른 발로 몸무게를 옮겨 실었다. 해리는 그런 그녀를 지켜보았다. 마법 지팡이가 없으니 끔찍할 만큼 무력감이 들었다.

"네가 날 이렇게 만든 거다, 포터……. 나도 이러고 싶지는 않아." 엄브리지가 가만있지 못하고 제자리에서 계속 움직이며 말했다. "하지만 가끔은 상황이 그것의 사용을 정당화하기도 하지……. 정부도 나에게 선택의 여지가 없었다는 걸 분명 이해할 거야……."

말포이가 갈망하는 표정으로 그녀를 바라보았다.

"크루시아투스 저주라면 네 말문을 열어 주겠지." 엄브리지가 조용히 말했다.

"안 돼요!" 헤르미온느가 소리쳤다. "엄브리지 교수님, 그건 불법이에요."

하지만 엄브리지는 들은 척도 하지 않았다. 그녀의 얼굴에는 해리가 지금껏 보지 못했던 악랄하고 기대감에 찬 들뜬 표정이 어려 있었다. 그녀가 마법 지팡이를 들어 올렸다.

"총리님도 교수님이 법을 어기는 건 바라지 않을 거예요, 엄브리지 교수님!" 헤르미온느가 외쳤다.

"코닐리어스는 모르는 일인데 그분에게 피해가 갈 리는 없지." 엄브리지가 말했다. 그녀는 이제 조금씩 헐떡거리면서 마법 지팡이로 해리의 몸 이곳저곳을 차례차례 가리키고 있었다. 어디가 가장 아플지 가늠해 보는 게 틀림없었다. "지난여름, 내가 디멘터들에게 포터를 추격하라고 지시한 것도 결코 모르셨으니까. 하지만 어쨌든 저 녀석을 퇴학시킬 구실이 생기니까 기뻐하셨어."

"당신이었어?" 해리가 헉하고 숨을 들이켰다. "당신이 나한테 디멘터들을 보낸 거야?"

"누군가는 행동을 해야 하니까." 엄브리지가 숨죽여 말했다. 그녀의 마법 지팡이가 해리의 이마를 곧장 겨눈 채 멈췄다. "다들 너를 어떻게든 입 다물게 해야 한다고 투덜댔지. 네 신뢰를 떨어뜨려야 한다고 말이야. 하지만 실제로 뭔가 행동을 취한 사람은 나였어. 물론 넌 그때 어찌어찌 잘 빠져나갔지만 말이야. 안 그러니, 포터? 하지만 오늘은 아니야, 지금은······." 그러더니 그녀는 심호흡을 하고는 외쳤다. "크루시······."

"**안 돼요!**" 헤르미온느가 밀리선트 벌스트로드에게 가로막힌 채 갈라진 목소리로 외쳤다. "안 돼······ 해리, 말씀드려야겠어!"

"절대 안 돼!" 해리가 잘 보이지 않는 헤르미온느를 향해 소리쳤다.

"어쩔 수 없어, 해리. 어쨌든 억지로 말하게 될 거야. 그게……그게 무슨 의미가 있어?"

그러더니 헤르미온느는 밀리선트 벌스트로드의 로브 뒤에 대고 힘없이 울기 시작했다. 밀리선트는 그녀를 벽에 짓누르던 행동을 곧 멈추더니 진저리 나는 표정으로 그녀에게서 떨어졌다.

"이런, 이런, 이런!" 엄브리지가 승리감에 찬 표정을 지으며 말했다. "우리 질문쟁이 아가씨가 대답도 좀 해 주려나 본데! 그럼 해 봐라, 애야. 어서!"

"헤……미온……느…… 안 돼!" 론이 재갈이 물린 상태에서 소리쳤다.

지니는 난생처음 보는 사람이라도 되는 듯 헤르미온느를 뚫어지게 바라보고 있었다. 여전히 목이 졸려 숨 쉬기 어려워하고 있던 네빌 또한 그녀를 바라보았다. 하지만 해리는 방금 뭔가를 눈치챘다. 헤르미온느는 두 손에 얼굴을 묻고 절박하게 흐느끼고 있었지만 눈물의 흔적은 전혀 보이지 않았다.

"난…… 모두 미안해." 헤르미온느가 말했다. "하지만…… 견딜 수가 없어."

"그렇지, 그래야지, 애야!" 엄브리지가 헤르미온느의 어깨를 잡고 비어 있는 친츠 의자에 떠밀더니 그 위로 몸을 기울였다. "자,

그럼…… 포터가 방금 이야기를 나누고 있던 사람이 누구지?"

"그게……." 헤르미온느가 양손에 얼굴을 묻은 채 침을 꿀꺽 삼켰다. "그게, 해리는 덤블도어 교수님이랑 이야기를 하려던 거였어요."

론은 눈이 휘둥그레진 채 얼어붙은 듯 꼼짝도 하지 않았다. 지니는 자기를 붙잡고 있는 슬리데린 학생의 발을 밟으려다 말고 멈췄다. 루나조차 약간 놀란 표정이었다. 다행히 엄브리지와 그 하수인들은 오직 헤르미온느에게만 관심을 집중하고 있었기에 이런 의심스러운 조짐들을 눈치채지 못했다.

"덤블도어?" 엄브리지가 기대감에 차서 물었다. "그럼 덤블도어가 어디 있는지 안다는 거니?"

"그게…… 아뇨!" 헤르미온느가 훌쩍였다. "다이애건 앨리의 리키 콜드런하고 스리 브룸스틱스, 호그스 헤드에까지 연락해 봤는데……."

"멍청한 꼬마 같으니. 온 정부가 그자를 찾고 있는데 덤블도어가 술집에 앉아 있을 리가 없지!" 축 늘어진 얼굴 주름 하나하나마다 실망감을 새긴 채 엄브리지가 고함을 질렀다.

"하지만, 하지만 꼭 전해야 하는 중요한 말이 있단 말이에요!" 헤르미온느가 두 손으로 얼굴을 더더욱 가리며 울부짖었다. 해리는 그것이 괴로워서가 아니라, 눈물이 계속 나오지 않는다는 사실을 감추기 위해서라는 것을 알았다.

"그래?" 엄브리지는 갑자기 흥미가 다시 솟구치는 듯 말했다. "전하려던 말이 뭐지?"

"저희는…… 저희는 주, 준비되었다고 말하고 싶었어요!" 헤르미온느가 목멘 소리로 말했다.

"뭐가?" 엄브리지가 물었다. 그녀는 헤르미온느의 어깨를 다시 잡고 살짝 흔들었다. "뭐가 준비됐다는 거니?"

"그…… 그 무기요." 헤르미온느가 말했다.

"무기? 무기라고?" 엄브리지가 말했다. 흥분으로 눈이 튀어나올 지경이었다. "무슨 저항 수단을 개발하고 있었던 거니? 정부에 대항해서 사용할 무기를? 당연히 덤블도어 교수의 지시를 따른 거겠지?"

"마, 마, 맞아요." 헤르미온느가 헐떡였다. "하지만 교수님은 그것이 완성되기 전에 떠나시게 됐고, 저, 저, 저희가 그분 대신 그걸 겨우 완성한 거예요. 그런데 그분을 차, 차, 찾아서 마, 마, 말씀드릴 수가 없었어요!"

"어떤 무기지?" 엄브리지가 뭉툭한 두 손으로 여전히 헤르미온느의 어깨를 꽉 움켜잡은 채 거칠게 물었다.

"사, 사, 사실 잘 몰라요." 헤르미온느가 큰 소리로 훌쩍거리며 말했다. "저흰 그, 그, 그냥 덤블도어 교, 교, 교수님이 시, 시, 시키신 대로 했을 뿐이에요."

엄브리지가 기뻐서 어쩔 줄 모르는 얼굴로 허리를 폈다.

"나를 그 무기가 있는 곳으로 안내해라." 그녀가 말했다.

"보여 줄 수 없어요. ……쟤들한테는요." 헤르미온느가 손가락 사이로 슬리데린 학생들을 둘러보며 날카롭게 말했다.

"이것저것 따질 형편이 아닐 텐데." 엄브리지 교수가 매몰차게 말했다.

"알았어요." 헤르미온느가 다시 두 손에 얼굴을 파묻고 흐느끼며 말했다. "알았어요……. 저 애들도 보게 하세요. 저 애들이 교수님한테 그 무기를 써먹었으면 좋겠네요! 전 사실 교수님이 사람들을 죄다 불러서 보게 했으면 좋겠어요! 그, 그럼 교수님 꼴도 볼 만하겠죠. 아, 전교생이 그, 그 무기가 있는 곳을 알게 되면 참 좋겠네요. 그걸 사, 사용하는 방법도요. 그러다 교수님이 그들 중 한 명이라도 짜증 나게 만들면 걔들이 교수님을 처, 처리해 버릴 테니까요!"

이 말은 엄브리지에게 강력한 영향을 미쳤다. 그녀는 의심스러운 듯 자기 휘하의 선도부를 재빨리 돌아보았다. 툭 튀어나온 두 눈이 잠시 말포이에게 머물렀다. 말포이는 얼굴에 떠오른 기대감과 탐욕을 미처 감추지 못했다.

엄브리지는 또다시 한동안 헤르미온느를 살펴보더니, 나름 다정한 목소리를 꾸며 내며 말했다.

"좋아, 얘야. 이건 너랑 나만의 일로 하자……. 그리고 포터도 데려가야겠지? 자, 일어나."

"교수님." 말포이가 열띤 어조로 입을 열었다. "엄브리지 교수님, 선도부 몇 명도 함께 가서 교수님을 도와드리는 게……."

"난 완전한 자격을 갖춘 정부 공무원이에요, 말포이 군. 정말 혼자서 마법 지팡이도 없는 청소년 둘을 당해 내지 못할 거라고 생각하나요?" 엄브리지가 날카로운 목소리로 물었다. "어쨌거나, 이 무기는 학생들이 봐도 괜찮은 물건 같지 않군요. 학생들은 여기에 남아 있도록 해요. 돌아와서 이 아이들 중 누구도……." 그녀는 론과 지니, 네빌과 루나를 손으로 가리켰다. "……도망치지 않았다는 것을 확인하도록 하죠."

"알겠습니다." 말포이가 실망한 표정을 지으며 시무룩하게 말했다.

"그리고 너희 두 사람은 앞장서서 길을 안내하렴." 엄브리지가 마법 지팡이로 해리와 헤르미온느를 가리키며 말했다. "앞장서."

33장
싸움과 탈출

 해리는 헤르미온느가 뭘 계획하고 있는지, 심지어 계획이 있기나 한지도 전혀 알 수 없었다. 엄브리지의 연구실 밖 복도를 걸어갈 때 그는 헤르미온느의 뒤를 반걸음 뒤처져서 따라갔다. 목적지가 어디인지 모르는 것처럼 보이면 아주 의심스러워 보일 게 뻔했기 때문이다. 감히 헤르미온느에게 말을 걸려는 시도는 하지 않았다. 엄브리지가 그들 뒤를 너무 바짝 따라오고 있었다. 그녀의 고르지 못한 숨소리가 들릴 정도였다.
 헤르미온느는 앞장서서 계단을 내려가 현관홀에 들어섰다. 대연회장의 양쪽 여닫이문에서 학생들이 떠들어 대는 소음과 스푼이나 포크가 접시에 달그락달그락 부딪치는 소리가 들려왔다. 해리는 겨우 6미터쯤 떨어진 곳에서 세상에 걱정할 일 하나 없이 시험이 끝난 것을 축하하며 저녁 식사를 즐기는 사람들이 있다는 사실을 믿을 수 없을 지경이었다.

헤르미온느는 오크나무 정문으로 곧장 나가더니 돌계단을 내려가 훈훈한 저녁 공기 속으로 발을 디뎠다. 태양은 이제 금지된 숲의 우듬지 위로 떨어지고 있었다. 헤르미온느는 결연히 잔디밭을 가로지르며 나아갔다. 엄브리지는 뒤처지지 않으려고 종종걸음 쳤다. 그들 뒤로 길게 드리워진 검은 그림자가 망토인 양 잔디밭 위에서 물결쳤다.

"해그리드의 오두막에 있는 모양이지?" 엄브리지가 해리의 귀에 대고 안달하듯 말했다.

"당연히 아니죠." 헤르미온느가 쏘아붙였다. "해그리드가 실수로 그걸 작동시킬 수도 있잖아요."

"그래." 엄브리지가 말했다. 점점 흥미가 치솟는 듯했다. "그래, 해그리드라면 그러고도 남지. 당연해. 그 작자는 덩치만 큰 멍청한 잡종이니까."

그녀는 웃었다. 해리는 홱 돌아서서 그녀의 목을 움켜쥐고 싶은 강한 욕망을 느꼈지만 꾹 참았다. 부드러운 저녁 공기에 닿은 흉터가 욱신거렸다. 하지만 아직 타오르는 듯한 고통이 느껴지지는 않았다. 볼드모트가 살인을 하려 든다면 분명 그랬으리라는 걸 해리는 알고 있었다.

"그럼…… 어디에 있지?" 엄브리지가 물었다. 헤르미온느가 계속 성큼성큼 금지된 숲 쪽으로 걸어가자 엄브리지의 목소리에 머뭇거리는 기색이 어렸다.

"당연히 저 안이죠." 헤르미온느가 어두운 숲속을 가리키며 말했다. "학생들이 우연히라도 발견하지 못할 곳에 있어야 하잖아요?"

"물론이지." 엄브리지는 그렇게 말하면서도 이제는 약간 걱정스러운 목소리였다. "물론 그렇지……. 좋아, 그럼…… 너희 둘이 계속 앞장서라."

"우리가 앞장서라고요? 그럼 교수님 마법 지팡이를 빌려 가도 될까요?" 해리가 그녀에게 물었다.

"아니, 안 될 것 같은데, 포터 군." 엄브리지가 마법 지팡이로 그의 등을 쿡 찌르면서 곰살맞게 말했다. "미안하지만 정부는 너희의 목숨보다는 내 목숨에 훨씬 가치를 둔단다."

첫 번째 시원한 나무 그늘에 다다랐을 때, 해리는 헤르미온느와 눈을 마주치려고 애썼다. 마법 지팡이 없이 금지된 숲으로 걸어 들어간다니, 오늘 저녁 그들이 했던 어떤 일보다도 더 무모하게 느껴졌다. 하지만 그녀는 그저 경멸에 찬 눈길로 엄브리지를 한 번 쳐다보더니, 엄브리지가 그 짧은 다리로는 따라잡기 어려운 속도로 곧장 나무숲으로 뛰어들어 갔다.

"숲속으로 많이 들어가야 하니?" 로브가 가시덤불에 걸려 찢기자 엄브리지가 물었다.

"아, 그렇죠." 헤르미온느가 대답했다. "꽁꽁 숨겨 놨거든요."

해리의 불안감이 점점 커졌다. 헤르미온느는 그롭을 만나러 갔던 길이 아니라, 3년 전 해리가 아라고그라는 괴물이 사는 곳을 찾아갔던 길을 따라가고 있었다. 그때 헤르미온느는 해리와 함께 가지 않았다. 해리는 헤르미온느가 이 길 끝에 어떤 위험이 도사리고 있는지를 알기나 하는지 의심스러웠다.

"어…… 이쪽이 확실해?" 그가 날카로운 목소리로 그녀에게 물었다.

"응, 그래." 그녀는 해리가 생각하기에 그렇게 큰 소리를 낼 필요가 있나 싶을 만큼 요란하게 덤불을 짓밟으며 딱딱한 소리로 말했다. 뒤에서 엄브리지가 묘목에 발이 걸려 넘어졌다. 해리도 헤르미온느도 누구도 잠깐 멈춰 서서 그녀를 일으켜 줄 생각 따위 없었다. 헤르미온느는 계속 성큼성큼 나아가면서 어깨 너머로 크게 소리쳤다. "좀 더 들어가야 해요!"

"헤르미온느, 목소리 낮춰." 해리가 다급히 그녀를 따라잡으며 중얼거렸다. "여기에선 뭐가 소리를 듣고 있을지 모른단……."

"들으라고 그러는 거야." 그녀가 조용히 대답했다. 엄브리지가 시끄럽게 종종걸음 치며 그들의 뒤를 따라왔다. "두고 봐……."

아주 긴 시간을 걸어온 것처럼 느껴졌을 때, 그들은 또다시 더욱 깊은 숲속으로 들어와 있었다. 빽빽한 나무들이 머리 위의 덮개처럼 모든 빛을 차단했다. 해리는 전에도 금지된 숲에서 맛본 적 있는, 보이지 않는 눈에 감시당하는 기분을 느꼈다.

"얼마나 더 가야 하지?" 엄브리지가 등 뒤에서 화난 듯 물었다.

"거의 다 왔어요!" 헤르미온느가 외쳤다. 그들은 어둡고 축축한 공터로 들어섰다. "조금만 더 가면……."

화살 한 대가 허공을 가르며 날아와 위협적인 소리를 내면서 헤르미온느의 머리 바로 위를 스쳐 지나가 나무에 꽂혔다. 주위가 갑자기 말발굽 소리로 가득 찼다. 해리는 숲 바닥이 흔들리는 것을 느꼈다. 엄브리지는 작은 비명을 내지르더니 해리를 자기 앞으로 밀쳐서 방패로 삼았다.

해리는 엄브리지에게서 벗어나 돌아섰다. 50명이나 되는 켄타우로스들이 화살을 잰 활을 들어 해리와 헤르미온느, 엄브리지를 겨눈 채 사방에서 모습을 드러냈다. 세 사람은 공터 한가운데로 천천히 뒷걸음질 쳤다. 엄브리지가 겁에 질린 나머지 작고 이상한 훌쩍거림을 내뱉었다. 해리는 곁눈으로 헤르미온느를 바라보았다. 그녀는 승리감에 젖은 미소를 짓고 있었다.

"너는 누구냐?" 어느 목소리가 말했다.

해리는 왼쪽으로 고개를 돌렸다. 마고리언이란 이름의 밤색 몸통의 켄타우로스가 주위를 빙 둘러싼 무리에서 나와 그들을 향해 걸어왔다. 그는 다른 켄타우로스들처럼 활을 치켜들고 있었다. 해리의 오른쪽에서는 엄브리지가 여전히 훌쩍거리는 소리를 내면서, 점점 다가오는 켄타우로스에게 마법 지팡이를 겨누고 있었다. 손에 든 마법 지팡이가 격렬하게 떨렸다.

"누구냐고 물었다, 인간." 마고리언이 거칠게 말했다.

"나는 덜로리스 엄브리지다!" 엄브리지가 겁에 질린 높은 목소리로 외쳤다. "마법 정부 비서실장이자 호그와트의 교장 겸 장학관이다!"

"마법 정부에서 온 인간이라고?" 마고리언이 말했다. 주위를 둘러싼 수많은 켄타우로스가 불안한 듯 이리저리 움직였다.

"그래!" 엄브리지가 더욱 소리 높여 말했다. "그러니까 조심해라! 마법 생명체 통제 관리부가 제정한 법률에 따르면, 너희 같은 잡종이 인간을 공격한 경우……."

"우리를 *뭐라고* 불렀지?" 사나워 보이는 검은색 켄타우로스가 버럭 소리쳤다. 해리는 그가 베인이라는 것을 알아보았다. 사방에서 한바탕 화가 나서 중얼거리는 소리와 활시위 당기는 소리가 들렸다.

"그런 식으로 부르지 마세요!" 헤르미온느가 날카롭게 소리쳤지만 엄브리지는 그 말을 들은 것 같지 않았다. 그녀는 여전히 부들부들 떨리는 마법 지팡이를 마고리언에게 겨눈 채 말을 이었다. "해당 법령 15조 B항에 명시된 것처럼, '인간과 유사한 지능을 가진 것으로 간주되어 각자의 행위에 대한 책임 능력이 인정되는 마법 생명체에 의한 모든 공격은'……."

"'인간과 유사한 지능?'" 마고리언이 되풀이했다. 베인을 비롯한 몇몇 켄타우로스가 분노에 찬 고함을 터뜨리며 발을 굴렀다. "우리는 그것을 굉장한 모욕으로 여긴다, 인간이여! 우리의 지능은 다행스럽게도 너희의 지능을 훨씬 능가한다."

"우리 숲에서 뭘 하는 거지?" 해리와 헤르미온느가 지난번 금지된 숲에 들어왔을 때 봤던 굳은 얼굴의 회색 켄타우로스가 소리쳤다. "여기엔 왜 왔나?"

"*너희* 숲이라고?" 엄브리지가 지금 부들부들 떠는 건 공포 때문만은 아니었다. 분노 때문에도 떨고 있는 듯했다. "너희가 여기에 사는 건 단지 마법 정부가 너희에게 특정 지역을 허락해 준 덕분임을 상기시켜 주어야……."

화살 한 대가 그녀의 머리 아주 가까이 날아와 칙칙한 갈색 머리카락을 스치고 지나갔다. 그녀는 귀가 찢어질 것 같은 비명을 지르며 손으로 머리를 홱 감쌌다. 켄타우로스 몇몇이 만족스럽다는 듯 소리를 질러 댔고, 또 다른 몇몇은 시끌벅적하게 웃었다. 어슴푸레한 공터에 울려 퍼지는 히힝 하는 거친 웃음소리와 발굽들이 땅을 굴러 대는 광경이 엄청난 불안감을 자아냈다.

"이제 누구의 숲이지, 인간?" 베인이 소리쳤다.

"더러운 잡종들!" 그녀가 여전히 두 손으로 머리를 감싼 채 꽥 소리 질렀다. "짐승들! 통제를 벗어난 동물들!"

"조용히 해요!" 헤르미온느가 소리쳤지만 너무 늦었다. 엄브리지가 마고리언에게 마법 지팡이를 겨누더니 소리쳤다. "*인카서러스!*"

굵은 뱀 같은 밧줄들이 공중에서 날아들어 켄타우로스의 상체에 단단히 감기더니 그의 양팔을 옥죄었다. 그는 분노의 고함을 터뜨리며 뒷다리를 딛고 일어나 밧줄을 풀려고 했다. 그사이 다른 켄타우로스들이 달려들었다.

해리는 헤르미온느를 붙잡고 땅바닥으로 끌어당겼다. 주위에서 말발굽이 우레처럼 덮쳐 오는 순간 그는 땅바닥에 얼굴을 댄 채 공포에 떨었다. 하지만 켄타우로스들은 분노의 고함을 지르고 외쳐 대면서 그들을 뛰어넘고 그들 주위로 돌아서 달렸다.

"안 돼애애애애!" 엄브리지의 날카로운 비명이 들렸다. "안 돼애애애애…… 나는 비서실장이야…… 너희가 감히 나를…… 놔라, 이 짐승들아…… 안 돼애애애!"

해리는 붉은빛이 번뜩이는 것을 보고 그녀가 켄타우로스 중 하나를 기절시키려고 시도했다는 것을 알았다. 뒤이어 엄브리지가 아주 큰 소리로 비명을 질렀다. 머리를 살짝 들어 보니 엄브리지는 베인에게 등을 잡혀 공중으로 높이 들어 올려진 채 겁에 질려서 몸부림치며 소리소리 지르고 있었다. 그녀의 손에 들렸던 마법 지팡이가 땅에 떨어지자 해리의 가슴이 두근거렸다. 저것을 잡을 수만 있다면…….

하지만 그가 마법 지팡이로 손을 뻗은 순간 켄타우로스의 발굽이 내리밟으면서 지팡이는 깔끔하게 두 동강 나고 말았다.

"자!" 어떤 목소리가 해리의 귀에 대고 고함을 질렀다. 털이 잔뜩 난 굵직한 팔이 공중에서 난데없이 내려오더니 그를 일으켜 세웠다. 헤르미온느도 일으켜 세워졌다. 맹렬히 돌진하는 온갖 색깔 켄타우로스들의 등이며 머리 너머로 엄브리지가 베인에게 붙잡혀 나무 사이로 끌려가는 모습이 보였다. 끊임없이 이어지던 그녀의 비명 소리는 점점 희미해지다가, 마침내 그들을 둘러싼 말발굽 소리에 묻혀 더 이상 들리지 않았다.

"그리고 이것들은?" 헤르미온느를 잡고 있던 굳은 얼굴의 회색 켄타우로스가 말했다.

"그들은 어리다." 해리의 뒤에서 느리고 침울한 목소리가 말했다. "망아지는 공격하지 않는다."

"이 아이들이 그 여자를 여기로 데려왔네, 로넌." 해리를 단단히 붙잡고 있던 켄타우로스가 대꾸했다. "그리고 그렇게 어리지도 않아……. 여기 이 녀석은 거의 청년이야."

그는 해리의 목덜미를 잡고 흔들었다.

"제발요." 헤르미온느가 가쁜 숨을 쉬면서 말했다. "제발 우리를 공격하지 마세요. 우리는 저 사람과 생각이 같지 않아요. 우리는 마법 정부 직원이 아니에요! 우린 그냥 여러분이 저 사람을 우리한테서 몰아내 주셨으면 하는 마음에 여기 온 것뿐이에요."

해리는 헤르미온느를 붙잡고 있는 회색 켄타우로스의 표정을 보고 그 말이 끔찍한 실수라는 것을 곧바로 알아차렸다. 회색 켄타우로스가 머리를 홱 젖히고 화가 나서 뒷다리를 구르더니 소리쳤다. "봤나, 로넌? 이들은 벌써 자기 종족 특유의 오만함을 지니고 있네! 그러니까 우리가 너의 더러운 일을 대신 처리해 줘야 한다는 건가, 인간 소녀여? 우리가 너희의 부하처럼 굴고, 말 잘 듣는 사냥개처럼 너희의 적을 몰아내야 한다는 건가?"

"아니에요!" 헤르미온느가 겁에 질린 채 새된 비명을 지르며 말했다. "아녜요, 그런 뜻이 아니었어요! 저는 그냥 여러분이 우리를 도와주셨으면 해서……."

하지만 그녀는 사태를 더욱 악화시키는 것 같았다.

"우리는 인간을 돕지 않는다!" 해리를 붙잡고 있던 켄타우로스가 손아귀에 힘을 넣는 것과 동시에 앞다리를 살짝 들어 올려 해리의 발이 일시적으로 땅에서 떨어지게 만들며 으르렁거렸다. "우리는 독립된 종족이고, 그것을 자랑스럽게 여긴다. 우리는 너희가 제 발로 여기에서 걸어 나가, 우리가 너희의 지시대로 움직였다고 자랑하게 놔두지 않을 것이다!"

"우리는 그런 얘기 안 할 거예요!" 해리가 소리쳤다. "우리가 원했기 때문에 당신들이 방금 같은 일을 한 게 아니라는 것도 알아요……."

하지만 아무도 그의 말에 귀 기울이지 않는 듯했다.

무리 뒤쪽에 있던 턱수염 난 켄타우로스가 외쳤다. "초대받지 않고 여기 들어왔으니 그 대가를 치러야 해!"

찬성의 함성이 뒤따랐고 회갈색 켄타우로스가 소리쳤다. "저들도 저 여자와 똑같은 운명을 맞게 해라!"

"죄 없는 자는 해치지 않는다고 했잖아요!" 헤르미온느가 소리쳤다. 이제는 진짜 눈물이 그녀의 얼굴을 따라 흘러내리고 있었다. "우린 당신들을 해칠 일은 아무것도 하지 않았어요, 마법 지팡이를 쓰지도 않았고 위협하지도 않았어요. 우린 그냥 학교로 돌아가고 싶을 뿐이에요. 제발 돌아가게 해 주세요."

"우리 모두가 배신자 피렌지 같지는 않다, 인간 소녀여!" 회색 켄타우로스가 소리쳤다. 그의 동료들에게서 더 많은 찬성의 함성이 터져 나왔다. "너희는 아마 우리를 말을 할 줄 아는 예쁜 말이라고 생각했겠지? 우리는 마법사들의 침입과 모욕을 참지 않는 고대의 종족이다! 우리는 너희의 법을 인정하지 않고, 너희의 우월성도 인정하지 않는다. 우리는⋯⋯."

 하지만 두 사람은 켄타우로스들이 또 뭘 인정하지 않는지 듣지 못했다. 그 순간 공터 주변에서 뭔가 부서지는 소리가 들려왔던 것이다. 그 소리가 어찌나 컸던지, 해리와 헤르미온느, 공터를 채우고 있던 50명의 켄타우로스를 포함한 모두가 주위를 두리번거렸다. 해리를 잡고 있던 켄타우로스가 양손을 모두 활과 화살통 쪽으로 재빨리 가져가는 바람에 해리는 또 한 번 땅바닥에 떨어졌다. 헤르미온느 역시 바닥에 떨어지자 해리는 재빨리 그녀에게로 다가갔다. 그 순간 굵직한 나무 두 그루 사이가 불길하게 벌어지더니, 그 틈새로 거인 그롭의 괴물 같은 형상이 나타났다.

 해리 가까이 있던 켄타우로스들이 뒤에 있는 무리 쪽으로 물러났다. 이제 공터는 발사만을 기다리고 있는 활과 화살의 숲이 되어 있었다. 모두가 두껍게 하늘을 가린 나뭇가지 아래에서 무시무시하게 솟아오른 거대한 회색 얼굴을 겨눴다. 그롭의 비뚤어진 입이 멍청하니 벌어져 있고, 그 사이로 벽돌 같은 노란 이빨들이 흐릿한 빛 속에서 빛나는 것이 보였다. 진흙 색깔의 멍한 두 눈이 발밑의 생명체들을 내려다보느라 가늘어졌다. 양쪽 발목을 묶었던 밧줄은 끊어진 채 늘어져 있었다.

 그롭이 입을 더욱 크게 벌렸다.

 "해거."

해리는 '해거'가 무슨 뜻인지, 혹은 어느 나라 말인지 몰랐고 별로 관심도 없었다. 그는 그롭의 두 발을 보고 있었다. 그 발만 해도 해리의 키만 했다. 헤르미온느가 그의 팔을 꽉 붙잡았다. 켄타우로스들은 아주 조용해져서 거인을 올려다보고 있었다. 거인의 크고 동그란 머리가 끊임없이 양쪽으로 왔다 갔다 했다. 거인은 바닥에 떨어뜨린 물건을 찾는 것처럼 그들 사이를 훑어보고 있었다.

"해거!" 그가 더욱 고집스럽게 외쳤다.

"물러나라, 거인!" 마고리언이 소리쳤다. "너는 우리에게 환영받지 못하는 존재다!"

그 말은 그롭에게 어떤 감흥도 주지 못한 것 같았다. 그롭은 허리를 살짝 숙이고(활을 겨눈 켄타우로스들의 팔이 팽팽하게 당겨졌다) 고함을 질렀다. "**해거!**"

켄타우로스 몇몇은 이제 불안한 표정을 짓고 있었다. 한편 헤르미온느는 숨이 멎는 듯한 소리를 냈다.

"해리!" 그녀가 소곤거렸다. "'해그리드'라고 말하려는 것 같아!"

바로 그 순간, 그롭이 그들을 발견했다. 켄타우로스들의 바다에 있는 단 두 명의 인간을. 그는 머리를 조금 더 숙이고 그들을 골똘히 바라보았다. 해리는 헤르미온느가 부들부들 떠는 것을 느낄 수 있었다. 그때 그롭이 다시 입을 쩍 벌리고 깊게 울리는 목소리로 말했다. "헤르미."

"세상에." 헤르미온느가 금방이라도 기절할 것 같은 얼굴로 말했다. 그녀가 너무 꽉 잡고 있는 탓에 해리는 팔이 얼얼할 지경이었다. "그롭이…… 그롭이 기억하고 있어!"

"**헤르미!**" 그롭이 고함을 질렀다. "**해거 어디?**"

"나도 몰라!" 헤르미온느가 겁먹은 나머지 높은 소리로 외쳤다. "미안해, 그롭. 나도 모르겠어!"

"**그롭 해거 필요해!**"

거인의 커다란 손이 아래로 뻗어 왔다. 헤르미온느는 진짜로 비명을 지르더니 후다닥 몇 걸음 뒤로 물러나다가 넘어지고 말았다. 거인의 손이 훅 내려와 눈처럼 하얀 켄타우로스를 넘어뜨렸다. 마법 지팡이가 없었던 해리는 닥치는 대로 주먹질을 하고 걷어차고 물어뜯을 태세를 갖췄다.

켄타우로스들도 바로 그 순간을 기다리고 있었다. 그롭의 손가락이 해리에게 거의 닿을 듯 뻗어 온 순간 50개의 화살이 허공을 가르며 날아가 거인의 거대한 얼굴에 퍼부어졌다. 거인은 고통과 분노로 울부짖다가 몸을 곧추세우고 커다란 손으로 얼굴을 문질렀다. 화살대는 부러졌지만 화살촉은 얼굴에 더욱 깊이 박혔다.

그롭이 소리를 지르며 거대한 발을 굴러 대자 켄타우로스들은 뿔뿔이 흩어져 길을 비켰다. 그롭의 얼굴에서 흐른 자갈만 한 핏방울들이 해리에게 튀었다. 해리는 헤르미온느를 일으켜 세웠다.

두 사람은 최대한 빠르게 나무들 사이로 달려 들어갔다. 그들은 뒤를 돌아보았다. 그롭이 얼굴에서 피를 흘리며 켄타우로스들을 마구 움켜 대고 있었다. 켄타우로스들은 무질서하게 공터 맞은편 숲으로 전력 질주하면서 도망쳤다. 해리와 헤르미온느는 그롭이 또 한 번 분노의 괴성을 지르며 켄타우로스들을 쫓아 숲으로 뛰어드는 모습을 바라보았다. 그롭이 지나가자 더 많은 나무가 옆으로 쓰러졌다.

"아, 이런." 헤르미온느는 무릎이 풀릴 정도로 심하게 떨고 있었다. "아, 끔찍했어. 저러다 그롭이 켄타우로스들을 모조리 죽일지도 몰라."

"솔직히 난 그래도 상관없어." 해리가 매몰차게 말했다.

켄타우로스들이 질주하고 거인이 뒤뚱뒤뚱 쫓아가는 소리가 점점 희미해졌다. 귀를 기울이고 있으려니 흉터가 또다시 심하게 욱신거렸다. 공포의 물결이 그를 휩쓸었다.

시간을 너무 낭비했다. 시리우스를 구할 가능성은 해리가 환각을 보았을 때보다도 더 낮았다. 해리는 마법 지팡이를 잃어버린 데다가, 지금 그들은 이동 수단이라고는 하나도 없이 금지된 숲 한가운데 갇혀 있었다.

"영리한 계획이었어." 그가 헤르미온느에게 내뱉었다. 어느 정도 화풀이를 해야만 했다. "진짜 영리한 계획이다. 이제 어디로 가야 돼?"

"성으로 돌아가야지." 헤르미온느가 힘없이 말했다.

"그때쯤에는 시리우스가 이미 죽었을 거야!" 해리는 화가 나서 근처 나무를 걷어찼다. 머리 위에서 높은 음으로 딱딱거리는 소리가 들렸다. 올려다보니 화가 난 보우트러클이 그를 향해 몸을 풀 듯 기다란 나뭇가지 같은 손가락들을 풀고 있었다.

"그게, 마법 지팡이가 없으면 아무것도 할 수 없잖아." 헤르미온느가 다시 몸을 추스르며 절망적으로 말했다. "아무튼 해리, 런던까지는 정확히 어떻게 가려고 했어?"

"그래, 우리도 그걸 궁금해하고 있었어." 헤르미온느의 뒤에서 익숙한 목소리가 들렸다.

해리와 헤르미온느는 본능적으로 붙어 서서 나무 사이를 들여다보았다.

론이 나타났고, 지니와 네빌과 루나가 황급히 뒤따르고 있었다. 다들 조금 시달린 모습이었다. 지니의 뺨에는 길게 할퀸 자국이 몇 개 있었고, 네빌의 오른쪽 눈두덩은 시퍼렇게 부어오르고 있었다. 론의 입술에서는 아까보다도 더 심하게 피가 흐르고 있었다. 하지만 모두 자랑스러워하는 표정이었다.

"그래서?" 론이 낮게 늘어진 나뭇가지를 옆으로 밀치고 해리의 마법 지팡이를 내밀며 말했다. "뭔가 좋은 생각이라도 있었어?"

"어떻게 빠져나왔어?" 해리가 론에게서 마법 지팡이를 받아 들고 놀라워하며 물었다.

"기절 마법 몇 번이랑 무장해제 마법을 썼지. 네빌은 방해 마법을 정말 멋지게 성공시켰어." 론이 이번에는 헤르미온느의 마법 지팡이를 건네며 대수롭지 않다는 듯 말했다. "하지만 지니가 최고였지. 말포이를 혼내 줬거든. 박쥐 코딱지 마법으로. 끝내주던데. 그 자식 얼굴이 엄청나게 펄럭거리는 그것들로 온통 뒤덮였어. 아무튼, 창밖을 보니 너희가 금지된 숲으로 가는 게 보이길래 따라왔어. 엄브리지는 어떻게 한 거야?"

"끌려갔어." 해리가 말했다. "켄타우로스 무리한테."

"그런데 너희는 가만 놔둔 거야?" 지니가 깜짝 놀란 얼굴로 물었다.

"아니, 켄타우로스들은 그롭한테 쫓겨 갔어." 해리가 대답했다.

"그롭이 누군데?" 루나가 흥미가 생긴 듯 물었다.

"해그리드 동생." 론이 지체 없이 말했다. "아무튼, 지금은 그게 중요한 게 아니야. 해리, 벽난로에서 뭘 알아냈어? '그 사람'이 시리우스를 잡은 거야, 아니면……?"

"맞아." 해리가 말했다. 흉터가 또 한 번 고통스럽게 욱신거렸다. "시리우스가 아직 살아 있는 건 확실한데, 어떻게 도우러 갈지는 모르겠어."

모두가 조용해졌다. 조금 겁먹은 표정들이었다. 그들이 지금 맞닥뜨린 문제는 해결하기가 불가능할 것 같았다.

"뭐, 날아가야 하지 않을까?" 루나가 말했다. 해리가 지금껏 들은 것 중에서 가장 무미건조한 목소리였다.

"그래." 해리가 그녀에게 돌아서며 짜증을 냈다. "우선, 거기에 네가 포함된다면 '우리'는 아무것도 하지 않을 거야. 그리고 둘째, 트롤 경비원이 지키고 있지 않은 빗자루를 가진 사람은 론뿐이니까……."

"나는 빗자루 있어!" 지니가 말했다.

"그래, 하지만 넌 가면 안 돼." 론이 화를 내며 말했다.

"미안한데, 나도 오빠만큼이나 시리우스가 걱정되거든!" 지니가 말했다. 입을 굳게 다문 모습이 새삼 놀랄 정도로 프레드와 조지를 빼닮았다.

"너는 너무……." 해리가 입을 열었지만 지니가 사납게 말을 끊었다. "나는 네가 마법사의 돌을 두고 '그 사람'이랑 싸웠을 때보다 세 살이나 더 많아. 그리고 말포이가 날아다니는 거대 코딱지들에게 공격받으면서 엄브리지의 연구실에 처박혀 있는 것도 내 덕분이고……."

"그래, 하지만……."

"우리 모두 D.A.를 함께했잖아." 네빌이 조용히 입을 열었다. "다 '그 사람'이랑 싸우기 위해서 아니었어? 이건 우리가 진짜로 뭔가를 해 볼 첫 기회야. 아니면 그게 다 장난이었던 거야?"

"아니, 물론 그건 아닌데……." 해리가 다급히 말했다.

"그럼 우리도 가야지." 네빌이 간단하게 말했다. "우린 돕고 싶어."

"맞아." 루나가 즐겁게 미소 지으며 말했다.

해리와 론의 눈이 마주쳤다. 론도 그와 똑같은 생각을 하는 게 분명했다. 론과 헤르미온느 외에 시리우스 구출 작전에 함께할 D.A. 회원을 더 고를 수 있다면 결코 지니나 네빌이나 루나를 고르지는 않을 것이었다.

"뭐, 아무튼 그건 상관없어." 해리가 답답한 듯 말했다. "거기까지 어떻게 갈지 아직 모르……."

"그 문제는 결정된 줄 알았는데." 루나가 화를 돋우는 말투로 말했다. "날아가자!"

"야." 론이 화를 참지 못하고 말했다. "너는 빗자루 없이도 날 수 있는지 모르겠지만 우리는 날고 싶을 때마다 날개를 돋게 하는 재주가 없단……."

"빗자루를 쓰지 않고도 날아갈 방법은 많아." 루나가 평온하게 말했다.

"캐키 스노글인지 뭔지 하는 걸 타고 가자는 거겠지?" 론이 비꼬았다.

"굽은뿔 스노캑은 날지 못해." 루나가 위엄 있는 목소리로 말했다. "하지만 쟤들은 날 수 있어. 그리고 쟤들은 올라탄 사람이 가고자 하는 곳을 아주 잘 찾는다고 해그리드가 말했잖아."

해리는 홱 돌아섰다. 세스트럴 두 마리가 나무 두 그루 사이에 서서 흰 눈동자를 으스스하게 빛내고 있었다. 그들은 단어 하나하나를 다 알아듣는다는 듯, 그들이 속삭이며 대화를 주고받는 모습을 지켜보고 있었다.

"그래!" 해리가 세스트럴들에게 다가가며 말했다. 세스트럴들은 길고 검은 갈기를 휘날리며 파충류처럼 생긴 머리를 젖혔고, 해리는 기대에 차서 손을 뻗어 가장 가까이 서 있는 녀석의 빛나는 목덜미를 쓰다듬었다. 어떻게 이 녀석들이 흉측하다고 생각할 수 있었지?

"그 미친 말 말이야?" 론은 해리가 쓰다듬고 있는 세스트럴 왼쪽의 허공을 바라보며 자신 없는 목소리로 말했다. "누가 죽는 걸 보지 않는 한 안 보인다는 그거?"

"응." 해리가 말했다.

"몇 마리나 있는데?"

"두 마리뿐이야."

"음, 세 마리가 필요한데." 헤르미온느가 말했다. 그녀는 아직도 살짝 충격을 받은 표정이었지만 어쨌든 결의에 차 있었다.

"네 마리야, 헤르미온느." 지니가 그녀를 노려보며 말했다.

"사실은, 여섯 마리인 것 같은데." 루나가 수를 헤아리면서 담담하게 말했다.

"멍청하게 굴지 마. 다 갈 수는 없어!" 해리가 화를 냈다. "이봐, 너희 셋." 그는 네빌과 지니와 루나를 가리켰다. "너희는 아무 관계 없잖아. 너희는……."

더 많은 항의가 쏟아졌다. 흉터가 또 한 번 더욱 고통스럽게 찌릿했다. 그들이 지체하는 모든 순간이 소중했다. 말다툼할 시간이 없었다.

"좋아, 알았어. 마음대로 해." 그가 딱 잘라 말했다. "하지만 세스트럴을 더 찾지 못하면 갈 수 없……."

"아, 더 올 거야." 지니가 자신 있게 말했다. 그녀 역시 론처럼 눈을 가늘게 뜨고 엉뚱한 방향을 바라보고 있었다. 확실히 자기가 그 말들을 보고 있다고 생각하는 것 같았다.

"왜 그렇게 생각해?"

"왜냐하면, 알아차리지 못한 것 같아서 말해 주는 건데, 너랑 헤르미온느 둘 다 피를 뒤집어쓰고 있잖아." 그녀가 차분하게 말했다. "그리고 우린 해그리드가 세스트럴들을 날고기로 불러들인다는 사실을 알지. 애초에 이 두 마리가 나타난 것도 아마 그것 때문일 거야."

해리는 그 순간 로브가 부드럽게 당겨지는 느낌을 받았다. 내려다보니 그와 가까운 곳에 있던 세스트럴이 그롭의 피로 축축해진 소매를 핥고 있었다.

"그럼, 좋아." 어떤 생각이 번뜩 떠오른 해리가 말했다. "론이랑 내가 이 두 녀석을 타고 먼저 갈 테니까, 헤르미온느가 너희 셋이랑 여기 남으면 되겠다. 헤르미온느가 더 많은 세스트럴을 끌어들이면……."

"나도 지금 갈 거야!" 헤르미온느가 길길이 뛰며 말했다.

"화낼 것 없어." 루나가 미소 지으며 말했다. "봐, 지금 더 오네……. 너희 둘 진짜 냄새가 많이 나나 봐……."

해리는 뒤를 돌아보았다. 최소 예닐곱 마리의 세스트럴들이 나무들 사이로 길을 조심조심 걸어오고 있었다. 가죽 같은 커다란 날개는 몸통에 바짝 접혀 있고 눈은 어둠 속에서 번뜩이고 있었다. 이제 더 핑계 댈 것도 없었다.

"좋아." 그가 화를 내며 말했다. "그럼 하나씩 골라 타."

34장
미스터리부

해리는 가장 가까운 곳에 있던 세스트럴의 갈기를 꽉 움켜쥐고, 근처 그루터기에 발을 올린 다음 서툴게 버둥거리며 매끄러운 말 등 위에 올라탔다. 말은 저항하지는 않았으나 이빨을 드러낸 채 머리를 이리저리 흔들었고, 계속 그의 로브를 핥으려고 안달했다.

그는 날개 관절 뒤에 무릎을 꿇고 앉는 방법을 알아냈다. 그 덕분에 더 편안한 기분이 들었다. 이어서 그는 다른 사람들을 돌아보았다. 네빌은 그 옆에 있는 세스트럴의 등으로 기어올라 가서는 짧은 다리를 반대편으로 넘기려 애쓰고 있었다. 루나는 어느새 자리를 잡고 옆으로 다리를 모으고 앉아, 매일 하는 일이라는 듯 로브 매무새까지 가다듬고 있었다. 그러나 론과 헤르미온느와 지니는 아직도 꼼짝 않고 제자리에 서서 입을 벌린 채 그저 앞만 바라보고 있었다.

"왜?" 해리가 물었다.

"어떻게 타야 하는 거야?" 론이 자신 없는 목소리로 물었다. "보이지 않는데?"

"아, 쉬워." 루나가 친절하게도 세스트럴에서 미끄러져 내려가더니 그와 헤르미온느, 지니에게로 성큼성큼 다가갔다. "이리 와……."

그녀는 세 사람을 주위에 서 있는 다른 세스트럴들에게 이끌고 가서 한 명씩 말에 올라타도록 도와주었다. 루나가 말갈기를 손에 쥐여 주면서 꽉 잡으라고 말한 뒤 자신의 세스트럴로 돌아가는 내내 세 사람은 잔뜩 긴장한 것처럼 보였다.

"이건 말도 안 돼." 론이 갈기를 잡지 않은 손으로 짐승의 목을 조심조심 쓰다듬으며 웅얼거렸다. "미쳤어……. 보이기만 해도……."

"안 보이는 게 나을걸." 해리가 음울하게 말했다. "그럼 다 준비된 거지?"

그들은 모두 고개를 끄덕였다. 해리는 다섯 쌍의 무릎이 로브 밑에서 단단히 조여지는 것을 보았다.

"좋아……."

그는 세스트럴의 윤기 나는 검은색 갈기를 내려다보고 침을 꿀꺽 삼켰다.

"자, 런던에 있는 마법 정부 손님용 출입구야." 그가 머뭇거리며 말했다. "어…… 너희가…… 어디로 가야 하는지 안다면 말이야……."

해리의 세스트럴은 잠깐 아무런 반응도 보이지 않더니, 잠시 후에는 하마터면 그를 떨어뜨릴 뻔할 만큼 갑작스럽게 양쪽 날개를 활짝 펼쳤다. 세스트럴은 천천히 몸을 수그렸다가 다음 순간 아주 빠르고 가파르게 솟구쳐 올랐다. 해리는 뼈가 두드러진 짐승의 엉덩이 아래로 미끄러지지 않기 위해 팔다리로 그것의 몸통을 꽉 붙들어야 했다. 그는 눈을 감고, 비단 같은 갈기에 얼굴을 묻었다. 그들은 그렇게 가장 높은 나뭇가지들을 뚫고 순간적으로 솟구쳐 올라 피처럼 붉은 노을 속으로 들어갔다.

해리는 평생 이렇게 빠르게 움직여 본 적이 없는 것 같았다. 세스트럴은 호그와트 성을 넘어 쏜살같이 날아가면서도 그 넓적한 날개를 거의 퍼덕이지 않았다. 몸을 식히는 싸늘한 바람이 해리의 얼굴을 때렸다. 그는 몰아치는 바람에 눈을 잔뜩 찌푸린 채 주위를 둘러보고 다섯 친구가 뒤따라 날아오는 모습을 보았다. 그들은 앞에서 해리의 세스트럴이 일으키는 바람으로부터 몸을 지키기 위해 각자 타고 있는 세스트럴의 목에 가능한 한 바짝 붙어 있었다.

그들은 호그와트 교정 위를 날아가나 싶더니 어느 순간 호그스 미드를 지났다. 저 밑에 산과 개천 들이 보였다. 날이 저물기 시작할 때쯤 그들은 더 많은 마을을 지나쳤다. 작은 빛들이 모여 있는 광경이 보였고, 그런 다음에는 언덕을 넘어가는 구불구불한 도로가 보였다. 그 위로 차 한 대가 빠르게 집으로 향하고 있었다…….

"이거 진짜 신기하다!" 등 뒤에서 론이 외치는 소리가 아스라하게 들렸다. 해리는 눈에 보이는 지지대도 없이 이 정도 높이를 빠르게 날아가는 것이 어떤 기분일지 상상해 보았다.

땅거미가 졌다. 하늘은 아주 작은 은빛 별들이 흩어져 있는 황혼 녘의 연보랏빛으로 물들어 갔다. 머잖아 머글 마을에서 나오는 불빛만이 그들이 얼마나 높이 올라와 있는지, 얼마나 빠르게 움직이고 있는지를 가늠하게 했다. 해리는 양팔로 세스트럴의 목을 단단히 끌어안았다. 녀석이 더 빨리 날아갔으면 하는 마음뿐이었다. 시리우스가 미스터리부 바닥에 누워 있는 모습을 본 순간부터 지금까지 얼마나 많은 시간이 흘렀을까? 시리우스는 얼마나 더 오래 볼드모트에게 저항할 수 있을까? 해리가 확실히 아는 건 그의 대부가 볼드모트가 원하는 일을 하지도 않았고, 죽지도 않았다는 사실뿐이었다. 왜냐하면 둘 중 어떤 일이라도 일어났다면 볼드모트의 환희나 분노가 몸속을 타고 흘렀을 테니까. 아마 위즐리 씨가 공격당한 날 밤처럼 흉터가 고통스럽게 타올랐을 게 틀림없었다.

그들은 점점 짙어지는 어둠을 뚫고 날아갔다. 해리는 얼굴이 뻣뻣하고 차가워지는 것을 느꼈다. 세스트럴의 몸통을 워낙 꽉 붙들고 있는 탓에 두 다리가 얼얼했다. 하지만 미끄러져 버릴까 봐 감히 자세를 바꾸진 못했다……. 귓가에 천둥처럼 휘몰아치는 바람 때문에 아무 소리도 들리지 않았다. 차가운 밤바람에 입술이 바싹 마르고 얼어붙은 듯했다. 그는 얼마나 멀리 왔는지 감조차 잡을 수 없었다. 오직 몸 아래의 짐승이 계속 속도를 내면서도 날개를 거의 퍼덕이지 않고 거침없이 어둠을 뚫고 날아가는 것을 믿을 수밖에 없었다.

너무 늦은 거라면…….

'시리우스는 아직 살아 있어, 아직 싸우고 있어, 나는 느낄 수 있어…….'

볼드모트가 만약 시리우스가 굴복하지 않을 거라고 판단한다면…….

'그것도 알 수 있을 거야…….'

해리는 속이 철렁 내려앉는 것을 느꼈다. 세스트럴의 머리가 갑자기 땅을 향한 것이다. 해리는 실제로 세스트럴의 목 위에서 앞으로 조금 미끄러졌다. 그들은 마침내 하강하고 있었다……. 해리는 뒤에서 비명 소리가 들린 것 같아 위험을 무릅쓰고 몸을 비틀어 돌아봤지만 사람이 떨어지는 모습은 보이지 않았다……. 아마 다들 그와 마찬가지로 갑작스러운 방향 전환에 놀란 것이리라.

이제는 사방에서 밝은 오렌지색 불빛들이 점점 커지고 둥그레져 갔다. 건물 옥상들과, 곤충의 눈처럼 빛나는 자동차 헤드라이트가 줄지은 거리와, 희뿌연 노란색 정사각형 창문들이 보였다. 무척 갑작스럽게 인도를 향해 돌진하는 것 같은 느낌이 들었다. 해리는 마지막 남아 있는 힘을 모두 끌어모아 세스트럴을 붙들고 갑작스러운 충격에 대비했지만, 세스트럴은 어두운 땅바닥에 그림자처럼 가볍게 내려섰다. 해리는 세스트럴의 등에서 미끄러져 내리면서 거리를 둘러보았다. 여전히 부서져 있는 공중전화 부스도, 조금 떨어진 곳에 있는 넘치는 대형 쓰레기통도 그대로였다. 다만 둘 다 가로등의 단조로운 오렌지색 불빛을 받아 색이 바래 보였다.

론은 조금 떨어진 곳에 착륙하더니 곧바로 세스트럴의 등에서 인도로 굴러떨어졌다.

"다시 타나 봐라." 그가 비틀비틀 몸을 일으키며 말했다. 그는 세스트럴에게서 도망치듯 성큼성큼 걸어갔지만, 어쨌거나 보이지 않는 탓에 그것의 엉덩이에 부딪혀 하마터면 도로 넘어질 뻔했다. "절대, 다시는……. 최악이었어."

헤르미온느와 지니가 그의 양옆에 착륙했다. 단단한 땅을 다시 딛게 된 것에 안심한 표정은 론과 다르지 않았지만 둘 다 론보다는 좀 더 우아하게 바닥에 내려섰다. 네빌은 덜덜 떨면서 뛰어내렸고, 루나는 매끄럽게 말 등에서 내려왔다.

"그럼 이제 어디로 가는 거야?" 그녀가 예의는 갖추면서도 흥미를 감출 수 없는 목소리로 해리에게 물었다. 마치 즐거운 나들이라도 나온 것 같았다.

"이쪽이야." 해리가 말했다. 그는 자신을 태우고 온 세스트럴을 고맙다는 듯 토닥여 주고는 낡아빠진 공중전화 부스로 앞장서 가서 문을 열었다. "빨리 와!" 그가 머뭇거리는 일행을 재촉했다.

론과 지니가 순순히 그의 말을 따랐다. 뒤이어 헤르미온느, 네빌, 루나가 몸을 욱여넣었다. 해리는 세스트럴들을 한번 돌아보았다. 녀석들은 이제 쓰레기통 안으로 들어가 썩은 음식 부스러기를 찾아다니고 있었다. 그런 다음 해리는 루나에 이어 공중전화 부스 안으로 겨우 몸을 밀어 넣었다.

"전화기 가장 가까운 곳에 있는 사람이 다이얼을 돌려! 62442야!" 그가 말했다.

론이 다이얼을 돌렸다. 그러느라 그의 팔이 기묘하게 구부러졌다. 다이얼이 윙윙 소리를 내며 원래 자리로 돌아오자 부스 안에 차분한 여자 목소리가 울려 퍼졌다.

"마법 정부에 오신 것을 환영합니다. 성함과 용무를 말씀해 주십시오."

"해리 포터, 론 위즐리, 헤르미온느 그레인저." 해리가 아주 빠르게 말을 이었다. "지니 위즐리, 네빌 롱보텀, 루나 러브굿……. 우리는 사람을 구하러 왔어요. 정부가 먼저 구하지 못할 경우의 일이지만!"

"고맙습니다." 차분한 여자 목소리가 말했다. "손님 여러분은 배지를 받아 로브 앞에 부착해 주시기 바랍니다."

원래는 동전이 나오는 금속 배출구로 배지 여섯 개가 미끄러져 나왔다. 헤르미온느는 배지들을 집어 아무 말 없이 지니의 머리 너머로 해리에게 건네주었다. 그는 맨 위에 있는 배지를 힐끗 바라보았다. '해리 포터, 구출 임무.'

"정부를 방문하신 손님께서는 수색에 협조하시어 보안 검색대에서 마법 지팡이를 등록해야 합니다. 보안 검색대는 중앙 홀 끝에 있습니다."

"알았어요!" 해리가 큰 소리로 말했다. 흉터가 또 한 번 욱신거렸다. "이제 가도 돼요?"

공중전화 부스 바닥이 떨리더니 바깥의 인도가 유리창을 지나 솟아올랐다. 쓰레기를 뒤지고 있는 세스트럴들이 시야 밖으로 사라져 갔다. 암흑이 머리 위를 뒤덮었고, 그들은 단조로운 마찰음과 함께 마법 정부 깊은 곳으로 가라앉았다.

그들의 발을 비춘 부드러운 황금색 빛줄기가 점점 넓어지면서 그들의 몸을 타고 올랐다. 해리는 무릎을 구부리고 그토록 비좁은 곳에서 할 수 있는 모든 준비 태세를 갖춰 지팡이를 들어 올린 채 중앙 홀에서 그들을 기다리는 사람이 있는지 유리 너머로 살펴보았다. 하지만 그곳은 완전히 비어 있는 것 같았다. 낮에 봤던 것보다 조명이 어두웠다. 벽에 설치된 벽난로 어디에도 불이 지펴져 있지 않았다. 하지만 엘리베이터가 부드럽게 멈춰 서자 어두운 푸른색 천장에서 황금색 글자들이 끊임없이 구불거리고 있는 것이 보였다.

"마법 정부에서 즐거운 저녁 시간 보내시길 바랍니다." 여자 목소리가 말했다.

공중전화 부스 문이 활짝 열렸다. 해리가 휘청거리며 나왔고 네빌과 루나가 뒤따랐다. 중앙 홀에서 들리는 것이라고는 황금 분수가 끊임없이 물을 내뿜는 소리뿐이었다. 마법사들의 지팡이와 켄타우로스의 화살, 고블린의 모자 끝, 집요정의 귀에서 나오는 물줄기들이 쉴 새 없이 주위로 쏟아져 내렸다.

"가자." 해리가 조용히 말했다. 그들 여섯은 전속력으로 복도를 달렸다. 해리가 앞장서서 분수대를 지나, 그의 마법 지팡이 무게를 달았던 경비 마법사가 앉아 있던 책상으로 향했다. 그 책상은 지금 비어 있었다.

해리는 그곳에 분명 경비원이 있어야 한다고 생각했다. 경비원이 없다는 것은 당연히 불길한 징조였다. 엘리베이터의 황금 문을 지나면서 그 불길한 느낌은 더 강해졌다. 그가 가장 가까운 곳에 있는 하강 버튼을 누르자 곧바로 엘리베이터가 덜컹거리며 나타났다. 황금색 철창문이 요란하게 철커덕거리는 소리를 내면서 양옆으로 열리자 그들은 그 안으로 달려 들어갔다. 해리는 9층 버튼을 눌렀다. 문이 닫히더니 엘리베이터는 철컹거리고 덜컥 소리를 내며 내려가기 시작했다. 해리는 위즐리 씨와 함께 왔을 때는 엘리베이터가 이렇게 시끄럽다는 것을 깨닫지 못했다. 그는 이 소음이 건물 안에 있는 경비원들을 모조리 불러들일 거라고 확신했다. 그러나 엘리베이터가 멈추면서 "미스터리부입니다"라고 말하는 차분한 여자 목소리가 들리고 철창이 미끄러지듯 열린 뒤 복도로 나왔을 때도 움직이는 것은 아무것도 없었다. 엘리베이터에서 쏟아져 나온 바람 탓에 가까운 곳에 있는 횃불들만 일렁일 뿐이었다.

해리는 아무 장식 없는 검은 문 쪽으로 돌아섰다. 몇 달 동안 꿈속에서 수없이 본 곳에 드디어 와 있었다.

"가자." 그가 속삭이고는 앞장서서 복도를 나아갔다. 루나가 입을 살짝 벌린 채 주위를 살펴보면서 그의 바로 뒤를 따라왔다.

"좋아, 잘 들어." 해리가 문에서 2미터쯤 되는 거리에 다시 멈춰 서며 말했다. "아마…… 아마 두 명 정도는 여기 남아서 망을 보는 게……."

"누가 오는지는 어떻게 알려 주라는 거야?" 지니가 눈썹을 치켜들며 물었다. "네가 아주 멀리 가 있을지도 모르잖아."

"우린 같이 갈 거야, 해리." 네빌이 말했다.

"그만 좀 해라." 론이 단호하게 말했다.

해리는 모두를 데려가고 싶지 않은 마음은 여전했지만 선택의 여지가 없어 보였다. 그는 문을 향해 고개를 돌리고 앞으로 걸어갔다……. 꿈에서 그랬던 것처럼 문이 확 열렸다. 그는 일행을 이끌고 문턱을 넘어 앞으로 나아갔다.

그들은 커다란 원형 방 안에 서 있었다. 바닥과 천장을 비롯한 방 안의 모든 것이 까맸다. 별 특징도 없고 손잡이도 없는 똑같은 검은색 문들이 사방의 검은 벽에 간격을 두고 나 있고, 그 사이마다 걸린 촛대에서는 촛불들이 파랗게 타올랐다. 빛나는 대리석 바닥에 비치는 그 서늘하고 어스레한 빛 때문에 마치 발아래 검은 물이 있는 것처럼 보였다.

"누가 문 좀 닫아 줘." 해리가 중얼거렸다.

네빌이 그 말에 따라 문을 닫자마자 해리는 그런 말을 한 것을 후회했다. 횃불로 밝혀진 복도에서 길게 비쳐 들어오던 빛줄기가 사라지니 너무 어두웠기 때문이다. 잠깐씩 보이는 것이라고는 벽에 걸린 떨리는 푸른 불덩어리와 바닥에 비치는 그 유령 같은 그림자들뿐이었다.

꿈에서 해리는 항상 입구 바로 맞은편에 있는 문으로 간 다음 단호하게 방을 가로질러 계속 나아가곤 했다. 하지만 여기에는 열두 개쯤 되는 문이 있었다. 꿈에 나온 문이 어느 것이었는지 분간하려고 애쓰며 맞은편 문들을 바라보던 바로 그때, 요란하게 우르릉하는 소리가 들리더니 촛불들이 옆으로 움직이기 시작했다. 둥근 벽이 돌아가고 있었다.

헤르미온느는 바닥도 움직일까 봐 두려운 듯 해리의 팔을 움켜잡았지만 바닥은 움직이지 않았다. 몇 초 동안 벽이 더 빨리 돌아가면서 주위를 둘러싼 푸른 불꽃이 흐릿한 네온 불빛처럼 보였다. 그때, 우르릉거리는 소리가 그치더니 시작할 때만큼이나 갑작스럽게 모든 것이 움직임을 멈췄다.

해리의 두 눈동자에 푸른 빛줄기가 새겨진 듯했다. 보이는 건 그것뿐이었다.

"방금 그게 뭐였지?" 론이 두려운 듯 속삭였다.

"우리가 어느 문으로 들어왔는지 모르게 하려는 것 같아." 지니가 목소리를 낮추고 말했다.

해리는 단번에 그녀의 말이 맞다는 것을 깨달았다. 나가는 문을 찾느니 칠흑 같은 바닥에서 개미를 찾는 게 더 빠를 것 같았다. *게다가 그들이 나아가야 할 문은 주위를 둘러싼 열두 개의 문 중 어느 것이라도 될 수 있었다.*

"돌아갈 땐 어떡하지?" 네빌이 불안한 듯 물었다.

"그런 건 지금 생각할 필요도 없어." 해리가 시야에서 어른거리는 파란 선들을 지우려고 눈을 깜빡이며 힘주어 말했다. 그는 마법 지팡이를 더욱 단단히 움켜쥐었다. "시리우스를 찾기 전에는 나가지 않을 거니까."

"그렇다고 소리쳐 부르지는 마!" 헤르미온느가 다급히 말했지만, 이번처럼 그녀의 조언이 필요 없을 때도 없었다. 해리의 본능이 가능한 한 조용히 있도록 만들었던 것이다.

"그럼 어디로 가, 해리?" 론이 물었다.

"나도 모르……." 해리는 입을 열었다가 말을 삼켰다. "꿈에서는 엘리베이터에서 내려서 복도 끝에 있는 문을 통해 웬 어두운 방으로 들어갔어. 거기가 바로 이 방이야. 그런 다음 또 다른 문을 지나서, 뭐랄까…… 불빛이 반짝거리는 방으로 들어갔어. 문을 몇 개 열어 봐야겠다." 그가 다급히 말했다. "내가 보면 맞는 길을 알 수 있을 거야. 가자."

그가 곧장 맞은편 문으로 다가가자, 다른 사람들도 그의 뒤를 바짝 따랐다. 해리는 문이 열리는 순간 공격할 태세로 마법 지팡이를 들어 올린 채, 싸늘하고 빛나는 문에 왼손을 대고 밀었다.

문은 쉽게 열렸다.

이미 첫 번째 방의 어둠을 겪은 그들에게, 등불들이 황금 사슬에 매달려 천장에서부터 낮게 드리워져 있는 이 기다란 직사각형 방은 훨씬 밝게 느껴졌다. 해리가 꿈에서 본 희미하게 반짝이는 빛 같은 건 없었다. 그 방은 거의 비어 있었다. 책상 몇 개가 있고, 방 한가운데 짙은 초록색 액체가 담긴 유리 수조가 있을 뿐이었다. 수조는 그들 모두가 들어가서 헤엄칠 수 있을 만큼 컸다. 진주처럼 허연 뭔가가 잔뜩 그 안을 느릿느릿 떠다니고 있었다.

"저건 뭐지?" 론이 속삭였다.

"모르겠어." 해리가 말했다.

"물고기인가?" 지니가 숨죽여 말했다.

"아쿠아비리우스 구더기야!" 루나가 신이 나서 말했다. "아빠가 정부에서 그것들을 키우고 있다고 얘기……."

"아냐." 헤르미온느가 말했다. 그녀의 목소리가 묘했다. 그녀는 앞으로 나아가 수조 옆면을 들여다보았다. "이건 뇌야."

"뇌?"

"그래…… 이걸 가지고 뭘 하는 거지?"

해리도 수조 쪽으로 가서 그녀 옆에 섰다. 아니나 다를까, 이토록 가까운 거리에서 보니 잘못 본 것일 리 없었다. 으스스하게 빛나는 그 뇌들은 초록색 액체 깊은 곳에서 시야 안팎을 넘나들며 떠다니고 있었다. 끈적거리는 꽃양배추처럼 보이기도 했다.

"나가자." 해리가 말했다. "여긴 아니야. 다른 문을 열어 봐야 해."

"여기에도 문들이 있는데?" 론이 주위의 벽을 가리키며 말했다.

해리의 가슴이 철렁 내려앉았다. 여기는 얼마나 넓은 걸까?

"꿈에서는 좀 전의 그 어두운 방을 지나서 또 다른 방으로 들어갔어." 그가 말했다. "돌아가서 거기서부터 다시 해 봐야 할 것 같아."

그들은 빠르게 어두운 원형 방으로 돌아갔다. 이제는 파란색 촛불 빛 대신 희미한 뇌의 잔상들이 해리의 눈앞에 어른거리고 있었다.

"잠깐만!" 헤르미온느가 날카롭게 소리쳤다. 루나가 뇌 있는 방의 문을 닫으려는 참이었다. "*플래그라테!*"

그녀가 마법 지팡이를 공중에 휘두르자 불꽃으로 이루어진 'X' 자가 문에 나타났다. 문이 찰칵 닫히자마자 요란하게 우르릉거리는 소리가 나면서 다시 한 번 벽이 아주 빠르게 회전하기 시작했다. 하지만 이번에는 희미한 푸른빛 사이에 크고 흐릿한 붉은색과 황금색이 섞여 있었다. 모든 것이 다시 고요해졌을 때에도 불꽃으로 이루어진 X자는 계속 타오르면서 그들이 이미 열어 본 문을 표시해 주었다.

"좋은 생각이야." 해리가 말했다. "좋아, 이 문을 열어 보자."

이번에도 그는 맞은편으로 곧장 나아가 문을 밀어젖혔다. 여전히 마법 지팡이를 든 채였다. 다른 아이들이 그의 뒤를 따랐다.

이 방은 조금 전 방보다 더 컸다. 안이 어두침침하게 밝혀져 있는 방은 직사각형이었으며, 한가운데가 푹 꺼져서 약 6미터 깊이의 커다란 돌 구덩이를 이루고 있었다. 그들이 서 있는 곳은 원형

극장처럼 방을 빙 두르고 있는 가파른 돌계단 꼭대기였다. 혹은, 해리가 위즌가모트에게 재판을 받았던 법정 같기도 했다. 하지만 그곳에는 쇠사슬 달린 의자 대신 구덩이 한가운데 주위보다 높게 쌓은 단이 있었고, 그 위에는 아주 오래된 것처럼 보이는 돌로 된 아치문이 있었다. 갈라지고 바스라지고 있는 그 아치문은 아직도 서 있을 수 있다는 것이 놀라울 정도였다. 주위에 지탱해 주는 벽 하나 없이 서 있는 그 아치문에는 누더기 같은 검은색 커튼 혹은 베일이 걸려 있었다. 방 안의 차가운 공기는 조금의 움직임도 보이지 않았지만, 그것은 누가 막 건드리기라도 한 것처럼 가볍게 펄럭이고 있었다.

"거기 누구 있어요?" 해리가 계단 아래로 뛰어내려 가며 말했다. 대답하는 목소리는 없었지만 베일은 끊임없이 펄럭거리고 흔들렸다.

"조심해!" 헤르미온느가 작게 소리쳤다.

해리는 계단들을 하나하나 내려가, 푹 꺼진 구덩이 돌바닥에 다다랐다. 바닥 한가운데 있는 단을 향해 천천히 걸어가는 발소리가 시끄럽게 울려 퍼졌다. 지금 서 있는 곳에서 보니 우뚝 솟은 아치문은 위에서 내려다볼 때보다 훨씬 커 보였다. 베일은 방금 누군가가 지나간 듯 여전히 부드럽게 흔들리고 있었다.

"시리우스?" 해리는 가까워진 만큼 더 작은 목소리로 불러 보았다.

그는 아치문을 가린 베일 바로 뒤에 누군가가 서 있는 것 같은 아주 이상한 느낌을 받았다. 그는 마법 지팡이를 더욱 힘주어 쥐고 단을 살금살금 돌았지만 그곳에는 아무도 없었다. 보이는 것이라고는 누더기 같은 검은 베일의 뒷면뿐이었다.

"가자." 헤르미온느가 돌계단 중간쯤에서 소리쳤다. "여긴 아니야, 해리. 빨리. 나가자."

그녀의 목소리는 겁에 질려 있었다. 뇌가 떠다니던 방에 있을 때보다도 훨씬 겁에 질린 목소리였다. 비록 낡기는 했지만, 그 아치문에는 어떤 아름다움이 깃들어 있었다. 부드럽게 물결치는 베일이 해리의 흥미를 끌었다. 그는 단 위로 기어올라 가 그 베일 뒤를 보고 싶은 매우 강렬한 충동을 느꼈다.

"해리, 가자니까. 응?" 헤르미온느가 더욱 강하게 말했다.

"응." 그는 그렇게 대답하면서도 움직이지 않았다. 방금 무슨 소리가 들렸다. 베일 저편에서 희미하게 속닥속닥 중얼거리는 소리가 들려오고 있었다.

"뭐라고 했어?" 그가 큰 소리로 묻자 그의 말소리가 돌계단 전체에 메아리쳤다.

"아무도 말 안 했어, 해리!" 헤르미온느가 이제 그에게 다가오며 말했다.

"누가 저 뒤에서 속삭이고 있어." 그는 헤르미온느의 손이 닿지 않는 곳으로 움직이면서 계속 얼굴을 찌푸린 채 베일을 바라보며 말했다. "너야, 론?"

"난 여기 있어, 친구." 론이 아치문 옆으로 돌아 나오며 말했다.

"저 소리 안 들려?" 해리가 물었다. 속삭임과 중얼거리는 소리는 더욱 커지고 있었다. 그럴 생각은 정말 없었는데 그는 어느새 단 위에 발을 올려놓고 있었다.

"나한테도 들려." 루나가 숨죽여 말했다. 그녀는 아치문 옆을 돌아 그들에게 다가오더니 흔들리는 베일을 바라봤다. "*저 안에 사람들이 있어!*"

"'*저 안*'이라니, 그게 무슨 뜻이야?" 헤르미온느가 계단 맨 아래에서 뛰어내리며 유독 화가 난 목소리로 물었다. "저기에 '안' 같은 건 없어. 저건 그냥 아치문이야. 사람이 있을 공간이 없다고. 해리, 그만해. 가자."

헤르미온느가 팔을 잡고 끌어당겼지만 그는 그녀의 손을 뿌리쳤다.

"해리, 우리는 시리우스를 구하러 여기 온 거잖아!" 그녀가 긴장해서 높아진 목소리로 말했다.

"시리우스." 해리는 여전히 최면에 걸린 듯, 흔들림을 멈추지 않는 베일을 바라보며 되풀이했다. "그래……."

마침내 그의 머릿속에서 무언가가 다시 제자리로 미끄러져 돌아왔다. 시리우스가 사로잡힌 채 고문을 당하고 있다. 그런데 이런 아치문이나 쳐다보고 있었다니…….

그는 단에서 몇 걸음 물러나 베일에서 억지로 눈을 뗐다.

"가자." 그가 말했다.

"내 말이 그 말이야. 자, 빨리 가자!" 헤르미온느가 말했다. 그녀는 앞장서서 단을 돌아 길을 되짚어 갔다. 반대편에서는 지니와 네빌 역시 홀린 듯 베일을 바라보고 있었다. 헤르미온느는 말없이 지니의 팔을 잡았고 론이 네빌의 팔을 잡았다. 그리고 그들을 돌계단으로 데려가 문을 향해 그 먼 길을 다시 올라갔다.

"저게 뭐였을 것 같아?" 어두운 원형 방으로 다시 나오자 해리가 헤르미온느에게 물었다.

"모르겠어. 하지만 뭔지는 몰라도 위험한 거야." 이번에도 문에 불타는 X자를 그리며 그녀가 단호하게 말했다.

또 한 번 벽이 돌다가 다시 고요해졌다. 해리는 아무 문이나 다가가서 밀어 보았다. 문은 열리지 않았다.

"왜 그래?" 헤르미온느가 물었다.

"그게…… 잠겼어…….", 해리가 몸무게를 실어서 문을 들이받았다. 하지만 문은 꿈쩍도 하지 않았다.

"그럼 여기겠네. 안 그래?" 론이 흥분해서 말했다. 그는 해리와 힘을 합쳐 억지로 문을 열려고 했다. "틀림없어!"

"비켜 봐!" 헤르미온느가 날카롭게 말했다. 그녀는 보통 문이라면 자물쇠가 달려 있을 만한 곳을 마법 지팡이로 겨눴다. "알로호모라!"

아무 일도 일어나지 않았다.

"시리우스가 준 칼!" 해리가 소리쳤다. 그는 로브 속에서 칼을 꺼내 문과 벽 틈새에 집어넣었다. 모두 기대 어린 눈으로 해리가 그 칼로 꼭대기부터 바닥까지 긁은 뒤 칼을 빼내고 다시 한 번 어깨로 들이받는 모습을 지켜보았다. 문은 변함없이 굳게 닫혀 있었다. 뿐만 아니라 칼을 내려다보니 칼날이 녹아 있었다.

"좋아, 이 방은 놔두자." 헤르미온느가 결연하게 말했다.

"하지만 저게 맞는 문이면?" 론이 걱정과 갈망이 뒤섞인 표정으로 그 문을 바라보며 말했다.

"그럴 리 없어. 해리는 꿈에서 모든 문을 지나갈 수 있었잖아." 헤르미온느가 또다시 문에 불타는 X자를 표시하며 말했다. 해리는 이제 쓸모없어진 시리우스의 칼을 도로 주머니에 넣었다.

"저 안에는 뭐가 있을까?" 루나가 기대감에 차서 물었다. 벽이 다시 돌아가기 시작했다.

"분명 블리버링 어쩌고 하는 게 있겠지." 헤르미온느가 숨죽이고 말하자 네빌이 초조하게 킥킥 웃음을 터뜨렸다.

벽이 스르르 멈추자 해리는 더욱 커지는 절박함을 안고 그다음

문을 밀어젖혔다.

"여기야!"

그는 다이아몬드처럼 아름답게 빛나며 일렁이는 빛을 보고 단번에 그 방을 알아보았다. 눈부신 빛에 익숙해지자 모든 표면에서 빛나는 시계들이 보였다. 큰 시계와 작은 시계, 괘종시계와 탁상시계가 책꽂이 사이사이에 걸려 있거나 방 이곳저곳에 놓여 있는 책상 위에 놓여 있었다. 쉴 새 없이 부산스럽게 째깍거리는 소리가 아주 작은 사람 수천 명이 행진하는 발소리처럼 공간을 가득 채웠다. 다이아몬드처럼 밝은 그 어른거리는 빛은 방 저 끝에 우뚝 솟은 종 모양 크리스털 덮개에서 나오는 것이었다.

"여기야!"

맞는 길에 접어들었다는 것을 안 지금 해리의 가슴은 미친 듯이 뛰고 있었다. 그는 앞장서서 줄지어 놓여 있는 책상들 사이의 좁은 공간을 따라, 꿈에서 그랬듯 그 빛의 근원을 향해, 거의 그의 키만 한 종 모양 크리스털 덮개를 향해 나아갔다. 책상 위에 놓여 있는 그 유리 덮개는 휘몰아치는 반짝이는 바람으로 가득 차 있는 것처럼 보였다.

"우아, *이것 봐!*" 그들이 가까이 다가가자, 지니가 종 모양 덮개 안쪽 한가운데를 가리키며 말했다.

그 안에서 반짝이는 바람결을 따라 일렁이고 있는 것은 보석처럼 빛나는 작디작은 알이었다. 덮개 안에서 떠오른 그 알이 갈라지더니 벌새가 나타났다. 벌새는 꼭대기까지 떠올랐지만, 찬바람을 받아 가라앉으면서 깃털이 후줄근해지고 축축해졌다. 바닥으로 돌아갔을 때 새는 다시 한 번 알에 감싸여 있었다.

"계속 가!" 해리가 날카롭게 말했다. 지니가 멈춰 서서 다시 알에서 새가 태어나는 광경을 보고 싶어 하는 기색을 비쳤기 때문이다.

"너도 그 아치문 앞에서 꾸물거렸잖아!" 그녀는 뿌루퉁하게 말하면서도 그를 따라 종 모양 덮개를 지나쳐 그 뒤에 있는 유일한 문으로 향했다.

"이게 그 문이야." 해리가 다시 말했다. 이제는 심장이 너무나 빠르고 세차게 뛰고 있어서, 말을 하더라도 그 소리에 묻힐 게 틀림없다는 느낌이 들 정도였다. "이 문으로 들어가면……."

그는 모두를 힐끗 돌아보았다. 마법 지팡이를 꺼내 든 그들은 갑자기 심각하고 걱정스러운 표정을 짓고 있었다. 그는 다시 문을 바라보다가 손을 대고 밀었다. 문이 벌컥 열렸다.

꿈에서 본 바로 그곳이었다. 그곳을 찾아냈다. 교회처럼 높고, 먼지투성이 조그만 유리구슬이 가득 들어찬 우뚝 솟은 선반 진열장들로 빽빽한 방이었다. 그 구슬들은 진열장들을 따라 일정한 간격을 두고 설치된 더 많은 촛대의 촛불 빛을 받아 단조롭게 빛나고 있었다. 촛불은 뒤에서 지나온 원형 방에서처럼 파란빛으로 타오르고 있었다. 방은 아주 싸늘했다.

해리는 앞으로 살금살금 나아가, 진열장 두 열 사이의 어두운 통로 저편을 바라보았다. 아무 소리도 들리지 않았다. 뭔가가 움직이는 최소한의 기색조차 눈에 띄지 않았다.

"97번 열이라고 했잖아." 헤르미온느가 속삭였다.

"응." 해리가 가장 가까운 열의 맨 끝을 쳐다보면서 숨죽여 말했다. 파랗게 타오르는 촛대 아래, 선반 열에서 삐죽 튀어나온 '53'이라는 숫자가 은빛으로 반짝였다.

"오른쪽으로 가야 할 것 같아." 헤르미온느가 눈을 가늘게 뜨고 다음 열을 살펴보며 속삭였다. "맞아…… 저쪽이 54번 열이야."

"마법 지팡이 준비해." 해리가 조용히 말했다.

그들은 선반들 사이의 긴 통로를 따라 앞으로 조심스럽게 나아가면서 뒤를 힐끔힐끔 돌아보았다. 저 끝은 완전한 어둠에 잠겨 있었다. 선반에 놓인 각각의 유리구슬 밑에는 누렇게 바래 가는 조그만 이름표가 붙어 있었다. 어떤 구슬들은 기이하고 액체 같은 빛을 띠었으며, 또 어떤 것들은 불 꺼진 전구처럼 흐릿하고 어두침침했다.

그들은 84번 열을 지나고…… 85번 열을 지났다……. 해리는 미세한 움직임이라도 포착할까 싶어 열심히 귀 기울였지만, 지금 시리우스는 입에 재갈이 물려 있거나 의식을 잃은 상태인지도 몰랐다……. '아니면' 하고, 그의 머릿속에서 어떤 목소리가 불쑥 말했다. '이미 죽었을지도 모르지…….'

그랬다면 내가 느꼈을 거야. 해리는 스스로를 타일렀다. 이제는 심장이 목젖 바로 아래에서 쿵쾅거리고 있었다. 내가 진작에 알았을 거라고…….

"97번이야." 헤르미온느가 속삭였다.

그들은 선반 진열장 끝에 모여 서서 통로 저편을 바라보았다. 그곳엔 아무도 없었다.

"바로 저 끝에 있어." 해리가 말했다. 입술이 약간 말랐다. "여기서는 제대로 안 보여."

그는 앞장서서 천장 높이 솟아 있는 유리구슬들의 열 사이를 지났다. 그들이 지나가자 유리구슬 몇 개가 부드러운 빛을 뿜었다.

"이 근처에 있을 거야." 해리가 숨죽여 말했다. 한 발을 내디딜 때마다 만신창이가 되어 어두운 바닥에 쓰러져 있는 시리우스의 모습에 가까워지고 있다는 확신이 들었다. "여기 어디 있을 텐데…… 정말 가까운 곳에……."

"해리?" 헤르미온느가 머뭇거리며 불렀지만 해리는 대답하고 싶지 않았다. 입안이 바싹 말랐다.

"여기 맞는데…… 이 근처에…….." 그가 말했다.

그들은 그 열의 끝에 다다라 더 어둑어둑한 촛불 빛 아래로 나왔다. 그곳엔 아무도 없었다. 먼지 가득한 정적만이 주위에 가득했다.

"아니, 어쩌면……." 해리는 그다음 통로를 들여다보며 쉰 목소리로 중얼거렸다. "혹시……." 그는 다급히 또 그다음 통로를 바라보았다.

"해리?" 헤르미온느가 다시 그를 불렀다.

"왜?" 그가 버럭 소리쳤다.

"난…… 내 생각에 시리우스는 여기 없는 것 같아."

아무도 입을 열지 않았다. 해리는 그들 중 누구도 보고 싶지 않았다. 토할 것 같은 기분이 들었다. 해리는 시리우스가 왜 여기에 없는지 도무지 이해할 수가 없었다. 시리우스는 여기에 있어야만 했다. 여기가 바로 해리가 시리우스를 본 곳이었다…….

그는 열 끝에 있는 공간을 달리며 통로 사이사이를 들여다보았다. 빈 통로들이 연달아 휙휙 지나갔다. 그는 자기를 지켜보는 친구들을 지나쳐 반대 방향으로도 달려 보았다. 시리우스는 어디에도 없었다. 몸싸움을 한 흔적 같은 것도 전혀 보이지 않았다.

"해리?" 론이 그를 불렀다.

"왜?"

그는 론이 하려는 말을 듣고 싶지 않았다. 그가 멍청하게 군 거라고 말하거나 호그와트로 돌아가자고 제안할 게 뻔했다. 얼굴이 뜨겁게 달아올랐다. 저 위 중앙 홀의 밝은 빛 아래서 다른 친구들의 비난 어린 눈길을 마주하기 전, 이곳의 어둠 속에 한동안 몰래 숨어 있고 싶었다.

"이거 봤어?" 론이 물었다.

"뭘?" 해리가 이번에는 기대에 차서 되물었다. 론이 시리우스가 여기에 있었던 흔적이나 단서를 발견했나 싶었던 것이다. 해리는 모두가 서 있는 곳으로 성큼성큼 돌아갔다. 97번 열을 조금 따라간 곳이었다. 하지만 먼지로 뒤덮인 채 선반에 놓여 있는 유리구슬 하나를 들여다보는 론 말고는 아무것도 보이지 않았다.

"뭔데?" 해리가 침울하게 다시 물었다.

"그러니까…… 여기 네 이름이 적혀 있어." 론이 말했다.

해리는 좀 더 가까이 다가갔다. 론이 작은 유리구슬을 가리켰다. 그것은 먼지가 잔뜩 쌓이고 아주 오랫동안 손대지 않은 것처럼 보였지만 안에서 발하는 희미한 빛으로 빛나고 있었다.

"내 이름이?" 해리가 멍하니 말했다.

그는 앞으로 나섰다. 론만큼 키가 크지 않았기에 먼지투성이 유리구슬 바로 밑, 선반에 붙어 있는 색 바랜 이름표를 읽으려면 목을 쭉 빼야 했다. 구불구불한 글씨로 적혀 있는 것은 대략 16년 전의 날짜였다. 그리고 그 밑에 이렇게 적혀 있었다.

S. P. T.가 A. P. W. B. D.에게
어둠의 왕
그리고(?) 해리 포터

해리는 그것을 뚫어지게 바라보았다.

"이게 뭐야?" 론이 불안한 목소리로 물었다. "네 이름이 왜 여기 써 있지?"

론은 선반의 다른 이름표들을 쭉 훑어보았다.

"내 이름은 없네." 그가 당혹스러운 듯 말했다. "다른 애들 이름은 없어."

"해리, 만지면 안 될 것 같아." 해리가 유리구슬을 향해 손을 뻗자 헤르미온느가 날카롭게 말했다.

"왜?" 그가 말했다. "나랑 관련된 거잖아. 안 그래?"

"만지지 마, 해리." 네빌이 불쑥 말했다. 해리는 그를 바라보았다. 네빌의 동그란 얼굴이 땀으로 살짝 번들거리고 있었다. 그는 이 긴장감을 더 이상 버틸 수 없는 것처럼 보였다.

"내 이름이 붙어 있잖아." 해리가 말했다.

그는 약간 무모한 기분을 느끼며 먼지투성이 유리구슬 표면을 손가락으로 감쌌다. 차가울 거라고 생각했지만 아니었다. 오히려 그것은 몇 시간이나 햇빛 속에 놓여 있었던 것처럼 따뜻했다. 마치 안에서 발하는 환한 빛에 데워지고 있었던 것 같았다. 뭔가 극적인 일이 일어나고 결국 그들의 길고도 위험한 여정을 가치 있게 만들어 줄지도 모르는 신나는 일이 일어날 거라 예상하며, 아니 그렇게 되기를 바라면서 해리는 선반 위에서 유리구슬을 꺼내 뚫어지게 들여다보았다.

아무 일도 일어나지 않았다. 해리가 더 잘 보려고 먼지를 털어 내는 동안 다른 친구들이 해리 주위로 다가와 그 유리구슬을 바라보았다.

바로 그때, 등 뒤에서 질질 늘어지는 목소리가 들려왔다.

"아주 잘했다, 포터. 이제 잠자코 천천히 돌아서서 그거 이리 내."

35장

베일 너머

 사방에서 느닷없이 시커먼 형체들이 나타나 양옆으로 길을 가로막았다. 후드 틈새로 눈들이 번뜩였고, 끄트머리에 불이 켜진 마법 지팡이 열두 개가 그들의 심장을 곧바로 겨누고 있었다. 지니가 겁에 질려 숨을 들이켰다.
 "이리 내라고 했다, 포터." 루시우스 말포이의 질질 끄는 목소리가 반복했다. 그는 손바닥을 위로 한 채 손을 내밀었다.
 해리는 토할 것처럼 속이 뒤집어지는 것을 느꼈다. 그들은 함정에 빠졌다. 적들의 숫자는 그들의 두 배나 되었다.
 "이리 내." 루시우스가 다시 말했다.
 "시리우스는 어디 있어?" 해리가 물었다.

죽음을 먹는 자들 중 몇몇이 웃었다. 해리 왼쪽에 있는 그림자 같은 형체들 사이에서 거친 여자 목소리가 의기양양하게 말했다.

"역시 어둠의 왕께서는 모든 걸 알고 계신다니까!"

"그래, 항상 그렇지." 루시우스가 조용히 되풀이했다. "자, 예언을 내놔라, 포터."

"시리우스가 어디 있는지 알아야겠어!"

"시리우스가 어디 있는지 알아야겠어!" 왼쪽의 여자가 그의 말을 따라 했다.

그녀를 비롯한 죽음을 먹는 자들이 해리와 아이들에게서 얼마 떨어지지 않은 곳까지 포위망을 바짝 좁혀 왔다. 그들의 마법 지팡이에서 나오는 빛이 해리의 눈을 어지럽게 만들었다.

"당신들이 잡아갔잖아." 해리는 가슴속에서 치솟는 당혹감과 97번 열에 처음 들어선 이래 억눌러 왔던 두려움을 애써 모른 척하며 말했다. "시리우스가 여기 있는 거 다 알아."

"우리 아가가 무서워서 깨쩌요? 그 꿈이 진짠 줄 알아쩌요?" 그 여자가 끔찍하게 아기 흉내를 내면서 조롱했다. 론이 옆에서 움찔하는 것이 느껴졌다.

"아무 짓도 하지 마." 해리가 중얼거렸다. "아직은······."

그를 흉내 내던 여자가 요란하게 웃음을 터뜨렸다.

"들었어? 들었어? 다른 애들한테 지시를 하는데? 꼭 우리랑 싸우기라도 할 것처럼!"

"아, 당신이 나만큼 포터를 몰라서 하는 소리야, 벨라트릭스." 루시우스가 조용히 말했다. "영웅 심리에 젖어 있다는 게 저 녀석의 큰 약점이거든. 어둠의 왕께서는 그 점을 잘 알고 계시지. 이제 그 예언을 내놔라, 포터."

"난 시리우스가 여기 있다는 걸 알아." 해리가 말했다. 두려움에 가슴이 움츠러들고, 제대로 숨 쉴 수 없을 것 같은 기분이 들었다. "당신들이 붙잡았다는 거 알고 있어!"

더 많은 수의 죽음을 먹는 자들이 웃음을 터뜨렸다. 그중에서도 그 여자가 가장 요란하게 웃었다.

"이제는 꿈과 현실의 차이를 알 때도 됐다, 포터." 루시우스가 말했다. "어서 예언을 내놔라. 그러지 않으면 마법 지팡이를 쓸 거다."

"그럼 어디 해 보시지." 해리가 자신의 마법 지팡이를 가슴 높이로 들어 올리며 말했다. 그의 양옆에서 론과 헤르미온느, 네빌, 지니와 루나의 마법 지팡이 다섯 개가 어깨 높이로 들렸다. 해리의 가슴이 꽉 죄어들었다. 시리우스가 여기에 없는 게 사실이라면, 그는 친구들을 아무 의미 없는 죽음으로 내몬 셈이었다.

하지만 죽음을 먹는 자들은 그들을 공격하지 않았다.

"예언만 넘기면 아무도 다칠 일 없다." 루시우스가 싸늘하게 말했다.

이제는 해리가 웃을 차례였다.

"아, 그래!" 그가 말했다. "내가 당신한테 이것, 예언이라고 했나? 이걸 주면, 우리를 무사히 보내 주겠다고?"

그의 말이 채 끝나기도 전에 좀 전의 그 여자가 날카롭게 소리쳤다. "*아씨오 예……*."

해리는 준비가 되어 있었다. 그는 그녀가 주문을 마치기 전에 "*프로테고!*"라고 소리쳤다. 유리구슬이 손가락 끝으로 미끄러졌지만 간신히 붙잡을 수 있었다.

"아, 노는 방법을 좀 아는구나, 우리 꼬맹이 포터가."

그녀가 말했다. 후드 틈새로 광기 가득한 눈이 그를 향해 번득였다. "좋아, 그럼……."

"**안 된다고 했을 텐데!**" 루시우스 말포이가 여자에게 고함을 질렀다. "그러다 깨지면……!"

해리의 머리가 팽팽 돌아갔다. 죽음을 먹는 자들은 이 먼지투성이 유리구슬을 손에 넣고 싶어 했다. 그는 이 물건에 아무런 관심이 없었다. 그저 모두 무사히 빠져나가기를 바랄 뿐이었다. 자신의 어리석음 때문에 친구들 중 누구도 결코 끔찍한 대가를 치르지 않도록…….

여자가 동료들과 떨어져 앞으로 나서더니 후드를 벗었다. 아즈카반이 퀭한 해골처럼 만들어 놓았음에도 벨라트릭스 레스트레인지의 얼굴은 광적인 빛으로 생생하게 빛나고 있었다.

"설득이 더 필요해?" 그녀가 가슴을 빠르게 들썩이며 말했다. "좋아, 제일 어린 녀석을 데려와." 그녀가 옆에 있던 죽음을 먹는 자에게 명령했다. "저 여자애가 고문당하는 모습을 저 녀석한테 보여 줘. 고문은 내가 하지."

해리는 다른 아이들이 지니를 둘러싸는 것을 느꼈다. 그는 예언을 가슴 앞으로 들어 올린 채 옆걸음으로 걸어가 지니 앞을 막아섰다.

"우리 중 한 명이라도 공격했다간 이게 깨질 텐데." 그가 벨라트릭스에게 말했다. "이거 없이 돌아가면 당신들 대장이 되게 좋아하겠다. 그치?"

그녀는 움직이지 않았다. 그저 그를 바라보며, 혀끝으로 가느다란 입술만 적실 뿐이었다.

"자." 해리가 말했다. "그건 그렇고, 무슨 예언을 말하는 거야?"

그는 계속 말을 하는 것 말고는 뭘 해야 할지 알 수가 없었다. 네빌의 팔이 그의 팔에 딱 붙어 있었다. 네빌이 부들부들 떠는 것이 느껴졌다. 누군가의 가쁜 숨결이 뒤통수에 와닿았다. 그는 다들 여기에서 어떻게 빠져나갈지 열심히 생각하고 있기를 바랐다. 그 자신의 머리는 텅 비어 있었으므로.

"무슨 예언이냐니?" 벨라트릭스가 되물었다. 그녀의 얼굴에서 미소가 사라졌다. "농담하니, 해리 포터?"

"아니, 농담 아닌데." 해리가 말했다. 그의 눈이 약한 고리, 뚫고 탈출할 수 있는 공간을 찾아 죽음을 먹는 자들을 하나하나 빠르게 훑었다. "볼드모트가 왜 이걸 원하는 거지?"

죽음을 먹는 자들 몇몇이 낮게 식식거렸다.

"감히 그분의 이름을 말해?" 벨라트릭스가 작은 소리로 내뱉듯 말했다.

"그래." 또다시 마법을 써서 빼 가려는 시도를 할까 봐 유리구슬을 꽉 움켜쥔 채 해리가 말했다. "그래, 나는 얼마든지 말할 수 있어. 볼……."

"입 닥쳐!" 벨라트릭스가 매섭게 소리쳤다. "감히 그 더러운 입에 그분의 이름을 올리다니. 감히 잡종의 혓바닥으로 그분의 이름을 더럽히다니……."

"그자도 잡종인 건 알아?" 해리는 아랑곳 않고 마구 내뱉었다. 헤르미온느가 그의 귓가에 작은 신음을 토했다. "볼드모트 말이야. 그래, 그자의 어머니는 마법사였지만 아버지는 머글이었어. 잠깐, 그자가 당신들한테 자기가 순수 혈통이래?"

"*스튜페파*……."

"*안 돼!*"

벨라트릭스 레스트레인지의 마법 지팡이 끝에서 붉은 광선이 쏘아져 나왔지만 루시우스가 곧 방향을 틀었다. 그의 주문 덕분에 벨라트릭스의 주문은 해리 왼쪽 30센티미터쯤 떨어져 있는 선반에 맞아 유리구슬 몇 개를 박살 냈다.

바닥에 흩어진 유리 파편에서 유령처럼 희부옇고 연기처럼 흐물거리는 두 형상이 나오더니 각자 말을 하기 시작했다. 동시에 떠드는 그 둘의 목소리는 루시우스와 벨라트릭스의 고함 소리에 묻혀 띄엄띄엄 들려왔다.

"······동짓날에는 새로운······." 턱수염 난 나이 든 남자의 형상이 말했다.

"공격하지 마! 우리한텐 예언이 필요해!"

"저게 감히····· 감히······." 벨라트릭스가 두서없이 악을 썼다. "저 더러운 잡종이······."

"예언을 손에 넣을 때까지 기다려!" 루시우스가 고함을 질렀다.

"······그 뒤로는 어떤 새로운 것도 오지 않을······." 젊은 여자의 형상이 중얼거렸다.

산산조각 난 유리구슬들에서 튀어나온 두 형상이 허공으로 사라졌다. 그들도, 그들이 머물렀던 곳도 흔적도 없이 사라지고 오직 바닥의 유리 파편만이 남았다. 그러나 덕분에 해리는 어떤 묘안을 떠올렸다. 문제는 그것을 다른 친구들에게 어떻게 전달하느냐 하는 것이었다.

"나한테서 넘겨받아야 하는 이 예언이 뭐가 그렇게 특별한지 아직 말 안 해 준 것 같은데." 해리는 시간을 벌려고 그렇게 말했다. 그리고 다른 일행의 발을 찾아 더듬거리면서 발을 천천히 옆으로 옮겼다.

"수작 부리지 마라, 포터." 루시우스가 말했다.

"수작 부리는 거 아니야." 해리가 말했다. 정신의 반은 대화에 가 있고, 반은 옆을 더듬거리는 발에 가 있었다. 그때 그는 누군가의 발가락이 닿는 것을 느끼고 발로 꽉 밟았다. 뒤에서 날카롭게 숨 들이켜는 소리가 그것이 헤르미온느의 발가락이란 사실을 가르쳐 주었다.

"왜?" 그녀가 속삭였다.

"덤블도어가 미스터리부 깊숙한 곳에 네가 그 흉터를 갖게 된 이유가 숨겨져 있다는 얘기를 해 준 적 없나?" 루시우스가 비웃듯 말했다.

"나는…… 뭐?" 해리가 물었다. 그는 잠깐 계획을 잊을 뻔했다. "내 흉터가 왜?"

"*왜 그래?*" 헤르미온느가 뒤에서 더 다급하게 속삭였다.

"이럴 수가!" 루시우스가 즐겁게 소리쳤지만 그 외침에는 악의가 담겨 있었다. 죽음을 먹는 자 몇몇이 다시 웃음을 터뜨렸고 해리는 그 틈을 타서 입술을 되도록 조그맣게 움직여 헤르미온느에게 속삭였다. "선반을 부숴……."

"덤블도어가 얘기해 준 적 없다고?" 루시우스가 되풀이했다. "뭐, 그렇다면 네가 진작 오지 않은 이유가 설명되는구나, 포터. 어둠의 왕께서는 궁금해하셨다. 네가 왜……."

"내가 '지금이야'라고 말하면……."

"……달려오지 않았는지. 꿈속에서 이 예언이 숨겨져 있는 장소를 너에게 보여 주셨을 때 말이야. 그분께서는 네가 자연스럽게 호기심을 느끼고 예언의 정확한 내용을 듣고 싶어 할 거라 생각하셨다."

"그래?" 해리가 말했다. 그는 소리가 아닌 느낌으로, 등 뒤에서 헤르미온느가 다른 아이들에게 자신의 메시지를 전달하는 것을 알았다. 그는 죽음을 먹는 자들의 관심을 돌리려고 애써 말을 이었다. "그러니까 내가 여기 와서 이걸 가져가길 바랐다는 거네? 왜?"

"*왜냐고*?" 루시우스는 못 믿겠다는 듯하면서도 즐거워하는 목소리로 말했다. "미스터리부에서 예언을 꺼낼 수 있는 사람은 오직 그 예언의 당사자뿐이기 때문이다, 포터. 어둠의 왕께서도 다른 자들에게 대신 훔쳐 오라는 지시를 내리셨다가 알게 되셨지."

"그런데 왜 나와 관련된 예언을 훔치고 싶어 하는 거야?"

"너만 관련된 게 아니다, 포터. 두 사람 모두가 관련된 것이지……. 너는 어둠의 왕께서 아기였던 널 왜 죽이고 싶어 하셨는지 궁금해한 적 없나?"

해리는 후드 틈새로 번뜩이는 루시우스의 회색 눈동자를 뚫어지게 바라보았다. 이 예언 때문에 부모님이 돌아가신 걸까? 이것이 바로 그의 이마에 번개 모양 흉터가 생긴 이유일까? 그 모든 일에 대한 답이 그의 손에 쥐어져 있는 걸까?

"누군가가 볼드모트랑 나에 대해 예언을 했다는 거야?" 그가 루시우스 말포이를 응시하며 조용히 물었다. 그는 들고 있던 따뜻한 유리구슬을 손가락으로 더욱 꽉 감싸 쥐었다. 그것은 스니치보다 살짝 클 뿐이었고, 여전히 먼지로 뒤덮여 깔끄러웠다. "그래서 내가 여기 와서 대신 꺼내게 만들었다는 거야? 왜 직접 와서 가져가지 않고?"

"직접 가져가?" 벨라트릭스가 미친 사람처럼 낄낄거리며 날카롭게 소리쳤다. "어둠의 왕이 마법 정부에 제 발로 걸어 들어간다고? 놈들이 친절하게도 그분이 돌아오신 걸 모른 체하고 있는 마당에, 어둠의 왕이 앞장서서 오러들에게 모습을 드러낸다는 말이야? 놈들이 내 사랑하는 사촌에게 시간을 낭비하고 있는 지금?"

"그러니까 볼드모트가 당신들을 시켜서 더러운 일을 대신하게 한 거구나?" 해리가 말했다. "스터지스한테 훔쳐 오도록 했던 것처럼 말이야. 보드도 그렇고."

"훌륭하구나, 포터. 훌륭해." 루시우스가 천천히 입을 열었다. "하지만 어둠의 왕께서는 네가 아주 바보는 아니라는 걸 아시고……."

"*지금이야!*" 해리가 소리쳤다.

등 뒤에서 다섯 개의 서로 다른 목소리가 외쳤다. "*리덕토!*" 다섯 개의 저주 마법이 각기 다른 다섯 방향으로 날아갔다. 주문이 명중한 맞은편 선반이 폭발했다. 수백 개의 유리구슬이 터지자 우뚝 솟은 구조물이 흔들리더니 희부연 형상들이 공중으로 흘러나와 둥둥 떠다녔다. 바닥으로 쏟아져 내리는 유리 파편과 부서진 나뭇조각의 급류 속에서, 그 형상들의 목소리가 언제인지 모를 아득한 과거에서 들려오는 메아리처럼 울려 퍼졌.

"**뛰어!**" 해리가 소리쳤다. 선반들이 위태롭게 흔들리며 더 많은 유리구슬들이 떨어지기 시작했다. 그는 헤르미온느의 로브를 움켜쥐고 앞으로 끌고 가면서 한 팔을 머리 위로 들어 올렸다. 선반 조각과 유리 파편이 우르릉 소리를 내며 쏟아지고 있었다. 죽음을 먹는 자 하나가 먼지구름을 뚫고 앞으로 돌진했다. 해리는 그자의 가면 쓴 얼굴을 팔꿈치로 힘껏 내리찍었다. 모두가 소리를 지르고 있었다. 고통의 비명, 선반들이 차곡차곡 무너져 내리면서 터져 나오는 천둥 같은 폭음, 유리구슬에서 풀려 나온 예언자들의 뚝뚝 끊기는 기묘한 메아리가 뒤섞였다.

해리는 앞길이 뚫려 있는 곳을 발견했다. 론, 지니, 루나가 양팔을 머리 위로 올린 채 전속력으로 그를 지나쳐 달려갔다. 뭔가 묵직한 것이 옆얼굴을 후려쳤지만, 해리는 고개를 숙이고 계속 앞으로 달리기만 했다. 웬 손이 그의 어깨를 잡았다. 헤르미온느가 "스튜페파이!"를 외치는 소리가 들리나 싶더니 그 손은 즉시 그에게서 떨어졌다…….

그들은 97번 열 끝에 와 있었다. 해리는 오른쪽으로 돌아서 온 힘을 다해 달리기 시작했다. 바로 뒤따르는 발소리들과 헤르미온느가 네빌을 재촉하는 소리가 들렸다. 바로 앞에 그들이 들어온 문이 열려 있었다. 종 모양 유리 덮개의 반짝이는 빛이 보였다. 그는 그 문으로 달려 나갔다. 예언은 여전히 그의 손에 무사히 꽉 쥐어져 있었다. 그는 다른 아이들이 모두 지나가기를 기다렸다가 세차게 문을 닫았다.

"콜로포터스!" 헤르미온느가 헐떡이며 소리치자 문은 묘한 쩍 소리를 내며 저절로 잠겼다.

"다른…… 다른 애들은?" 해리가 가쁜 숨을 쉬면서 물었다.

그는 론과 루나와 지니가 그들을 앞서 달려가 이 방에서 기다리고 있을 거라고 생각했지만 이곳엔 아무도 없었다.

"분명 엉뚱한 방향으로 간 거야!" 헤르미온느가 겁에 질린 얼굴로 작게 내뱉었다.

"들어 봐!" 네빌이 말했다.

방금 잠긴 문 뒤에서 여러 개의 발소리와 외침이 들려왔다. 해리는 귀를 문에 바짝 갖다 댔다. 루시우스 말포이의 고함 소리가 들렸다. "노트는 내버려 둬. *내버려 두라고*. 저 예언을 잃는 것에 비하면 노트의 부상 따위 어둠의 왕께는 아무것도 아니야! 적슨, 이리 돌아와라. 전열을 정비해야 해! 둘씩 나누어서 찾는다. 명심해라, 예언을 손에 넣을 때까지는 포터를 함부로 대하지 마라. 필요하다면 다른 녀석들은 죽여도 된다. 벨라트릭스, 로돌푸스, 왼쪽으로. 크래브, 라바스탄, 오른쪽으로. 적슨, 돌로호프, 너희는 바로 앞에 있는 문으로 가라. 맥네어, 에이버리, 이쪽으로. 룩우드는 저쪽으로. 물키베르는 나를 따라온다!"

"우린 어쩌지?" 헤르미온느가 해리에게 물었다. 그녀는 머리끝부터 발끝까지 떨고 있었다.

"뭐, 저놈들이 우리를 찾을 때까지 여기 서서 기다릴 수는 없잖아?" 해리가 말했다. "일단 이 문에서 멀어지고 보자."

세 사람은 되도록 조용히 달려갔다. 그들은 작은 알이 부화했다가 다시 알로 돌아가고 있는, 어슴푸레 빛나는 종 모양 유리 덮개를 지나 방 끝 원형 방으로 나가는 문으로 향했다. 문 앞에 거의 다다랐을 무렵 해리는 헤르미온느가 마법을 걸어서 잠근 문에 뭔가 크고 묵직한 것이 부딪치는 소리를 들었다.

"비켜!" 거친 목소리가 말했다. "*알로호모라!*"

문이 홱 열린 순간 해리와 헤르미온느, 네빌은 책상 밑으로 뛰어들어 갔다. 죽음을 먹는 자 두 명의 로브 밑자락이 보였다. 그들의 발이 빠르게 움직이고 있었다.

"저 문으로 곧장 나갔을지도 몰라." 거친 목소리가 말했다.

"책상 밑을 살펴봐." 다른 목소리가 말했다.

해리는 죽음을 먹는 자들의 무릎이 구부러지는 것을 보았다. 그가 책상 밑에서 마법 지팡이를 내밀고 소리쳤다. "**스튜페파이!**"

붉은색 빛줄기가 바로 근처에 있던 죽음을 먹는 자를 맞혔다. 그자가 뒤로 넘어지면서 괘종시계를 쓰러뜨렸다. 하지만 또 다른 죽음을 먹는 자는 옆으로 펄쩍 뛰어 해리의 주문을 피하더니 헤르미온느를 겨눴다. 그녀는 조준을 더 잘하려고 책상 밑에서 기어 나오던 참이었다.

"아바다……."

해리가 바닥으로 몸을 날려 죽음을 먹는 자의 무릎을 끌어안았다. 덕분에 그자가 비틀거리면서 조준이 빗나갔다. 네빌이 도와주려고 허둥지둥 책상을 뒤엎고 일어나, 비틀거리는 두 사람에게 미친 듯이 마법 지팡이를 겨누며 소리쳤다.

"**엑스펠리아르무스!**"

해리와 죽음을 먹는 자의 마법 지팡이가 주인의 손에서 빠져나와 예언의 방 입구 쪽으로 날아갔다. 둘 다 허둥대며 일어나 마법 지팡이를 가지러 달려갔다. 죽음을 먹는 자가 앞서 있었고 해리가 그 뒤를 바짝 따랐다. 네빌은 맨 뒤에서 쫓아오고 있었다. 그는 자신이 저지른 일에 충격을 받은 게 틀림없었다.

"비켜, 해리!" 네빌이 소리쳤다. 실수를 만회하려는 모양이었다.

해리가 옆으로 몸을 던지는 그 순간 네빌이 다시 조준하고 소리쳤다.

"*스튜페파이!*"

붉은 빛줄기가 죽음을 먹는 자의 어깨를 스치고 날아가 벽에 세워져 있던 유리문 달린 캐비닛을 맞혔다. 다양한 모양의 모래시계로 가득 찬 캐비닛이 바닥으로 쓰러져 부서지자 유리 파편이 사방으로 튀었다. 캐비닛은 벌떡 일어나서 벽에 붙어 완전히 멀쩡해졌다가 다시 쓰러져서 박살 나기를 반복하기 시작했다.

죽음을 먹는 자가 반짝거리는 종 모양 유리 덮개 옆 바닥에 놓여 있던 마법 지팡이를 집어 들었다. 그자가 몸을 돌리자 해리는 또 다른 책상 뒤로 몸을 숨겼다. 얼굴에 쓰고 있던 가면이 미끄러져 앞을 제대로 볼 수가 없게 된 그자가 마법 지팡이를 쥐지 않은 손으로 가면을 떼어 내더니 소리쳤다. "*스튜페……*"

"*스튜페파이!*" 방금 일행을 따라잡은 헤르미온느가 소리쳤다. 붉은 빛줄기가 죽음을 먹는 자의 가슴 한복판에 명중하자 그는 양팔을 들어 올린 채 꼼짝없이 얼어붙었다. 그자의 마법 지팡이가 달그락 소리를 내며 바닥으로 떨어졌고 그는 종 모양 유리 덮개 위로 벌렁 넘어갔다. 해리는 남자가 단단한 유리에 '쾅' 부딪힌 다음 바닥으로 미끄러질 거라고 예상했다. 하지만 그자의 머리는 그저 비눗방울을 뚫고 들어가듯 종 모양 유리 덮개 표면 아래로 가라앉았다. 책상 위에 팔다리를 뻗고 널브러진 그자의 머리가 반짝거리는 공기로 가득 찬 유리 덮개 안에 들어가 있었다.

"*아씨오 마법 지팡이!*" 헤르미온느가 소리쳤다. 어두운 구석에 있던 해리의 마법 지팡이가 그녀의 손으로 날아갔다. 헤르미온느가 그것을 해리에게 던져 주었다.

"고마워." 그가 말했다. "좋아, 나가자."

"조심해!" 네빌이 겁에 질려 소리쳤다. 그의 시선은 종 모양 유리 덮개 안에 있는 죽음을 먹는 자의 머리를 향해 있었다.

세 사람은 다시 마법 지팡이를 들어 올렸지만 아무도 공격을 개시하지는 않았다. 그들은 모두 기겁해서 입을 벌린 채, 남자의 머리에서 일어나는 일을 바라보고 있었다.

그자의 머리가 아주 빠르게 쪼그라들면서 머리카락이 사라져 가고 있었다. 검은 머리카락과 까칠하게 자란 수염이 뼛속으로 들어가면서 뺨이 보드라워지고, 머리통은 동그래지면서 복숭아처럼 잔털로 뒤덮였다…….

다시 몸을 일으키려고 발버둥치는 죽음을 먹는 자의 두꺼운 근육질 목 위에는 이제 아기 머리가 기괴하게 얹혀 있었다. 하지만 세 사람이 입을 쩍 벌리고 지켜보고 있으려니 그자의 머리는 다시 원래 크기로 부풀어 오르기 시작했다. 정수리와 턱에서 검은 털이 무성하게 자라고 있었다.

"저건 시간이야." 헤르미온느가 감탄 어린 목소리로 말했다. "시간······."

죽음을 먹는 자는 그 흉측한 머리를 재차 흔들며 정신을 차리려고 했지만, 그가 자세를 가다듬기도 전에 머리가 다시 한 번 아기 시절로 쪼그라들기 시작했다.

가까운 방에서 고함 소리가 들리더니 뭔가 부딪치는 소리와 비명이 이어졌다.

"**론?**" 해리가 눈앞에서 벌어지는 기괴한 변신 과정에서 재빨리 눈을 돌리며 소리쳤다. "**지니? 루나?**"

"해리!" 헤르미온느가 비명을 질렀다.

죽음을 먹는 자가 종 모양 유리 덮개에서 머리를 빼낸 것이다. 너무나 기괴한 모습이었다. 조그만 아기 머리가 시끄럽게 울부짖는 가운데, 위협적으로 휘둘리던 그자의 팔이 해리의 움츠린 몸을 아슬아슬하게 스치고 지나갔다. 해리는 마법 지팡이를 들어 올렸지만 놀랍게도 헤르미온느가 그의 팔을 잡았다.

"아기를 해쳐선 안 돼!"

이 문제를 놓고 말다툼할 시간은 없었다. 예언의 방에서 더 많은 발소리가 들려오고 있었다. 해리는 친구들 이름을 소리쳐 부르면서 자신들의 위치를 노출시킨 것을 뒤늦게 후회했다.

"빨리 가자!" 그가 말했다. 그들은 아기 머리가 달린 흉측한 모습의 죽음을 먹는 자가 뒤에서 비틀거리도록 내버려 둔 채 방 맞은편에 열려 있는 문으로 향했다. 어두운 원형 방으로 통하는 문이었다.

중간쯤 갔을 때 해리는 열린 문 사이로 죽음을 먹는 자 두 명이 어두운 방을 가로질러 뛰어오는 모습을 보았다. 그들은 황급히 왼쪽으로 방향을 틀어, 작고 어둡고 어수선한 어떤 사무실에 들어간 뒤 거칠게 문을 닫았다.

"콜로……." 헤르미온느가 입을 열었지만 그녀가 주문을 마치기도 전에 문이 벌컥 열리더니 두 명의 죽음을 먹는 자가 안으로 뛰어들어 왔다.

둘 다 승리의 외침을 내뱉었다.

"*임페디멘타!*"

해리, 헤르미온느, 네빌 모두 뒤로 나가떨어졌다. 네빌은 책상 뒤로 나동그라져서 시야 밖으로 사라졌다. 책꽂이에 등을 쾅 부딪힌 헤르미온느는 쏟아져 내리는 묵직한 책들에 파묻혀 버렸다. 해리는 뒤쪽 돌벽에 뒤통수를 세게 부딪혔다. 눈앞에 작은 불꽃들이

번쩍거렸다. 잠깐 동안 너무 어지럽고 당혹스러워서 아무런 반응도 할 수 없었다.

"**우리가 잡았어!**" 해리에게 가까이 와 있던 죽음을 먹는 자가 소리쳤다. "여기 **사무실에……**"

"*실렌시오!*" 헤르미온느가 소리치자 남자의 목소리가 사라졌다. 그는 계속해서 가면 구멍 너머로 입을 벙긋거렸지만 아무 소리도 나오지 않았다. 또 다른 죽음을 먹는 자가 그를 밀쳤다.

"*페트리피쿠스 토탈루스!*" 그자가 마법 지팡이를 들어 올리는 순간 해리가 큰 소리로 외쳤다. 그자는 팔다리가 딱 붙은 채로 해리의 발밑에 있는 깔개 위로 얼굴부터 엎어져서는 널빤지처럼 뻣뻣해져 꼼짝하지 못했다.

"잘했어, 해……"

하지만 조금 전 헤르미온느의 침묵 마법을 정통으로 맞은 죽음을 먹는 자가 돌연 마법 지팡이를 허공에 대고 휙 긋자 자줏빛 불꽃 같은 것이 그대로 헤르미온느의 가슴을 가로질렀다. 그녀는 놀란 듯 작게 "아" 하는 소리를 내더니 바닥에 쓰러져 움직이지 못했다.

"**헤르미온느!**"

해리는 그녀 옆에 무릎을 꿇고 앉았다. 그때 네빌이 마법 지팡이를 앞으로 치켜든 채 재빨리 책상 밑에서 기어 나왔다. 네빌이 모습을 드러내자 죽음을 먹는 자가 그의 머리를 힘껏 걷어찼다.

그자의 발이 네빌의 마법 지팡이를 부러뜨리고 그의 얼굴에 타격을 가했다. 네빌은 고통으로 울부짖으며 입과 코를 움켜쥐고 물러났다. 마법 지팡이를 높이 든 채 몸을 비튼 해리는 그 죽음을 먹는 자가 가면을 벗고 마법 지팡이를 곧장 그에게 겨누고 있는 모습을 보았다. 해리는 《예언자일보》에서 봤던 그 길고 창백하고 비틀린 얼굴을 알아보았다. 안토닌 돌로호프, 프루잇 형제를 살해한 그 마법사였다.

돌로호프가 씩 웃었다. 그는 마법 지팡이를 쥐지 않은 손으로 여전히 해리의 손에 쥐어져 있는 예언과 자기 자신과 헤르미온느를 차례차례 가리켰다. 말은 할 수 없는 상태였지만 뜻은 그만큼 명료할 수 없었다. 예언을 넘겨, 그러지 않으면 너도 저렇게 될 테니까…….

"어쨌든 내가 이걸 넘기는 순간 우릴 죽일 거잖아!" 해리가 말했다.

머릿속이 공포의 느낌으로 가득 차서 생각을 제대로 할 수가 없었다. 그는 헤르미온느의 어깨에 한 손을 얹고 있었다. 아직 따뜻했다. 하지만 감히 그녀를 똑바로 바라볼 수는 없었다. '죽지 마, 죽으면 안 돼, 헤르미온느가 죽으면 그건 내 잘못이야…….'

"뭘 해도 됴은데, 해리……." 네빌이 책상 밑에서 사납게 말했다. 그가 양손을 내리자 부러진 코와 입, 턱에서 피가 쏟아지는 모습이 또렷하게 보였다. "그건 넘겨주디 마!"

그때 문밖에서 쾅 하는 요란한 소리가 들렸다. 돌로호프가 어깨너머를 돌아보았다. 아기 머리가 달린 죽음을 먹는 자가 문 앞에 나타났다. 그자의 머리는 울부짖고 있었으며, 거대한 두 주먹은 아직도 통제 불가능할 정도로 주위 모든 것을 향해 마구 휘둘러지고 있었다. 해리는 그 틈을 놓치지 않았다.

"페트리피쿠스 토탈루스!"

돌로호프가 막을 틈도 없이 주문이 명중했다. 돌로호프는 자신의 동료 위로 고꾸라졌다. 둘 다 널빤지처럼 뻣뻣하게 굳어진 채 손끝 하나 움직이지 못했다.

"헤르미온느." 해리는 아기 머리가 달린 죽음을 먹는 자가 비틀거리며 다시 시야에서 벗어나자마자 그녀를 흔들었다. "헤르미온느, 정신 차려……."

"더 다식이 뭘 한 거야?" 네빌이 책상 밑에서 기어 나와 그녀의 반대쪽 옆에 무릎을 꿇으며 물었다. 빠르게 부어오르는 그의 코에서 피가 철철 흐르고 있었다.

"나도 모르겠어……."

네빌이 헤르미온느의 손목을 짚어 보았다.

"맥박이 있더, 해리. 확실해."

강력한 안도의 물결이 온몸을 휩쓸자 해리는 잠깐 동안 살짝 어지러움을 느꼈다.

"살아 있다고?"

"응, 그던 것 같아."

잠시 침묵이 흘렀다. 해리는 발소리가 더 들려오는지 귀를 기울였지만 들리는 것이라고는 아기 머리가 달린 죽음을 먹는 자가 옆방에서 찡얼거리며 허둥대는 소리뿐이었다.

"네빌, 출구는 멀지 않아." 해리가 속삭였다. "여긴 그 원형 방 바로 옆이야……. 죽음을 먹는 자들이 더 오기 전에 그 방으로 들어가서 맞는 문을 찾으면, 네가 헤르미온느를 데리고 복도로 나가서 엘리베이터를 탈 수 있을 거야……. 그러고 나서 누구든 찾으면 돼……. 경보를 울려……."

"그럼 넌 어떠려고?" 네빌이 피가 흐르는 코를 소매로 닦고 해리를 향해 이마를 찌푸리며 물었다.

"난 다른 애들을 찾아야지." 해리가 말했다.

"그럼, 나도 너랑 가티 차들래." 네빌이 단호하게 말했다.

"하지만 헤르미온느는……."

"헤르미온느도 데려가자." 네빌이 또다시 단호하게 말했다. "내가 데려갈게. 넌 나보다 따움을 달하니까……."

그는 일어나서 헤르미온느의 한 팔을 잡고 해리를 바라보았다. 해리는 망설이다가, 헤르미온느의 다른 쪽 팔을 잡고 그녀의 축 늘어진 몸을 네빌의 어깨에 얹어 주었다.

 "잠깐." 해리가 바닥에서 헤르미온느의 마법 지팡이를 집어 네빌의 손에 쥐여 주며 말했다. "이걸 가져가는 게 좋겠어."

 네빌은 두 동강 난 자신의 마법 지팡이를 옆으로 걷어찼다. 그들은 천천히 문으로 향했다.

 "할머니가 아시면 날 죽일 거야." 네빌이 잠긴 목소리로 말했다. 그가 말하는 내내 코에서 피가 튀었다. "더거, 우리 아빠가 쓰던 마법 지팡이거든."

 해리는 문밖으로 머리를 내밀고 조심스레 주위를 살폈다. 아기 머리를 한 죽음을 먹는 자는 비명을 지르면서 여기저기 부딪치고, 괘종시계를 쓰러뜨리고, 책상들을 뒤엎고, 울부짖으면서 혼란스러워하고 있었다. 한편, 유리문이 달린 그 캐비닛은 계속 넘어져서 산산조각 났다가 저절로 수리되어 벽에 기대서기를 반복하는 중이었다. 해리는 그 캐비닛에 타임 터너들이 들어 있었던 게 아닐까 의심하고 있었다.

 "저자는 우리를 절대 알아보지 못할 거야." 해리가 속삭였다. "가자……. 나한테 바짝 붙어."

 그들은 사무실을 살금살금 빠져나와 어두운 원형 방으로 이어지는 문을 향해 다가갔다. 그곳에는 이제 아무도 없는 것 같았다. 그들은 앞으로 몇 걸음 나아갔다. 네빌은 헤르미온느의 무게 때문에 살짝 비틀거렸다. 시간의 방 문이 등 뒤에서 닫히고, 다시 한 번 벽이 돌아가기 시작했다. 조금 전 벽에 뒤통수를 부딪힌 충격이 해리를 불안정하게 만든 것 같았다. 그는 눈을 가늘게 뜨고 살짝 휘청거렸다. 벽들이 움직임을 멈췄다. 해리는 가슴이 철렁 내려앉는 것을 느꼈다. 헤르미온느가 불꽃으로 그려 놓은 X자들이 사라져 있었던 것이다.

"어느 문일까?"

하지만 어디로 나갈지 결정하기도 전에, 오른쪽에 있는 문이 벌컥 열리고 세 사람이 뛰쳐나왔다.

"론!" 해리가 쉰 목소리로 외치며 그들에게 달려갔다. "지니, 너희 괜찮……?"

"해리." 론이 힘없이 킥킥거리며 돌진해 와서는 해리의 로브 앞자락을 쥐고 초점 없는 눈으로 그를 바라보았다. "여기 있었구나……. 하하하…… 너 웃기게 생겼다, 해리…… 완전 엉망진창이네……."

론의 얼굴은 하얗게 질려 있었고, 한쪽 입가에서는 짙은 색깔을 띤 뭔가가 흘러내리고 있었다. 다음 순간, 론의 무릎이 풀렸다. 그가 여전히 해리의 로브 앞자락을 쥐고 있었기에 해리의 몸이 인사하듯 앞으로 기울어졌다.

"지니?" 해리가 겁먹은 듯 물었다. "어떻게 된 거야?"

하지만 지니는 고개를 저으며 벽에 기대 쭉 미끄러져 내려 바닥에 주저앉았다. 그녀는 헐떡이면서 발목을 부여잡고 있었다.

"지니는 발목이 부러진 것 같아. 뭔가 딱 하는 소리가 났어." 루나가 조용히 말했다. 그녀는 지니를 향해 몸을 숙였다. 다치지 않은 건 그녀뿐인 것 같았다. "네 명이 우리를 쫓아와서 행성들이 가득한 어두운 방에 들어갔었어. 정말 이상한 곳이었어. 어떨 때는 우리가 그냥 어둠 속을 둥둥 떠다니면서……."

"해리, 우린 천왕성을 코앞에서 봤어!" 론은 아직도 힘없이 킥킥 웃고 있었다. "알아들었어, 해리? 우리가 천왕성을 봤다니까……. 하하하."

론의 한쪽 입가에 어린 피거품이 점점 커지다가 터졌다.

"아무튼, 그자들 중 하나가 지니의 발을 잡았어. 내가 분해 저주를 써서 명왕성을 그 사람 얼굴에다 날려 버렸지만……."

루나는 절망적으로 지니를 가리켰다. 지니는 여전히 눈을 감은 채 아주 얕게 숨을 쉬고 있었다.

"그럼 론은 왜 이래?" 론이 아직도 자신의 로브 앞자락에 매달려 킥킥대자 해리는 덜컥 겁이 났다.

"그 사람들이 론한테 뭘 쏜 건지 모르겠어." 루나가 침울하게 말했다. "근데 좀 이상해졌어. 론을 데리고 오느라 애먹었어."

"해리." 론이 해리의 귀를 자기 입 쪽으로 잡아당기고 여전히 힘없이 키득거리면서 말했다. "이 여자애 누군지 알아, 해리? 얘는 루니야…… 루니 러브굿…… 하하하……."

"여기서 나가야 해." 해리가 단호하게 말했다. "루나, 지니 좀 부축해 줄래?"

"그래." 루나는 마법 지팡이를 귀 뒤에 꽂고 지니의 허리에 팔을 둘러 일으켰다.

"그냥 발목을 삐었을 뿐이야. 혼자 갈 수 있어!" 지니가 짜증을 내며 말했다. 하지만 다음 순간 옆으로 넘어질 뻔하자 그녀는 몸을 지탱하기 위해 루나를 붙들었다. 해리는 몇 달 전 더들리의 몸을 떠맸던 것처럼 론의 팔을 자신의 어깨 위로 끌어당겼다. 그러고는 주위를 둘러보았다. 단번에 출구를 알아맞힐 확률은 12분의 1이었다.

그는 론을 들쳐 메고 문으로 향했다. 문을 겨우 1미터 남겨 뒀을 때, 방 맞은편에서 또 다른 문이 벌컥 열리더니 죽음을 먹는 자 세 명이 뛰어들어 왔다. 벨라트릭스가 맨 앞에 있었다.

"*여기 있었네!*" 그녀가 꽥 소리 질렀다.

기절 마법이 날아들었다. 해리는 눈앞의 문을 들이받으며 길을 뚫었다. 그는 다짜고짜 론을 문밖으로 떠밀고 다시 비켜서서 네빌이 헤르미온느를 데리고 나가도록 도와주었다. 모두 아슬아슬하게 문을 통과하자 해리는 벨라트릭스 앞에서 문을 쾅 닫았다.

"콜로포터스!" 해리가 소리쳤다. 맞은편에서 세 사람이 문을 쾅 들이받는 소리가 들렸다.

"괜찮아!" 어떤 남자의 목소리가 말했다. "들어가는 길은 또 있어. **우리가 잡았어! 놈들이 여기 있다!**"

해리는 홱 돌아섰다. 그들은 다시 뇌의 방에 와 있었고, 아니나 다를까 사방 벽을 따라 문들이 나 있었다. 등 뒤에 있는 방에서 더 많은 수의 죽음을 먹는 자들이 달려와 먼저 온 무리에 가담하는 소리가 들렸다.

"루나, 네빌, 도와줘!"

세 사람은 벽을 따라 달리며 문들을 봉인했다. 해리는 옆의 문을 봉인하려고 다급히 달려가다가 책상에 부딪쳐 그 위로 몸을 굴렸다.

"콜로포터스!"

문 뒤에서 달려오는 발소리가 들렸다. 죽음을 먹는 자들은 수시로 묵직한 체중을 실어 문을 들이받았다. 루나와 네빌은 맞은편 문에 마법을 걸고 있었다. 잠시 후, 그 방 가장 안쪽에 도착한 순간 해리의 귀에 루나의 비명이 들려왔다.

"콜로…… *아아아아아아악*……."

해리는 몸을 홱 돌렸다. 루나가 공중으로 날아가는 것이 보였다. 그녀가 미처 다다르지 못한 문으로 다섯 명의 죽음을 먹는 자들이 쏟아져 들어오고 있었다. 루나는 책상에 부딪혀 그 위로 미끄러지더니 반대편 바닥에 떨어져 헤르미온느처럼 조용히 축 늘어졌다.

"포터를 잡아!" 벨라트릭스가 날카롭게 소리치며 달려왔다. 해리는 그녀를 피해 다시 전력 질주해서 방을 되짚어 갔다. 그들이 예언을 맞힐까 봐 걱정하는 한 그는 안전했다.

"야!" 론이 말했다. 그는 휘청거리며 자리에서 일어나더니 이제는 취한 듯 낄낄거리면서 해리를 향해 비틀비틀 걸어왔다. "야, 해리. 여기 뇌가 있어. 하하하. 이상하지 않아, 해리?"

"론, 비켜. 엎드려……."

하지만 론은 이미 마법 지팡이로 수조를 겨누고 있었다.

"나 참, 해리, 뇌라니까. 봐, *아씨오 뇌!*"

잠깐 그 장면이 정지한 것처럼 보였다. 해리, 지니, 네빌과 죽음을 먹는 자들은 보고 싶은 마음을 억누르지 못하고 수조 맨 윗부분으로 고개를 돌렸다. 뇌 하나가 펄떡거리는 물고기처럼 초록색 액체에서 뛰쳐나왔다. 그것은 잠깐 공중에 가만히 떠 있는가 싶더니 곧 빙빙 돌면서 론을 향해 날아갔다. 서로 뒤엉킨 영상들 같은 것이 필름 두루마리처럼 풀려서 흩날렸다.

"하하하. 해리, 저것 좀 봐." 뇌에서 현란한 영상들이 풀려 나오는 광경을 바라보며 론이 말했다. "해리, 와서 만져봐. 진짜 이상해."

"론, 안 돼!"

뇌의 뒤쪽으로 흩날리고 있는 생각의 촉수를 건드렸다간 무슨 일이 일어날지 알 수 없었다. 뭐든 좋은 일은 아닐 것만은 분명했다. 해리는 쏜살같이 앞으로 달려갔지만 론은 이미 두 손을 뻗어 뇌를 받아 든 뒤였다.

론의 피부에 닿는 순간 촉수들이 밧줄처럼 그의 양팔을 휘감기 시작했다.

"해리, 무슨 일이 일어났는지 봐. 아니, 아냐. 이런 건 싫은데. 안 돼, 그만…… 그만해."

하지만 가느다란 촉수들은 이제 론의 가슴을 친친 감고 있었다. 뇌가 문어처럼 딱 달라붙자 론은 촉수들을 잡아당기며 뜯어내려 했다.

"디핀도!" 해리가 눈앞에서 론의 몸을 휘감는 촉수들을 자르려고 애쓰며 소리쳤다. 하지만 그것들은 끊어지지 않았다. 론은 여전히 묶인 채 버둥거리면서 바닥에 넘어졌다.

"해리, 저러다가 숨 막혀 죽겠어!" 지니가 비명을 질렀다. 그녀는 발목이 부러진 탓에 꼼짝 없이 바닥에 앉아 있었다. 그때 죽음을 먹는 자 한 명의 마법 지팡이에서 붉은 빛줄기가 튀어나와 그녀의 얼굴을 정통으로 맞혔다. 그녀는 옆으로 쓰러져 정신을 잃었다.

"스튜베파이!" 네빌이 빙글 돌아서더니 점점 다가오는 죽음을 먹는 자들에게 헤르미온느의 마법 지팡이를 휘두르며 소리쳤다.

"스튜베파이! 스튜베파이!"

하지만 아무 일도 일어나지 않았다.

죽음을 먹는 자들 중 하나가 네빌에게 기절 마법을 날렸다. 마법은 아슬아슬하게 빗나갔다. 이제는 해리와 네빌 둘만이 남아 죽음을 먹는 자 다섯과 맞서 싸우고 있었다. 그자들 중 두 명이 은색 빛줄기를 화살처럼 날렸다. 그것은 빗나갔지만 두 사람 뒤의 벽에 커다란 구멍을 만들었다. 해리는 필사적으로 달아났다. 벨라트릭스 레스트레인지가 곧장 그를 쫓아왔다. 해리는 예언을 머리 위로 높이 들어 올린 채 전속력으로 방을 되짚어 달려갔다. 그는 죽음을 먹는 자들을 친구들에게서 떨어뜨려 놓아야 한다는 것 말고는 아무런 생각도 할 수 없었다.

그의 속셈이 통한 것 같았다. 죽음을 먹는 자들이 쏜살같이 그를 쫓아왔다. 의자와 탁자를 넘어뜨리고 날려 버리면서도, 예언을 맞힐까 봐 감히 그에게 마법을 걸지는 못했다. 그렇게 그는 아직 열려 있는 단 하나의 문으로 돌진했다. 죽음을 먹는 자들이 들어온 문이었다. 해리는 속으로 네빌이 론과 함께 있어 주기를, 론을 어떻게든 뇌의 촉수에서 풀어 줄 방법을 찾아내기를 간절히 바랐다. 해리는 새로운 방으로 달려 들어갔다. 그리고 1미터쯤 갔을 때 바닥이 사라지는 것을 느꼈다.

그는 가파른 돌계단을 한 칸 한 칸 튀어 오르면서 떼굴떼굴 굴러간 끝에 몸속의 숨이 다 빠져나가는 것 같은 충격을 느끼며 바닥에 털썩 드러누웠다. 돌 아치문이 단 위에 서 있는, 푹 꺼진 구덩이 바닥이었다. 죽음을 먹는 자들의 웃음소리가 방 전체에 울려 퍼졌다. 그는 눈을 들어 뇌의 방에 있던 다섯 명의 죽음을 먹는 자가 내려오는 것을 보았다. 다른 문에서 다섯 명이 더 나타나 계단을 뛰어내려 오기 시작했다. 해리는 다리가 너무 심하게 떨려서 몸을 지탱하기도 어려웠지만 힘겹게 일어섰다. 예언은 그때까지도 기적적으로 깨지지 않고 그의 왼손에 들려 있었고 오른손에는 마법 지팡이가 꽉 쥐어 있었다. 그는 죽음을 먹는 자 모두를 시야 안에 두기 위해 뒤로 천천히 물러서면서 주위를 둘러보았다. 다리가 뒤에 있던 뭔가 단단한 것에 부딪혔다. 그는 어느새 아치문이 있는 단에 다다라 있었다. 그는 뒷걸음질로 단 위에 올라갔다.

죽음을 먹는 자들은 모두 멈춰 서서 그를 뚫어지게 바라보고 있었다. 몇몇은 해리만큼이나 숨을 헐떡거렸다. 피를 철철 흘리는 자도 있었다. 전신 묶기 저주에서 풀려난 돌로호프가 마법 지팡이로 해리의 얼굴을 곧장 가리키며 음흉하게 웃었다.

"포터, 경주는 끝났다." 루시우스 말포이가 가면을 벗으며 질질 끄는 말투로 말했다. "착하지, 이제 예언을 넘겨라."

"다른…… 다른 애들은 보내 줘. 그럼 넘길게!" 해리가 절박하게 말했다.

　몇몇 죽음을 먹는 자가 웃음을 터뜨렸다.

　"너는 거래를 할 처지가 아니야, 포터." 루시우스 말포이가 말했다. 그의 허연 얼굴이 기쁨으로 붉게 달아올랐다. "우리는 열 명이고 너는 혼자다……. 글쎄, 덤블도어가 숫자 세는 방법은 가르쳐 줬으려나?"

　"해리는 혼자가 아냐!" 위에서 어떤 목소리가 소리쳤다. "아직 내가 있다!"

　해리는 가슴이 철렁 내려앉는 것을 느꼈다. 네빌이 돌계단을 허둥지둥 내려오고 있었다. 그는 부들부들 떨리는 손으로 헤르미온느의 마법 지팡이를 꽉 움켜쥐고 있었다.

　"네빌, 안 돼. 론한테로 돌아가……."

　"*스튜베파이!*" 네빌이 죽음을 먹는 자들에게 차례차례 마법 지팡이를 겨누며 재차 소리쳤다. "*스튜베파이! 스튜베……*."

　가장 덩치가 큰 죽음을 먹는 자가 네빌을 뒤에서 붙잡더니 그의 양팔을 딱 붙들어 옆구리에 고정시켰다. 네빌이 몸부림치며 발길질을 해 대자 죽음을 먹는 자들 몇 명이 웃음을 터뜨렸다.

　"롱보텀이군?" 루시우스 말포이가 비웃듯 말했다. "네 할머니는 우리에게 가족을 잃는 데 익숙하시지……. 네 죽음이 대단한 충격으로 다가오지는 않을 거다."

"롱보텀?" 벨라트릭스가 되풀이했다. 진정 악랄한 미소가 그녀의 깡마른 얼굴을 환하게 밝혔다. "와아. 얘야, 너희 부모님을 만났을 땐 참 즐거웠단다."

"당신이 무슨 짓을 했는디 다 알아!" 네빌이 고함을 질렀다. 그가 꽤 심하게 몸부림을 치자 죽음을 먹는 자가 소리쳤다. "누가 기절 마법 좀 걸어 봐!"

"아니, 아니, 안 되지." 벨라트릭스가 말했다. 그녀는 기뻐서 어쩔 줄 모르는 것 같았다. 해리를 힐끗 보더니 다시 네빌에게로 눈을 돌린 그녀의 얼굴은 흥분으로 생기가 넘쳤다. "안 돼, 제 부모처럼 무너져 내리기까지 얼마나 버티는지 한번 보자……. 포터가 우리한테 예언을 넘기고 싶다면 또 모르지만."

"**넘겨두디 마!**" 네빌이 고함쳤다. 그는 미친 듯이 발길질을 하고 몸을 비틀었다. 벨라트릭스가 마법 지팡이를 든 채, 네빌과 그를 붙잡고 있는 자에게 천천히 다가갔다. "**넘겨두디 마, 해리!**"

벨라트릭스가 마법 지팡이를 치켜들었다. "*크루시오!*"

네빌이 비명을 질렀다. 그의 두 다리가 가슴까지 올라가는 바람에, 그를 붙잡고 있던 죽음을 먹는 자가 한순간 그를 바닥에서 들어 올린 자세가 되었다. 그자가 손을 놓자 네빌은 바닥에 엎어지더니 고통에 몸을 움찔거리며 소리를 질렀다.

"그냥 맛보기였어!" 벨라트릭스가 마법 지팡이를 들며 말했다.

네빌의 비명이 멈췄다. 그는 그녀의 발밑에 드러누워서 흐느꼈다. 벨라트릭스가 고개를 돌려 해리를 올려다보았다. "자, 포터. 예언을 넘겨. 아니면 네 친구가 고통스럽게 죽어 가는 꼴을 지켜보든가!"

생각할 필요도 없었다. 선택의 여지가 없었다. 해리가 앞으로 내밀었을 때도 예언은 움켜쥐고 있던 손의 열기로 뜨거웠다. 루시우스가 그것을 받으려고 앞으로 뛰어나왔다.

그때, 저 위 높은 곳에서 문 두 개가 벌컥 열리더니 다섯 사람이 질주해 들어왔다. 시리우스, 루핀, 매드아이, 통스, 킹슬리였다.

루시우스가 뒤돌아 마법 지팡이를 들어 올렸지만 통스가 이미 기절 마법을 날린 뒤였다. 해리는 주문이 적중했는지 지켜볼 겨를도 없이 단 위에서 뛰어내렸다. 기사단의 등장에 죽음을 먹는 자들은 완전히 정신이 나가 허둥댔다. 이제 기사단원들은 푹 꺼진 바닥을 향해 계단을 뛰어내려 오면서 주문을 쏟아붓고 있었다. 쏜살같이 내달리는 사람들과 번뜩이는 빛 사이로 해리는 네빌이 엉금엉금 기어가는 모습을 보았다. 해리는 또 한 번 붉은 빛줄기를 피한 뒤 네빌에게 가기 위해 바닥에 납작 엎드렸다.

"괜찮아?" 그가 소리쳤다. 그때 또 한 번의 주문이 그들의 머리 바로 위를 스쳐 갔다.

"응." 네빌이 몸을 일으키려고 애쓰며 말했다.

"론은?"

"괜찮은 것 가타. 내가 여기 올 때도 계독 뇌랑 따우고 있었더."

주문이 명중하면서 둘 사이의 돌바닥이 폭발했다. 불과 몇 초 전에 네빌의 손이 있었던 곳이 푹 파였다. 둘은 허둥지둥 그 자리에서 벗어났다. 그때 갑자기 굵직한 팔이 나타나 해리의 목을 움켜잡고 그를 일으켜 세웠다. 해리의 발끝이 바닥에 닿을락 말락 했다.

"내놔." 어떤 목소리가 그의 귀에 대고 으르렁거렸다. "예언을 이리 내……."

그자가 목을 너무 세게 누르고 있어서 해리는 숨을 쉴 수가 없었다. 그는 눈물 고인 눈으로 시리우스가 3미터쯤 떨어진 곳에서 죽음을 먹는 자와 결투를 벌이는 모습을 보았다. 킹슬리는 둘을 동시에 상대하고 있었다. 통스는 여전히 계단 중간쯤에서 벨라트릭스에게 주문을 날리고 있었다. 아무도 해리가 죽어 가고 있다는 사실을 알아채지 못하는 듯했다. 그는 마법 지팡이를 뒤로 틀어 그자의 옆구리를 겨냥했지만, 주문을 내뱉을 숨이 남아 있지 않았다. 그자의 다른 쪽 손이 예언을 움켜쥐고 있는 해리의 손을 더듬거렸다.

"아악!"

네빌이 난데없이 튀어나왔다. 주문을 정확히 발음할 수 없었던 그는 헤르미온느의 마법 지팡이를 죽음을 먹는 자의 가면 눈구멍에 푹 찔러 넣었다. 그자가 고통에 울부짖으며 곧바로 해리를 놓아주었다. 해리는 홱 돌아서서 그자를 마주 보고 숨가쁘게 외쳤다.

"스튜페파이!"

죽음을 먹는 자가 뒤로 쓰러지면서 가면이 벗겨졌다. 벅빅을 죽이려던 자, 맥네어였다. 그의 한쪽 눈은 시뻘겋게 부풀어 올라 있었다.

"고마워!" 해리가 네빌에게 말하며 그를 옆으로 끌어당겼다. 시리우스와 그가 상대하는 죽음을 먹는 자가 비틀거리며 다가왔기 때문이었다. 어찌나 격렬하게 결투를 벌이는지 그들의 마법 지팡이가 흐릿하게 보일 정도였다. 그때 해리의 발이 뭔가 둥글고 단단한 것에 닿아 미끄러졌다. 해리는 순간 자신이 예언을 떨어뜨린 줄 알았지만, 곧 무디의 마법 눈이 바닥을 데굴데굴 굴러가는 것이 보였다.

그 눈의 주인은 머리에서 피를 흘리며 옆에 쓰러져 있었다. 무디를 공격한 자가 이번엔 해리와 네빌에게 달려들었다. 돌로호프였다. 그의 길고 창백한 얼굴이 희희낙락 비틀려 있었다.

"타란탤레그라!" 그가 마법 지팡이로 네빌을 겨누고 소리쳤다. 네빌은 탭댄스를 추듯 미친 듯이 다리를 움직이더니 이내 균형을 잃고 다시 바닥으로 쓰러졌다. "자, 포터······."

그자는 헤르미온느에게 했던 것처럼 마법 지팡이를 긋는 동작을 취했다. 바로 그때 해리가 소리쳤다. "프로테고!"

 해리는 무딘 칼날 같은 뭔가가 얼굴을 스치는 것을 느꼈다. 그 힘에 해리는 옆으로 넘어지면서 휙휙 움직이는 네빌의 다리를 덮쳤다. 하지만 방패 마법 덕분에 최악의 결과는 피할 수 있었다.

 돌로호프가 다시 마법 지팡이를 들어 올렸다. "*아씨오 예……*"

 시리우스가 느닷없이 돌진해서 어깨로 돌로호프를 들이받아 옆으로 날려 버렸다. 예언이 또다시 손가락 끝까지 미끄러졌지만 해리는 간신히 꽉 움켜쥐었다. 이제는 시리우스와 돌로호프가 결투를 벌이고 있었다. 칼처럼 번뜩이는 마법 지팡이 끝에서 쉴 새 없이 불꽃이 튀었다.

 돌로호프가 해리와 헤르미온느에게 했던 것처럼 허공에 대고 긋는 동작을 취하려고 마법 지팡이를 뒤로 당겼다. 해리는 벌떡 일어서며 소리쳤다. "*페트리피쿠스 토탈루스!*" 돌로호프의 양팔과 양다리가 다시 한 번 그의 몸에 딱 달라붙었다. 그는 뒤로 쓰러지면서 바닥에 등을 쾅 부딪쳤다.

 "잘했다!" 기절 마법 두 발이 날아들자 시리우스가 해리의 머리에 손을 얹어 내리누르며 소리쳤다. "이제 여기서 나가거……"

 그들은 또다시 고개를 숙였다. 초록색 광선이 가까스로 시리우스를 비껴 나갔다. 해리는 방 저쪽에서 통스가 돌계단 중간에서 밑으로 굴러떨어지는 모습을 보았다. 그녀의 축 늘어진 몸이 돌로

된 좌석을 연달아 굴러 내려오고 있었다. 벨라트릭스가 의기양양한 얼굴로 싸움터로 달려왔다.

"해리, 예언을 갖고 네빌을 데리고 도망쳐!" 시리우스가 벨라트릭스와 맞서려고 달려가며 소리쳤다. 해리는 다음에 무슨 일이 일어났는지 보지 못했다. 킹슬리가 가면이 벗겨져 얽은 얼굴이 드러난 룩우드와 싸우느라 그의 시야를 가린 것이다. 해리가 네빌 쪽으로 달려갔을 때 초록색 빛줄기가 또 한 번 그의 머리 위를 날아갔다.

"일어설 수 있어?" 그가 네빌의 귀에 대고 큰 소리로 외쳤다. 네빌의 두 다리는 경련을 일으키며 걷잡을 수 없이 버둥거리고 있었다. "내 목에 팔을 감아."

네빌이 그 말에 따르자 해리는 그를 부축했다. 네빌의 다리는 아직도 어지럽게 움직이면서 그의 몸을 지탱하지 않으려 들었다. 그때, 갑작스럽게 웬 남자가 돌진해 왔다. 해리와 네빌은 뒤로 벌렁 넘어졌다. 네빌의 다리가 뒤집힌 딱정벌레의 다리처럼 미친 듯이 버둥거렸다. 해리는 작은 유리구슬이 박살 나지 않도록 왼팔을 높이 들어 올렸다.

"예언! 예언을 내놔라, 포터!" 루시우스 말포이가 해리의 귀에 대고 으르렁거렸다. 해리는 루시우스의 마법 지팡이 끝이 옆구리를 짓누르는 것을 느꼈다.

"안 돼, 이거, 나…… 네빌, 받아!"

해리는 예언을 바닥에 내던졌다. 네빌은 빠르게 굴러와서 등을 바닥에 대고 그 유리구슬을 가슴으로 받아 냈다. 루시우스가 이번에는 네빌에게 마법 지팡이를 겨눴지만, 해리는 자신의 마법 지팡이를 어깨 너머로 삐죽 내밀고 소리쳤다. "*임페디멘타!*"

루시우스가 해리의 등에서 떨어져 나갔다. 해리는 허겁지겁 몸을 일으키고 주위를 둘러보았다. 시리우스와 벨라트릭스가 결투를 벌이고 있는 단 쪽으로 날아가 부딪치는 루시우스의 모습이 보였다. 루시우스는 해리와 네빌에게 다시 마법 지팡이를 겨눴지만 그가 주문을 내뱉으려고 숨을 들이쉬기도 전에 루핀이 그들 사이로 뛰어들었다.

"해리, 다른 애들을 데리고 **나가!**"

해리는 네빌의 로브 어깨 부분을 잡고 그를 돌계단의 첫 번째 칸 위로 힘껏 끌어 올렸다. 네빌의 두 다리는 버둥거리고 경련하느라 그의 몸무게를 버텨 주지 못했다. 해리는 남은 힘을 모아 다시 네빌을 끌어당겼다. 그들은 계단을 또 한 칸 올랐다.

어떤 주문이 해리의 발 근처에 명중했다. 계단이 부서지면서 해리는 다시 아래 칸으로 떨어지고 말았다. 네빌은 올라서 있던 계단 위에 쓰러졌다. 그의 다리는 여전히 경련하듯 버둥거리고 있었다. 네빌은 예언을 주머니에 밀어 넣었다.

"어서!" 해리가 네빌의 로브를 잡아당기며 절박하게 말했다. "그냥 다리로 좀 버텨 봐."

해리가 한 번 더 있는 힘껏 잡아당기자 네빌의 로브 왼쪽 솔기가 부욱 찢어졌다. 그의 주머니에서 작은 유리구슬이 빠져나와 바닥에 떨어졌다. 둘 중 누가 잡을 겨를도 없이 네빌의 발이 허둥대다가 그것을 걷어찼다. 유리구슬은 오른쪽으로 3미터쯤 날아가더니 계단 아래 떨어져 박살 났다. 둘 다 유리구슬이 깨진 곳을 멍하니 바라보고 있을 때 놀라운 일이 벌어졌다. 커다랗게 확대된 눈을 가진 희부연 형상이 공중에 떠올랐다. 오직 그들만이 그것을 알아챘다. 해리는 그 형상의 입이 움직이는 것을 봤지만, 그들을 둘러싼 온갖 쿵쾅거림과 비명, 고함 소리 탓에 예언은 한 마디도 들리지 않았다. 형상은 말을 멈추더니 스르르 사라졌다.

"해리, 비안해!" 네빌이 소리쳤다. 그는 다리를 계속 허우적거리면서 괴로운 표정을 짓고 있었다. "덩말 비안해, 해리. 그덜 생각은 아니……."

"괜찮아!" 해리가 소리쳤다. "일어서려고 노력이나 해. 여기서 나가야……."

"더블도어!" 네빌이 외쳤다. 땀으로 범벅된 그의 얼굴이 해리의 어깨 너머를 보고 기쁨으로 확 밝아졌다.

"뭐?"

"더블도어!"

해리는 네빌이 보고 있는 곳으로 고개를 돌렸다. 그들 바로 위, 뇌의 방으로 통하는 문 앞에 알버스 덤블도어가 서 있었다. 마법 지팡이를 높이 치켜든 그의 얼굴은 격한 분노로 하얗게 질려 있었다. 해리는 온몸 구석구석으로 찌릿한 전류가 흐르는 듯한 느낌을 받았다. *이제 살았다.*

근처에 있던 죽음을 먹는 자들이 덤블도어가 온 것을 깨닫고 서로에게 소리쳤다. 그 순간 덤블도어는 더 이상 달아날 생각이 없어진 네빌과 해리를 빠르게 지나쳤다. 죽음을 먹는 자들 중 하나가 원숭이처럼 허우적거리며 맞은편 돌계단을 마구 뛰어올라 갔다. 덤블도어의 주문이 그를 보이지 않는 줄에 꿴 것처럼 힘들이지 않고 가볍게 다시 끌어내렸다.

오직 두 사람만이 아직도 싸우고 있었다. 새로운 사람이 도착한 사실을 모르는 게 틀림없었다. 해리는 시리우스가 벨라트릭스가 날려 보낸 붉은 빛줄기를 피하는 모습을 보았다. 시리우스는 그녀를 보며 웃고 있었다.

"다시 해 봐, 그것보다는 잘할 수 있잖아!" 그가 소리쳤다. 그의 목소리가 휑뎅그렁한 방에 울려 퍼졌다.

두 번째 빛줄기가 그의 가슴을 정통으로 맞혔다.

그의 얼굴은 웃음을 잃지 않았지만 두 눈은 놀라서 휘둥그레졌다.

해리는 자기도 모르게 네빌을 놓아 버렸다. 그러고는 마법 지팡이를 꺼내 들면서 계단 아래로 뛰어내려 갔다. 덤블도어도 단 쪽으로 돌아섰다.

시리우스가 쓰러지기까지 오랜 시간이 흐른 것 같았다. 그의 몸이 우아한 곡선을 그리며 구부러지더니, 아치문에 매달린 누더기 같은 베일 너머로 무너졌다.

해리는 한때 잘생겼던 대부의 쇠약해진 얼굴에 떠오른, 두려움과 놀라움이 뒤섞인 표정을 보았다. 그는 그렇게 낡디낡은 문으로 넘어져 베일 뒤로 사라졌다. 베일은 폭풍에 휩쓸린 것처럼 잠시 펄럭이더니 다시 원래대로 돌아왔다.

승리감에 가득 찬 벨라트릭스 레스트레인지의 외침이 들렸다. 하지만 해리는 거기에 아무 뜻도 없다는 것을 알고 있었다. 시리우스는 그저 아치문 너머로 넘어졌을 뿐이었다. 당장에라도 문 반대편에서 다시 나타날 것이다…….

하지만 시리우스는 다시 나타나지 않았다.

"**시리우스!**" 해리가 소리쳤다. "**시리우스!**"

해리의 헐떡이는 숨결이 뜨겁게 달아올랐다. 시리우스는 단지 저 베일 뒤에 있는 게 틀림없다. 해리가 다시 꺼내 줄 것이다…….

하지만 해리가 단을 향해 질주하려는데 루핀이 그의 가슴을 꽉 끌어안아 멈춰 세웠다.

"네가 할 수 있는 일은 아무것도 없어, 해리."

"데려와요, 구해 주세요, 그냥 저길 지나갔을 뿐이잖아요!"

"……너무 늦었다, 해리."

"아직 데려올 수 있어요……." 해리는 열심히, 맹렬하게 몸부림쳤지만 루핀은 그를 놓아주지 않으려 했다.

"네가 할 수 있는 일은 아무것도 없어, 해리…… 아무것도…… 시리우스는 죽었어."

36장
그가 두려워한 단 한 사람

"죽지 않았어!" 해리가 소리쳤다.

믿을 수 없었다. 믿지 않을 것이다. 그는 여전히 루핀을 뿌리치려고 안간힘을 썼다. 루핀은 모른다. 저 베일 뒤에 사람들이 숨어 있었다. 해리는 이 방에 처음 들어왔을 때 그들이 소곤거리는 소리를 들었다. 시리우스는 숨어 있는 것이다. 그저 보이지 않는 곳에 웅크린 채…….

"**시리우스!**" 그가 소리쳤다. "**시리우스!**"

"돌아올 수 없어, 해리." 루핀이 말했다. 해리를 붙들어 두려고 애쓰는 그의 목소리가 갈라졌다. "시리우스는 돌아올 수 없어. 시리우스는 죽……."

"**시리우스는, 죽지, 않았어!**" 해리가 악을 썼다. "**시리우스!**"

주위에서 움직임이 일었다. 아무 의미 없는 부산스러움, 더 많이 번뜩이는 주문들. 해리에게는 아무 의미 없는 소음일 뿐이었다. 튕겨 나간 저주들이 그를 스치고 날아가는 것도 개의치 않았다. 그에게 중요한 일은 루핀이 시리우스가 죽은 듯 구는 걸 그만두게 하는 것뿐이었다. 시리우스는 저 낡은 베일 뒤 겨우 몇 발짝 떨어진 곳에 서 있다가, 금방이라도 검은 머리카락을 흔들며 다시 싸움에 가담하고 싶어 안달하는 모습으로 나타날 테니까.

루핀이 해리를 단에서 멀리 떨어진 곳으로 끌고 갔다. 여전히 아치문을 바라보던 해리는 자신을 기다리게 만드는 시리우스에게 슬슬 화가 났다.

하지만 루핀에게서 풀려나려고 몸부림을 치는 와중에도 마음속 한구석으로는 알고 있었다. 시리우스는 이제까지 한 번도 그를 기다리게 한 적이 없다는 것을…… 시리우스는 해리를 만나기 위해서라면, 그를 돕기 위해서라면 언제나 모든 걸 걸었다는 것을……. 해리가 목숨이 달린 것처럼 소리쳐 부르는데도 시리우스가 저 아치문 밖으로 다시 모습을 드러내지 않는다면 설명 가능한 이유는 단 하나뿐이었다……. 그가 정말로…….

덤블도어는 남아 있는 죽음을 먹는 자 대부분을 그 방 한가운데 몰아넣었다. 그들은 보이지 않는 밧줄에 묶여 꼼짝도 못 하는 것처럼 보였다. 매드아이 무디는 통스가 쓰러져 있는 곳까지 기어가 그녀를 되살리려 애쓰고 있었다. 단 뒤에서는 여전히 빛이 번뜩이고 신음과 고함 소리가 터져 나오고 있었다. 킹슬리가 시리우스 대신 벨라트릭스와 결투를 이어 가기 위해 앞으로 달려 나간 것이다.

"해리?"

네빌이 해리가 서 있는 곳으로 돌계단을 하나하나 미끄러져 내려왔다. 해리는 더 이상 루핀에게 저항하지 않았지만 루핀은 혹시 몰라서 그의 팔을 꽉 움켜잡고 있었다.

"해리…… 덩말 안타까워……." 네빌이 말했다. 그의 다리는 여전히 걷잡을 수 없이 마구 움직이고 있었다. "더 사람, 시리우스 블랙이 네 틴구였어?"

해리는 고개를 끄덕였다.

"자." 루핀이 네빌의 다리에 마법 지팡이를 겨누고 조용히 말했다. "*피니테.*" 주문이 풀렸다. 네빌의 다리는 다시 가만히 바닥을 딛고 있었다. 루핀의 얼굴은 하얗게 질려 있었다. "다른…… 다른 사람들을 찾아보자. 다들 어디 있지, 네빌?"

루핀은 그렇게 말하면서 아치문에서 몸을 돌렸다. 말 한 마디 한 마디를 내뱉을 때마다 고통스러운 듯했다.

"다들 더똑 방에 있더요." 네빌이 말했다. "웬 뇌가 론을 공격했디만 괜탎을 것 같아요. 헤르비온느는 덩신을 잃었디만, 맥박은

뛰고 있으니까⋯⋯."

 단 뒤에서 시끄러운 폭발음과 고함 소리가 들렸다. 킹슬리가 고통스럽게 소리 지르며 바닥에 떨어지는 모습이 보였다. 벨라트릭스 레스트레인지가 꽁무니를 말고 달아나려는 순간 덤블도어가 홱 돌아섰다. 그는 그녀를 겨냥해 주문을 날렸지만 그녀는 주문을 튕겨 내 버렸다. 벨라트릭스는 이제 계단 중간쯤까지 올라가 있었다.

 "해리, 안 돼!" 루핀이 소리쳤지만 해리는 루핀의 느슨해진 손아귀에서 이미 팔을 빼낸 뒤였다.

 "저 여자가 시리우스를 죽였어!" 해리가 소리 질렀다. **"저 여자가 죽였어. 내가 저 여자를 죽일 거야!"**

 그리고 그는 허겁지겁 돌계단을 달려 올라갔다. 사람들이 등 뒤에서 소리쳤지만 개의치 않았다. 벨라트릭스의 로브 자락이 앞쪽에서 휙 사라졌다. 그들은 뇌들이 둥둥 떠다니는 방에 다시 와 있었다.

 그녀가 어깨 너머로 저주를 날렸다. 수조가 공중에 떠오르더니 기울어졌다. 해리는 그 안에 들어 있던, 고약한 냄새가 나는 마법약을 흠뻑 뒤집어썼다. 뇌들이 머리 위로 흘러내리고 미끈거리며 온갖 색깔의 기다란 촉수를 빙빙 돌리기 시작했다. 하지만 그가 "윙가르디움 레비오사!"라고 소리치자 뇌들은 멀리 날아가 버렸다. 그는 미끄러지길 반복하면서 문을 향해 달렸다. 바닥에서 신음하던 루나를 뛰어넘고 "해리, 무슨……?"이라고 말하는 지니를 지나, 힘없이 킥킥거리는 론을 스쳐 갔다. 그리고 여전히 의식이 없는 헤르미온느를 지났다. 해리는 원형의 어두운 방으로 들어가는 문을 벌컥 열고, 벨라트릭스가 맞은편 문으로 사라지는 모습을 보았다. 그녀 너머로 엘리베이터로 향하는 복도가 보였다.

해리가 달려갔지만 그녀는 밖으로 나가며 문을 쾅 닫았다. 벽은 이미 회전하고 있었다. 이번에도 그는 소용돌이치는 촛불에서 나오는 푸른 빛줄기에 휩싸였다.

"출구가 어디야?" 그는 절박하게 소리쳤다. 벽이 우르릉거리며 다시 멈춰 섰다. "나가는 길이 어디냐고?"

방은 그가 묻기만을 기다리고 있었던 것 같았다. 바로 등 뒤의 문이 활짝 열리고, 엘리베이터로 향하는 복도가 눈앞에 펼쳐졌다. 횃불이 밝혀져 있을 뿐 복도는 비어 있었다. 그는 달렸다.

앞에서 엘리베이터가 철컹거리는 소리가 들렸다. 해리는 복도를 전력 질주해서 모퉁이를 돌고, 그다음 엘리베이터를 부르기 위해 주먹으로 버튼을 쾅쾅 쳤다. 또 다른 엘리베이터가 짤그랑거리고 쿵쾅거리는 소리를 내면서 아래로 천천히 내려왔다. 철창이 스르르 열리자 해리는 안으로 뛰어들어 가서 이번에는 '중앙 홀'이라고 표시된 버튼을 마구 두드렸다. 문이 닫혔고 그는 위로 올라갔다…….

해리는 엘리베이터 철창이 완전히 열리기도 전에 비집고 나가서 주위를 둘러보았다. 벨라트릭스는 홀 맞은편 끝에 있는 공중전화 부스 엘리베이터에 거의 다다라 있었는데, 해리가 전속력으로 뒤쫓자 고개를 돌려 또 한 번 주문을 날렸다. 해리는 마법 형제의 분수 뒤로 몸을 피했다. 주문은 그를 지나쳐 날아가 중앙 홀 반대편 끝에 있는 도금된 문들을 맞혔다. 문들이 종처럼 울렸다. 발소리는 더 이상 들리지 않았다. 그녀가 달리기를 멈춘 것이다. 해리는 조각상들 뒤에 웅크리고 귀를 기울였다.

"*나오렴, 나오렴, 해리 꼬맹아!*" 그녀가 아기 목소리를 흉내 내며 소리쳤다. 그 소리가 반들반들한 나무 바닥에 부딪쳐 울려 퍼졌다. "그럴 거면 뭐 하러 날 쫓아왔니? 내 사랑하는 사촌의 복수를 하러 온 줄 알았더니!"

"맞아!" 해리가 소리쳤다. 스무 명쯤 되는 해리의 유령이 사방에서 '맞아! 맞아! 맞아!'라고 합창하는 것 같았다.

"아아아…… *그 애를 사랑했니, 우리 귀여운 포터?*"

해리의 마음속에 전에는 느껴 본 적 없는 증오가 솟구쳤다. 그는 분수 뒤에서 뛰쳐나가며 소리쳤다. "*크루시오!*"

벨라트릭스가 비명을 질렀다. 주문에 맞아 쓰러졌지만 그녀는 네빌이 그랬던 것처럼 몸을 비틀며 고통으로 울부짖지 않았다. 어느새 다시 일어나 숨을 헐떡거리는 그녀의 얼굴에서 웃음이 싹 사라졌다. 해리는 다시 황금 분수 뒤로 숨었다. 그녀의 반격 마법이 잘생긴 남자 마법사의 머리를 맞혔다. 머리는 5미터 넘게 날아가 나무 바닥에 떨어지면서 긁힌 자국을 길게 남겼다.

"용서받지 못하는 저주는 한 번도 안 써 봤니, 꼬맹아?" 그녀가 소리쳤다. 이제는 아기 같은 목소리가 아니었다. "*진심을 담아야지*, 포터! 정말로 고통을 주고 싶어 해야 해. 즐겨야 돼. 정의감 넘치는 분노로는 날 오랫동안 고통스럽게 할 수 없단다. 어떻게 하는 건지 내가 보여 줄까? 내가 가르쳐 줄게."

해리가 분수 반대편에서 살금살금 움직이는데 그녀가 "*크루시오!*"라고 소리쳤다. 그는 어쩔 수 없이 다시 웅크려야 했다. 활을 들고 있던 켄타우로스의 팔이 떨어져 나가, 황금으로 만들어진 마법사 머리 근처에 쿵 떨어졌다.

"포터, 넌 날 못 이겨!" 그녀가 소리 질렀다.

해리는 그녀가 그를 확실히 겨냥하기 위해 오른쪽으로 움직이는 소리를 들었다. 해리는 뒷걸음질로 조각상을 돌아가 그녀에게서 멀어진 다음, 머리를 집요정과 같은 높이에 두고 켄타우로스의 다리 사이에 웅크렸다.

"나는 과거에도, 지금 이 순간에도 어둠의 왕의 가장 충성스러운 종이야. 난 그분에게서 어둠의 마법을 배웠어. 너무나 막강한 주문들을 알고 있지. 너는, 너 같은 한심한 꼬마는 감히 상대할 꿈도 꿀 수 없……."

해리는 오른쪽으로 살금살금 돌아, 이제는 머리가 없어진 남자 마법사를 올려다보고 선 채 활짝 웃고 있는 고블린 쪽으로 가서 벨라트릭스가 분수 뒤를 들여다보는 틈을 타 그녀의 등을 겨누고 소리쳤다. "스튜페파이!" 하지만 벨라트릭스의 반응이 너무 빨라서 그는 몸을 피할 시간조차 없었다.

"프로테고!"

해리가 쏜 기절 마법의 붉은 빛줄기가 튕겨져서 그에게 날아왔다. 해리는 허겁지겁 분수대 뒤로 돌아갔다. 고블린의 귀 한쪽이 저만치 날아갔다.

"포터, 딱 한 번 기회를 줄게!" 벨라트릭스가 소리쳤다. "예언을 나한테 넘겨. 지금 내 쪽으로 굴려. 그럼 목숨은 살려 줄지도 몰라!"

"그럼 날 죽여야 할 거야. 예언은 없어졌거든!" 해리가 마주 고함을 질렀다. 이마에서 불로 지지는 듯한 통증이 느껴졌다. 흉터가 다시 타는 듯이 아팠다. 그는 자신의 분노와는 상관없는 어떤 격렬한 분노가 솟구치는 것을 느꼈다. "그자도 알아!" 해리는 그렇게 말하며 벨라트릭스의 웃음에 견줄 만한 광기 어린 웃음을 터뜨렸다. "네 사랑하는 오랜 친구 볼드모트도 예언이 사라진 걸 안다고! 네 임무에 만족하지 못하겠는걸?"

"뭐? 무슨 소리야?" 그녀가 울부짖듯 외쳤다. 그녀의 목소리에 처음으로 공포의 기색이 어렸다.

"내가 네빌을 데리고 계단을 올라가려고 했을 때 박살 났어! 볼드모트가 뭐라고 할까?"

흉터가 달아오르다 못해 불타올랐다……. 너무 고통스러워서 눈물이 줄줄 흘렀다…….

"*거짓말!*" 그녀가 날카롭게 소리쳤다. 하지만 해리의 귀에는 그 분노 뒤에 감춰진 공포가 똑똑히 들렸다. "**갖고 있잖아, 포터. 넌 나한테 그걸 넘기게 될 거야!** *아씨오 예언! 아씨오 예언!*"

해리는 그녀의 부아를 돋울 줄 뻔히 알면서 다시 웃음을 터뜨렸다. 머릿속에 차곡차곡 쌓여 가는 고통이 너무나 끔찍한 나머지 두개골이 터질지도 모른다는 생각이 들 정도였다. 그는 귀 하나뿐인 고블린 뒤에서 마법 지팡이를 쥐지 않은 손을 흔들다가 그녀가 또 한 번 초록색 빛줄기를 날려 보내자 재빨리 거둬들였다.

"아무것도 없어!" 그가 소리쳤다. "소환할 건 아무것도 없어! 예언은 박살 났고, 아무도 그 내용을 듣지 못했어. 너희 대장한테 그렇게 전해!"

"안 돼!" 그녀가 비명을 질렀다. "그럴 리 없어! 거짓말이야! 주인님, **저는 노력했어요, 노력했습니다. 벌을 내리지 마세요…….**"

"말해 봐야 소용없어!" 해리가 윽박질렀다. 어느 때보다도 격렬한 흉터의 통증으로 눈이 저절로 찡그려졌다. "여기서는 네 목소리 안 들려!"

"정말 그럴까, 포터?" 높고 차가운 목소리가 들렸다.

해리는 눈을 번쩍 떴다.

검은색 후드를 눌러쓴 키가 크고 비쩍 마른 자가 창백하고 수척한 뱀 같은 끔찍한 얼굴을 하고 동공이 길쭉한 진홍색 눈으로 그를 쏘아보고 있었다. 볼드모트 경이 중앙 홀 한복판에 나타난 것이다. 그자의 마법 지팡이가 그 자리에 꼼짝도 못 하고 얼어붙어 있는 해리를 가리켰다.

"그러니까, 내 예언을 박살 내 버렸다는 건가?" 볼드모트가 자비라고는 조금도 찾아볼 수 없는 붉은 눈으로 해리를 바라보며 부드럽게 말했다. "아니다, 벨라. 저 아이는 거짓말을 하는 게 아니야……. 저 아이의 보잘것없는 마음속에서 나를 마주 보는 진실이 보인다……. 몇 달 동안이나 준비하고 몇 달 동안이나 노력을 쏟았는데…… 나의 죽음을 먹는 자들은 또다시 해리 포터가 나를 좌절시키도록 놔두었군……."

"주인님, 죄송합니다. 저는 몰랐어요. 저는 애니마구스 블랙과 싸우고 있었어요!" 벨라트릭스가 볼드모트의 발밑에 몸을 던지며 흐느꼈다. 그자가 천천히 더 가까이 다가왔다. "주인님, 알아주세요……."

"조용히 해라, 벨라." 볼드모트가 위협적으로 말했다. "너는 조금 이따 처리하마. 네가 죄송하다며 칭얼거리는 소리나 들으려고 내가 마법 정부에 들어왔다고 생각하나?"

"하지만 주인님, 그자가 여기에…… 저 아래…….."

볼드모트는 들은 척도 하지 않았다.

"너한테는 더 할 말이 없다, 포터." 그가 조용히 말했다. "너는 나를 너무나 자주, 너무나 오랫동안 귀찮게 했다. *아바다 케다브라!*"

해리는 저항하려고 입을 열지도 못했다. 머리가 멍했다. 손에 쥔 마법 지팡이는 바닥을 향해 축 늘어져 있었다.

하지만 분수대에 있던 머리 없는 황금빛 남자 마법사 조각상이 문득 살아나 받침대에서 훌쩍 뛰어오르더니 해리와 볼드모트 사이에 쿵 내려섰다. 조각상이 해리를 보호하려고 팔을 뻗자 주문은 조각상의 가슴에 맞고 튕겨 나갔다.

"아니……!" 볼드모트가 주위를 둘러보며 소리쳤다. 그러더니 숨을 토하듯 내뱉었다. "*덤블도어!*"

해리는 뒤를 돌아보았다. 가슴이 쿵쿵 뛰었다. 덤블도어가 황금 문들 앞에 서 있었다.

볼드모트가 마법 지팡이를 들어 올려 덤블도어를 향해 또다시 녹색 빛줄기를 발사했다. 덤블도어는 뒤로 홱 돌아서는가 싶더니 망토를 펄럭이며 사라졌다. 다음 순간 그는 볼드모트 뒤에 나타나 부서진 분수대 잔해를 향해 마법 지팡이를 휘둘렀다. 다른 조각상들이 갑자기 살아 움직였다. 여자 마법사 조각상이 달려들자 벨라트릭스는 비명을 지르며 주문을 날려 댔다. 주문은 부질없이 조각상의 가슴을 맞고 튕겨 나갔다. 조각상이 벨라트릭스에게 달려들어 그녀를 바닥에 꼼짝없이 붙들어 놓았다. 한편 고블린과 집요정은 종종걸음으로 벽을 따라 쭉 설치되어 있는 벽난로로 향했고, 팔 하나가 없어진 켄타우로스는 볼드모트에게 돌격했다. 볼드모트는 사라졌다가 분수대 옆에 다시 나타났다. 머리 없는 조각상이 해리를 전투가 벌어지는 곳에서 멀리 밀쳐놓았다. 그 순간 덤블도어가 볼드모트에게 다가갔다. 황금 켄타우로스가 그 둘의 주위를 가볍게 달렸다.

"오늘 밤 여기에 온 건 어리석은 일이었다, 톰." 덤블도어가 담담하게 말했다. "오러들이 오고 있어."

"그때쯤이면 나는 이미 없겠지. 너는 죽었을 테고!" 볼드모트가 내뱉었다. 그는 덤블도어에게 또 한 번 살해 저주를 날렸지만 빗나갔다. 주문은 대신 경비 마법사의 책상을 맞혔고, 책상은 불길에 휩싸였다.

덤블도어가 마법 지팡이를 탁 튕겼다. 주문의 힘은 강력했다. 해리는 황금으로 만들어진 경호원에게 가려져 있으면서도 주문이 지나가자 머리카락이 쭈뼛 서는 것을 느꼈다. 이번에는 볼드모트가 허공에서 번쩍이는 은빛 방패를 만들어 내 그 주문을 튕겨 냈다. 뭔지 모를 그 주문은 방패에 아무런 손상도 남기지 못했다. 다만 징을 친 듯 깊은 소리만 울려 퍼질 뿐이었다. 기이하고 소름 끼치는 소리였다.

"나를 죽이지 않을 작정인가, 덤블도어?" 볼드모트가 소리쳤다. 그가 방패 너머로 진홍색 눈을 가늘게 떴다. "그런 잔인한 짓은 수준에 안 맞아서 못 하시겠다?"

"사람을 파괴하는 데 다른 방법들이 있다는 것쯤은 우리 둘 다 알고 있지, 톰." 덤블도어가 차분하게 말했다. 그는 세상 두려울 게 없다는 듯 볼드모트를 향해 계속 걸어갔다. 중앙 홀을 거니는 것을 방해할 만한 일은 전혀 일어나지 않았다는 식이었다. "그저 네 목숨을 앗아 가는 것만으로는 만족하지 못하겠다는 건 인정하마."

"죽음보다 못한 건 없어, 덤블도어!" 볼드모트가 으르렁거렸다.

"완전히 잘못 생각하고 있군." 덤블도어가 말했다. 그는 계속 볼드모트와 거리를 좁히며, 술이라도 한잔하면서 이야기를 나누는 것처럼 가볍게 말했다. 해리는 덤블도어가 아무런 방어 수단도, 방패도 없이 걸어가는 모습을 보자 더럭 겁이 났다. 그는 소리쳐 경고하고 싶었지만, 머리 없는 경호원은 계속 그를 뒤에 있는 벽 쪽으로 밀면서 해리가 빠져나갈 틈을 주지 않았다. "사실, 죽음보다 훨씬 나쁜 것들이 존재한다는 걸 이해하지 못한다는 게 항상 너의 가장 큰 약점이었지."

은색 방패 뒤에서 또 다른 녹색 빛줄기가 날아왔다. 이번에 폭발한 것은 덤블도어 앞에서 뛰어다니던 팔 하나뿐인 켄타우로스였다. 켄타우로스가 수백 개의 조각으로 산산이 부서져 흩어졌지만, 덤블도어는 그 파편들이 바닥에 채 닿기도 전에 마법 지팡이를 뒤로 젖혔다가 채찍을 휘두르듯 내저었다. 마법 지팡이 끝에서 길고 가느다란 불길이 날아가더니 볼드모트와 방패를 한꺼번에 꽁꽁 감쌌다. 잠깐 동안은 덤블도어가 이긴 것처럼 보였지만, 곧 불길로 이루어진 밧줄이 뱀으로 변해서 곧바로 볼드모트를 놓아주고는 분노한 듯 식식거리며 덤블도어를 마주 보았다.

 볼드모트가 사라졌다. 바닥에 떨어진 뱀이 공격할 태세로 몸을 들어 올렸다.

 덤블도어의 머리 위 공중에서 불꽃이 확 타오른 순간 볼드모트가 다시 나타났다. 그는 조금 전까지 다섯 개의 조각상이 있었던 분수 한가운데 받침대 위에 서 있었다.

 "*조심하세요!*" 해리가 소리쳤다.

 하지만 그가 소리치는 순간에도 볼드모트의 마법 지팡이에서 또다시 녹색 빛줄기가 튀어나와 덤블도어를 향해 날아갔고, 뱀도 공격을 시작했다.

 덤블도어 앞으로 휙 날아내려 온 폭스가 부리를 쩍 벌리더니 녹색 빛줄기를 통째로 삼켰다. 폭스는 불길에 휩싸인 채 바닥으로 떨어져 작고 쭈글쭈글하고 날지도 못하는 모습이 되었다. 그때,

덤블도어가 유연한 움직임으로 마법 지팡이를 단 한 번 길게 휘둘렀다. 한순간 덤블도어에게 송곳니를 박아 넣으려던 뱀이 공중으로 높이 날아오르더니 검은 연기를 피우며 사라졌다. 분수대의 물이 위로 치솟아 유리를 녹여서 만든 고치처럼 볼드모트를 휩쌌다.

잠깐 동안 볼드모트는 오직 검게 아른거리는 얼굴 없는 형체로만 보였다. 받침대 위에서 흐릿하게 빛나는 그의 모습이 잘 구분되지 않았다. 숨을 막고 있는 덩어리를 떨쳐 내려고 몸부림치고 있는 게 틀림없었다…….

곧이어 볼드모트가 사라지자 물은 큰 소리를 내며 분수대로 다시 떨어졌다. 물이 분수대 양옆으로 흘러넘치면서 반들반들한 바닥을 적셨다.

"**주인님!**" 벨라트릭스가 부르짖었다.

끝났다. 볼드모트는 도망치기로 결심한 것이다. 해리는 조각상 경호원 뒤에서 달려 나가려고 했지만 덤블도어가 소리쳤다. "그대로 있어라, 해리!"

처음으로 덤블도어의 목소리에서 공포가 느껴졌다. 해리는 영문을 알 수 없었다. 중앙 홀에는 그들과, 여전히 여자 마법사 조각상에 깔린 채 흐느끼는 벨라트릭스와, 바닥에서 연약한 울음소리를 내고 있는 아기 불사조 폭스 말고는 아무것도 없었다.

그 순간 해리의 흉터가 터질 듯 아파 왔다. 해리는 자기가 죽은 줄 알았다. 그것은 상상을 초월하는 고통, 인내력의 한계를 뛰어넘는 고통이었다.

그는 그곳에 없었다. 붉은 눈의 생명체가 똬리를 틀어 그를 붙들고 있었다. 너무 세게 붙잡혀 있어서, 해리는 어디까지가 자기 몸이고 어디서부터 그 생명체의 몸이 시작되는지 알 수 없었다. 그들은 고통으로 한데 묶여 있었고, 빠져나갈 길은 보이지 않았다.

그 생명체가 입을 열었다. 아니, 그자가 해리의 입으로 말했다. 고통 속에서 해리는 자신의 턱이 움직이는 것을 느꼈다…….

"이제 날 죽여 보시지, 덤블도어……."

눈앞이 캄캄해지고 죽어 가면서, 온몸이 놓아 달라고 비명을 지르는 가운데, 해리는 그 생명체가 또다시 자신의 입을 빌려서 말하는 것을 느꼈다…….

"죽음이 아무것도 아니라면, 덤블도어, 이 아이를 죽여……."

고통을 멈춰 달라고, 해리는 속으로 바랐다. '덤블도어 교수님이 우리를 죽이게 해 줘……. 끝장내 주세요, 덤블도어 교수님……. 이 고통에 비하면 죽음은 아무것도 아니야…….'

그리고 시리우스도 다시 만나게 될 것이다…….

해리의 마음이 감정으로 가득 차자 그 생명체의 똬리가 느슨하게 풀리면서 고통이 사라졌다. 해리는 얼굴을 아래로 한 채 바닥에 엎드려 있었다. 안경은 어디로 갔는지 보이지 않았다. 그는 나무 바닥이 아닌 얼음 위에 누워 있는 것처럼 부들부들 떨었다…….

어떤 목소리들이 홀 전체에 메아리치고 있었다. 들려야 하는 것보다 더 많은 목소리들……. 해리는 눈을 뜨고, 그를 지켜 주던 머리 없는 조각상의 발 근처에 놓여 있는 안경을 보았다. 하지만 그 조각상은 이제 여기저기 갈라지고 움직일 수 없는 상태로 바닥에 벌렁 드러누워 있었다. 해리는 안경을 쓰고 머리를 살짝 들어 보았다. 맞닿을 정도로 그의 얼굴 가까이 다가와 있는 덤블도어의 구부러진 코가 보였다.

"괜찮니, 해리?"

"네." 해리가 대답했다. 몸이 심하게 떨려서 머리를 제대로 가눌 수가 없을 지경이었다. "네, 저는…… 볼드모트는 어디에 있어요? 어디…… 이 사람들은 다…… 무슨……."

중앙 홀은 사람들로 가득 차 있었다. 벽을 따라 늘어선 벽난로마다 확 타오르기 시작한 에메랄드색 불꽃들이 바닥에 빛을 드리웠다. 벽난로들에서 마법사들이 줄지어 나타나고 있었다. 덤블도어의 부축을 받아 바닥에서 일어난 해리는 조그만 집요정과 고블린 황금 조각상들이 충격받은 표정의 코닐리어스 퍼지를 데리고 앞으로 나오는 것을 보았다.

"그자가 여기 있었습니다!" 진홍색 로브를 입은 말총머리 남자가 소리쳤다. 그는 중앙 홀 맞은편의 황금색 돌무더기를 가리키고 있었다. 방금 전까지만 해도 벨라트릭스가 깔려 있던 곳이었다.

"제가 봤습니다, 퍼지 총리님. 맹세컨대 '그 사람'이었어요. 그자가 어떤 여자를 붙잡고 순간이동으로 사라졌습니다!"

"나도 아네, 윌리엄슨. 나도 알아. 나도 봤네!" 퍼지가 겁에 질려서 횡설수설했다. 그는 가는 세로줄무늬 망토 안에 잠옷을 입은 채, 몇 킬로미터를 달려온 것처럼 숨을 헐떡이고 있었다. "멀린의 턱수염 같으니. 여기…… 여기에! 마법 정부에! 세상에…… 그건 불가능할 텐데…… 이런 세상에…… 어떻게 이런 일이……?"

"코닐리어스, 저 아래 미스터리부에 가면……." 덤블도어가 말했다. 그는 해리가 무사한 것을 보고 만족스러운 표정을 짓고 앞으로 걸어 나왔다. 뒤늦게 도착한 사람들은 그제야 처음으로 덤블도어가 그곳에 있었다는 사실을 깨달았다(몇몇은 마법 지팡이를 들어 올렸고, 어떤 이들은 그저 깜짝 놀란 얼굴이었다. 집요정과 고블린 조각상이 갈채를 보내는 가운데 퍼지는 놀라서 슬리퍼를 신은 발이 바닥에서 떨어질 만큼 펄쩍 뛰었다). "탈옥한 죽음을 먹는 자들 몇 명이 죽음의 방에 갇혀 있는 걸 볼 수 있을 거요. 그자들은 순간이동 방지 마법에 묶인 채 당신의 처분을 기다리고 있소."

"덤블도어!" 퍼지가 숨을 들이켰다. 놀라서 제정신이 아닌 듯했다. "당신이 여기에…… 나는…… 나는……."

그는 고개를 거칠게 돌려 자신이 데려온 오러들을 둘러보았다.

"잡아!"라고 소리치고 싶은 마음이 그보다 더 분명하게 드러날 수는 없었다.

"코닐리어스, 나는 당신 부하들과 싸울 준비가 되어 있소. 그리고 이번에도 이길 준비가 돼 있고!" 덤블도어가 천둥 같은 목소리로 말했다. "하지만 불과 몇 분 전에 두 눈으로 직접 확인하지 않았소? 내가 1년 동안 당신에게 진실을 말해 왔다는 증거 말이오. 볼드모트 경은 돌아왔고, 당신은 열두 달 동안 엉뚱한 사람을 쫓고 있었던 거요. 이제는 이성에 귀를 기울일 때요!"

"나는…… 그러니까, 그게……." 퍼지는 발끈하면서, 누군가가 뭘 해야 할지 말해 주기를 바라는 것처럼 주위를 둘러보았다. 아무도 나서지 않자 그가 말했다. "좋아, 돌리시! 윌리엄슨! 미스터리부로 내려가 보게……. 덤블도어, 당신은…… 당신은 내게 확실히 설명해야 할 거요. 마법 형제의 분수도 그렇고…… 도대체 무슨 일이 있었던 거요?" 그는 남녀 마법사와 켄타우로스 조각상 잔해가 흩어져 있는 바닥을 둘러보며 훌쩍이는 목소리로 덧붙였다.

"그 얘기는 해리를 호그와트로 돌려보낸 뒤에 해도 될 겁니다." 덤블도어가 말했다.

"해리…… *해리 포터?*"

퍼지는 몸을 홱 돌려 해리를 뚫어지게 바라보았다. 해리는 덤블도어와 볼드모트가 결투를 벌이는 동안 그를 지켜 주던 조각상이 쓰러져 있는 곳 옆에서 여전히 벽을 짚고 서 있었다.

"저 아이가…… 여기에?" 퍼지가 말했다. "왜…… 이게 다 무슨 일이오?"

"전부 설명하겠소." 덤블도어가 되풀이했다. "해리가 학교로 돌아간 뒤에."

분수대 옆에 서 있던 덤블도어는 황금으로 된 남자 마법사의 머리가 바닥에 놓여 있는 곳으로 걸어갔다. 그러고는 마법 지팡이로 그 머리를 겨누고 "포르투스"라고 중얼거렸다. 머리는 잠깐 동안 파랗게 빛나며 나무 바닥 위에서 시끄럽게 요동치더니 다시 고요해졌다.

"이보시오, 덤블도어!" 덤블도어가 그 머리를 집어 들고 몸을 돌려 해리에게 다가가고 있는데 퍼지가 그를 불렀다. "당신한테는 그 포트키에 대한 권한이 없소! 마법 정부 총리의 눈앞에서 그런 짓을 하다니, 당신은…… 당신은……."

그의 목소리가 흔들렸다. 덤블도어가 반달 안경 너머로 그를 근엄하게 바라봤던 것이다.

"덜로리스 엄브리지를 호그와트에서 해임하라는 지시를 내리시오." 덤블도어가 말했다. "오러들에게 우리 마법 생명체 돌보기 교수가 직장으로 복귀할 수 있도록 그를 수색하는 것을 멈추라고

하시오. 당신한테는……." 덤블도어는 주머니에서 바늘 열두 개가 달린 손목시계를 꺼내 힐끗 바라보았다. "……30분을 내주겠소. 여기에서 일어난 일과 관련된 요점들을 충분히 다룰 수 있을 거요. 그다음엔 나도 학교로 돌아가야 하오. 그 이상으로 내 도움이 필요하다면, 호그와트에 연락해서 날 찾는 건 얼마든지 환영이오. 교장 앞으로 편지를 보내면 내가 받을 겁니다."

퍼지는 눈을 더욱더 휘둥그렇게 떴다. 입은 쩍 벌어져 있었고, 헝클어진 잿빛 머리카락 아래 동그란 얼굴은 점점 붉어졌다.

"난…… 당신은……."

덤블도어는 그에게서 몸을 돌렸다.

"이 포트키를 받거라, 해리."

그가 황금 조각상의 머리를 내밀자 해리는 거기에 손을 얹었다. 그다음 뭘 해야 하는지, 어디로 가야 하는지 생각할 때는 이미 지났다.

"30분 뒤에 만나자." 덤블도어가 조용히 말했다. "하나…… 둘…… 셋……."

해리는 배꼽 바로 안쪽이 당겨지는 익숙한 기분을 느꼈다. 반들반들한 나무 바닥이 발아래에서 사라졌다. 중앙 홀과 퍼지, 덤블도어까지 모두 사라졌다. 그는 색깔과 소리의 소용돌이 속에서 앞으로 날아가고 있었다…….

37장
잃어버린 예언

해리의 두 발이 단단한 바닥을 디뎠다. 무릎이 살짝 꺾이면서 황금 마법사의 머리가 '쿵' 소리를 내며 바닥에 떨어졌다. 주위를 둘러본 그는 덤블도어의 연구실에 도착했음을 알아차렸다.

교장이 자리를 비운 사이 모든 것이 알아서 원래대로 돌아간 것처럼 보였다. 섬세한 은제 기구들은 다시 한 번 가느다란 다리의 탁자들 위에서 김을 뿜어내며 평온하게 웅웅 소리를 냈다. 교장들의 초상은 머리를 안락의자 뒤나 그림 가장자리에 기댄 채 액자 속에서 졸고 있었다. 해리는 창밖을 바라봤다. 서늘해 보이는 희미한 녹색 띠가 지평선에 드리워져 있었다. 새벽이 다가오고 있었다.

초상화들이 잠결에 끙끙대는 소리나 코 훌쩍이는 소리만 간간이 들려올 뿐 주위는 고요했고, 해리는 그 침묵과 정적을 견딜 수 없었다. 주위 환경이 그의 마음속 감정을 반영할 수 있다면, 그 그림들은 고통스럽게 비명을 지르고 있었을 것이다. 그는 조용하고 아름다운 연구실을 돌아다니며 가쁘게 숨을 쉬었다. 생각하지 않으려고 애썼다. 하지만 생각해야 했다……. 생각하지 않을 방법이 없었다…….

시리우스가 죽은 건 그의 잘못이었다. 순전히 그의 잘못이었다. 그가, 해리가 볼드모트의 속임수에 넘어갈 만큼 멍청하지만 않았다면, 꿈속에서 본 것이 진짜라고 그렇게 확신하지만 않았다면, 헤르미온느의 말처럼 볼드모트가 영웅처럼 구는 걸 즐기는 해리의 성향을 이용하고 있을 가능성에 마음을 열어 두기만 했다면…….

감당할 수가 없었다. 생각하지 않으려고 했다. 그는 도저히 견딜 수 없었다……. 그의 마음속에는 느끼거나 살펴보고 싶지 않은 끔찍한 공허함이 있었다. 시리우스가 있었던 곳, 시리우스가 사라진 자리에 어두운 구멍이 뚫렸다. 그는 그 기대하고 고요한 공간에 혼자 있고 싶지 않았다. 버틸 수가 없었다…….

등 뒤의 그림이 유난히 시끄럽게 코를 골더니 이어서 서늘한 목소리로 말했다. "아……. 해리 포터…….”

피니어스 나이젤러스가 길게 하품을 하면서 두 팔을 쭉 뻗으며 예리한 눈을 가늘게 뜨고 해리를 바라보았다.

"이렇게 이른 시간에 여긴 웬일이지?" 피니어스가 마침내 물었다. "이 연구실은 정식으로 임명된 교장 말고는 누구도 못 들어오게 되어 있는데. 아니면 덤블도어가 너를 여기로 보낸 건가? 아, 설마······." 그는 또 한 번 부르르 떨면서 하품했다. "또 내 쓸모없는 고손자 놈한테 전할 말이 있는 게냐?"

해리는 입을 열지 못했다. 피니어스 나이젤러스는 시리우스가 죽은 걸 모르고 있었지만, 해리는 그에게 말해 줄 수 없었다. 소리 내어 말하면 그 일이 확실하게 결정되어 되돌릴 수 없게 될 것 같았다.

다른 초상화 몇몇도 이제 조금씩 움직이고 있었다. 질문이 쏟아질지 모른다는 두려움에 해리는 성큼성큼 걸어가서 문손잡이를 잡았다.

손잡이가 돌아가지 않았다. 그는 이 방에 갇혀 버렸다.

교장 책상 뒤 벽에 걸려 있던, 코가 빨간 뚱뚱한 남자 마법사가 말했다. "그건 덤블도어가 머잖아 여기로 돌아올 거라는 뜻이겠지?"

해리가 돌아섰다. 그 마법사는 큰 흥미를 보이며 그를 눈여겨보고 있었다. 해리는 고개를 꾸벅했다. 그러고는 등 뒤의 문손잡이를 다시 비틀었지만 그것은 여전히 꿈쩍하지 않았다.

"아, 잘됐군." 남자 마법사가 말했다. "덤블도어가 없어서 무척 심심했거든. 정말이지 너무 심심했어."

그는 자신이 그려져 있는 왕좌 같은 의자 위에 자리를 잡고 해리를 향해 상냥하게 미소 지었다.

"덤블도어는 너를 아주 높이 평가한단다. 너도 틀림없이 알고 있을 테지만." 그가 느긋하게 말했다. "아 그래. 너를 굉장한 아이라고 생각하지."

어마어마한 크기의 묵직한 기생충처럼 해리의 마음을 가득 채우고 있는 죄책감이 이제 온몸을 비틀고 꿈틀거렸다. 해리는 참을 수가 없었다. 더 이상은 그 자신으로 살아가는 것을 견딜 수 없었다. 그는 결코 지금처럼 자신의 몸과 마음에 갇혀 있는 듯한 기분을 느껴 본 적이 없었다. 누구라도 좋으니 그 자신이 아닌 다른 사람이 되기를 이토록 간절히 바랐던 적도 없었다…….

텅 빈 벽난로에서 에메랄드색 불길이 치솟는 바람에 해리는 깜짝 놀라 문에서 펄쩍 비켜섰다. 그는 벽난로 안에서 빙빙 돌고 있는 사람을 바라보았다. 키가 큰 덤블도어의 형체가 벽난로에서 나오며 몸을 펴자 사방 벽에 걸린 마법사들이 화들짝 놀라 잠에서 깼다. 그들 중 많은 이가 환영의 뜻으로 소리를 질렀다.

"고맙습니다." 덤블도어가 조용히 말했다.

그는 처음에는 해리를 보지도 않고 문 옆 횃대 쪽으로 걸어가더니 로브 안주머니에서 조그맣고 못생기고 깃털 하나 없는 폭스를 꺼냈다. 그러고는 평소 다 자란 폭스가 앉아 있던 횃대의 황금 기둥 아래 보들보들한 재가 담긴 상자에 폭스를 조심스럽게 내려놓았다.

"자, 해리." 이윽고 덤블도어가 아기 새에게서 등을 돌리며 말했다. "네 친구들 중에서 지난밤 사건으로 되돌릴 수 없는 피해를 입은 사람은 아무도 없으니 기뻐하려무나."

해리는 '다행이네요'라고 말하고 싶었지만 목소리가 나오지 않았다. 그 말이 꼭 해리가 얼마나 큰 피해를 끼쳤는지 되새겨 주는 것 같았다. 이번만큼은 덤블도어도 그를 똑바로 바라보고 있었고 표정 또한 비난하는 기색을 띤 것이 아니라 친절했지만, 해리는 도저히 그의 눈을 마주 볼 수 없었다.

"폼프리 선생님이 모두를 치료하고 계신단다." 덤블도어가 말했다. "님파도라 통스는 세인트 멍고에 잠깐 있어야 하지만, 완전히 회복되는 데는 아무 문제 없을 것 같다."

해리는 카펫에 대고 고개만 끄덕였다. 바깥 하늘이 밝아 오면서 카펫 색깔도 점점 밝아지고 있었다. 그는 방을 둘러싼 모든 초상화가 덤블도어와 해리가 어디에 갔었고 왜 부상자가 발생했는지 궁금해하면서 덤블도어의 말 한 마디 한 마디에 열심히 귀 기울이고 있다는 것을 확실히 알았다.

"네가 어떤 기분일지 안다, 해리." 덤블도어가 나직이 말했다.

"아뇨, 모르세요." 해리가 말했다. 목소리가 갑자기 커지고 힘이 들어갔다. 속에서 한껏 달아오른 분노가 솟구쳤다. 덤블도어는 그가 어떤 기분인지 전혀 몰랐다.

"알겠지, 덤블도어?" 피니어스 나이젤러스가 음흉한 어조로 말했다. "학생들을 이해할 생각은 하지도 말게. 녀석들은 그런 걸 싫어해. 그러느니 차라리 비참하게 오해를 받고 자기 연민 속에 뒹구는 쪽을 훨씬 좋아하지. 괜히 사서 고생을……."

"그만하면 됐습니다, 피니어스." 덤블도어가 말했다.

해리는 덤블도어를 등지고 작정한 듯 창밖을 바라보았다. 저 멀리 퀴디치 경기장이 보였다. 시리우스가 거기에 한 번 나타난 적이 있었다. 해리가 경기하는 모습을 보기 위해 털이 덥수룩한 검은 개로 변신해서……. 아마 해리가 제임스만큼 잘하는지 보러 왔을 것이다……. 해리는 그것에 대해 한 번도 물어보지 않았다…….

"네가 느끼는 감정에 부끄러워할 것 전혀 없다, 해리." 덤블도어의 목소리가 들렸다. "오히려…… 그런 고통을 느낄 수 있다는 것이 너의 가장 큰 강점이란다."

해리는 극에 달한 분노가 가슴속을 훑으며 끔찍한 공허함 속에서 타오르는 것을 느꼈다. 저토록 담담하게 텅 빈 말들을 내뱉는 덤블도어를 해치고 싶다는 열망이 그를 가득 채웠다.

"가장 큰 강점이라고요?" 해리가 떨리는 목소리로 말했다. 퀴디치 경기장을 멍하니 바라보고 있으면서도 더는 그 광경이 눈에 들어오지 않았다. "교수님은 전혀 모르세요…… 모르신다고요……."

"내가 모르는 게 뭘까?" 덤블도어가 차분하게 물었다.

이건 너무 심했다. 해리는 격한 분노로 부들부들 떨면서 돌아섰다.

"저는 제 기분에 대해서 얘기하고 싶지 않아요. 아시겠어요?"

"해리, 이렇게 고통받는다는 건 네가 아직 인간이라는 걸 증명하는 거야! 이런 고통은 인간으로 살아가는 것의 일부……."

"**그럼 저는 인간이고 싶지 않아요!**" 해리가 고함을 질렀다. 그는 옆에 있는 가는 다리 탁자 위에서 섬세한 은제 기구를 집어 들고 방 저쪽으로 내던졌다. 기구는 벽에 부딪쳐 산산조각으로 부서졌다. 그림 몇 점이 분노와 경악의 외침을 내질렀고, 아만도 디핏의 초상화는 "*나 원 참!*" 하고 소리쳤다.

"**알 게 뭐야!**" 해리가 루나스코프를 집어 들고 벽난로로 던지며 그들에게 소리쳤다. "**이만하면 됐어. 충분히 알았으니까, 나가고 싶어. 끝내고 싶어. 이제 아무래도 상관없어…….**"

그는 은제 기구가 놓여 있던 탁자를 들어 그것도 던져 버렸다. 탁자가 바닥에 떨어져 부서지고, 떨어져 나간 탁자 다리들이 서로 다른 방향으로 데굴데굴 굴러갔다.

"그렇지 않다." 덤블도어가 말했다. 그는 움찔거리거나, 해리가 그의 연구실을 부수는 것을 막으려는 움직임 하나 보이지 않았다. 표정은 침착하다 못해 무심했다. "너무 마음을 쓰고 있어서, 그 고통으로 피 흘려 죽을 것 같은 기분이 드는 거란다."

"그런 거…… 아니라고요!" 해리는 목구멍이 찢어져라 큰 소리로 악을 썼다. 한순간 그는 덤블도어에게 달려들어 그 역시 부숴 버리고 싶었다. 저 평온하고 늙은 얼굴을 산산조각 내고, 마구 흔들고, 다치게 하고 싶었다. 그로 하여금 해리 자신의 마음을 채우고 있는 공포의 일부분이라도 느끼게 만들고 싶었다.

"아니, 상관없다는 건 거짓말이야." 덤블도어가 더더욱 담담하게 말했다. "어머니와 아버지에 이어, 네가 여태껏 알아 온 사람 중 부모님과 가장 비슷한 사람을 잃었으니까. 당연히 괴롭겠지."

"교수님은 제 기분을 몰라요!" 해리가 고함쳤다. "교수님은…… 거기에 서서…… 교수님은……."

하지만 이제 말로는 충분하지 않았고, 물건을 부수는 것도 더는 도움이 되지 않았다. 도망치고 싶었다. 계속 달리면서 다시는 뒤돌아보고 싶지 않았다. 자기를 응시하는 저 또렷한 푸른 눈이 보이지 않는 어딘가, 저 증오스러울 만큼 담담한 늙은 얼굴이 보이지 않는 어딘가로 가고 싶었다. 그는 문으로 달려가 다시 문손잡이를 잡고 비틀었다.

하지만 문은 열리지 않았다.

해리는 덤블도어를 돌아보았다.

"내보내 주세요." 그가 말했다. 그는 머리부터 발끝까지 부들부들 떨고 있었다.

"안 된다." 덤블도어가 간단히 말했다.

그들은 잠시 서로를 바라보았다.

"내보내 달라고요." 해리가 다시 한 번 말했다.

"안 돼." 덤블도어가 다시 말했다.

"내보내 주지 않으면…… 절 여기에 붙잡아 두면…… 보내 주지 않으면……."

"무슨 수를 써서라도 계속 내 물건들을 때려 부수거라." 덤블도어가 평온하게 말했다. "물건이 너무 많다고 생각하던 참이니까."

그는 책상 뒤로 돌아가 앉아서 해리를 바라보았다.

"내보내 주세요." 해리가 덤블도어만큼이나 차갑고 침착한 목소리로 다시 한 번 말했다.

"내가 할 말을 다 하기 전에는 안 된다." 덤블도어가 말했다.

"교수님은…… 교수님은 제가 눈이라도 깜짝할 거라고…… **전 교수님이 무슨 말을 하든 신경 안 쓴다고요!**" 해리가 고함을 질렀다. "교수님이 하는 말은 *아무것도* 듣고 싶지 않아요!"

"듣게 될 거다." 덤블도어가 한결같은 어조로 말했다. "내게 화를 내야 하는 것보다 훨씬 덜 내고 있으니 말이다. 날 공격할 생각이라면, 그러기 직전인 것 같다만, 공격당해 마땅한 사람으로서 기꺼이 당하도록 하겠다."

"그게 무슨……?"

"시리우스가 죽은 건 *내* 잘못이다." 덤블도어가 분명하게 말했다. "아니, 거의 내 잘못이라고 말해야겠구나. 내가 이 모든 일에 책임이 있다고 주장하는 건 오만일 테니까. 시리우스는 용감하고 영리하며 활력이 넘치는 사람이었고, 그런 사람들은 보통 다른 이들이 위험에 처했을 때 집에 숨어 있는 걸로는 만족하지 않는다. 그렇지만 너는 오늘 밤 미스터리부에 가야겠다고 마음먹지 말았어야 했어. 애초에 내가 숨김없이 너에게 말해 줬어야 한다. 그랬다면 너는 볼드모트가 너를 미스터리부로 유인하려 할 수 있다는 걸 알았을 테고, 오늘 밤 속아 넘어가서 거기 가는 일도 없었겠지. 그러면 시리우스가 너를 따라갈 일도 없었을 게다. 그 책임은 내 것, 오롯이 내 것이다."

해리는 여전히 문손잡이에 손을 올려놓고 있으면서도 그것을 깨닫지 못했다. 그는 거칠게 숨을 쉬면서 덤블도어를 응시하고 귀 기울였지만 들려오는 소리를 거의 이해하지 못했다.

"앉아 다오." 덤블도어가 말했다. 명령이 아니라 부탁이었다.

해리는 망설이다가, 이제는 은색 톱니와 나뭇조각이 흐트러져 있는 방을 천천히 가로질러 덤블도어의 책상을 마주 보고 앉았다.

"내가 제대로 이해했는지 모르겠는데" 하고, 해리의 왼쪽에서 피니어스 나이젤러스가 느릿느릿 입을 열었다. "내 고손자가, 블랙 가문의 마지막 후계자가, 죽었다는 건가?"

"그렇습니다, 피니어스." 덤블도어가 말했다.

"믿기지 않는군." 피니어스가 무뚝뚝하게 말했다.

해리가 고개를 돌려 보니 피니어스는 자기 초상화에서 성큼성큼 걸어 나가고 있었다. 해리는 그가 그리몰드가에 있는 자신의 다른 초상화를 방문하러 갔다는 사실을 알 수 있었다. 아마 이 초상화에서 저 초상화로 집 안을 돌아다니며 시리우스를 불러 댈 것이다…….

"해리, 너에게 설명해야 할 게 있다." 덤블도어가 말했다. "이 늙은이가 저지른 실수에 대한 거다. 너와 관련해서 내가 한 일과 하지 않은 일 그 모두에서 내가 늙은 탓에 저지른 실수들이 이제야 보이는구나. 젊은이들은 노인들이 어떻게 생각하고 느끼는지 모른단다. 그러나 늙은이들이 젊은 시절의 일을 잊는다면 죄를 짓는 셈이지……. 내가 최근에 그걸 잊었던 모양이다……."

이제는 태양이 제대로 떠오르고 있었다. 산 너머로 눈부신 오렌지색 테두리가 보였고, 그 위의 하늘은 아무 색깔도 띠지 않고 밝기만 했다. 그 빛이 덤블도어에게 드리워지면서 그의 눈썹과 턱수염의 은빛을, 그의 얼굴에 깊이 새겨진 주름들을 비췄다.

덤블도어가 말했다. "15년 전에 네 이마의 흉터를 봤을 때, 나는 그게 무슨 의미일지 추측해 봤다. 나는 그 흉터가 너와 볼드모트

사이에 형성된 어떤 연결의 징표일지도 모른다고 생각했지."

"전에도 하신 얘기잖아요, 교수님." 해리가 퉁명스럽게 말했다. 자신이 무례하게 굴고 있다는 것도 별로 신경 쓰이지 않았다. 더 이상은 아무것도 신경 쓰지 않았다.

"그래." 덤블도어가 미안하다는 듯 말했다. "그래. 하지만 그게 말이다, 네 흉터 얘기부터 시작해야 하거든. 네가 마법 세계에 들어오고 얼마 지나지 않아 내 생각이 맞았다는 게 명백해졌다. 볼드모트가 네 가까이에 있거나 강렬한 감정을 느끼면 네 흉터가 경고를 해 주었으니 말이다."

"알아요." 해리가 지친 듯 말했다.

"그리고 이런 네 능력, 볼드모트가 위장하고 있을 때조차 그자의 존재를 감지하고, 그자의 감정이 고조됐을 때 그자가 느끼는 기분을 아는 능력은 볼드모트가 자기 몸을 되찾고 완전한 힘을 회복한 이래 점점 더 두드러졌지."

해리는 굳이 고개를 끄덕이지 않았다. 이미 모두 아는 내용이었다.

"좀 더 최근에……." 덤블도어가 말을 이었다. "난 볼드모트가 둘 사이에 존재하는 이 연결을 알아차릴까 봐 걱정하게 되었다. 아니나 다를까, 네가 그자의 마음과 생각 속에 너무 깊숙이 들어가서 그자가 네 존재를 감지하는 순간이 오더구나. 물론 네가 아서 위즐리가 습격당하는 장면을 목격한 날 밤 얘기다."

"네, 스네이프가 말해 줬어요." 해리가 중얼거렸다.

"스네이프 교수님이라고 해야지, 해리." 덤블도어가 조용히 그의 말을 바로잡아 주었다. "그런데 그 설명을 해 준 사람이 왜 내가 아니었는지 궁금하게 여긴 적은 없느냐? 왜 내가 너에게 오클루먼시를 가르치지 않았을까? 왜 내가 몇 달 동안 너와 눈도 마주치지 않았을까?"

해리는 눈을 들었다. 그는 덤블도어가 슬프고 지쳐 보인다는 것을 이제야 알았다.

"네." 해리가 웅얼거렸다. "네. 궁금했어요."

"그게 말이다." 덤블도어가 말을 이었다. "나는 볼드모트가 네 정신 속을 억지로 파고들어서 네 생각을 조종해 엉뚱한 방향으로 이끌려고 할 시간이 머지않았다고 봤다. 그리고 나는 그런 그자의 생각을 부추기고 싶지 않았단다. 나는 우리의 관계가 예전부터 지금까지 쭉 교장과 학생의 관계 이상으로 가까웠다는 것을 그자가 깨달으면 너를 날 염탐할 수단으로 이용하려 들 게 틀림없다고 생각했다. 나는 그자가 너를 이용할까 봐, 그자가 너를 지배하게 될까 봐 두려웠다. 해리, 나는 볼드모트가 널 그런 식으로 이용하려 했다는 내 생각이 맞다고 믿는다. 우리가 드물게 가까이 접촉할 때면 네 눈 뒤에서 그자의 동요하는 그림자가 보이는 것 같더구나……."

해리는 덤블도어와 눈을 마주칠 때마다, 그의 안에서 잠자고 있던 뱀이 공격할 태세로 몸을 일으키던 느낌을 떠올렸다.

"너를 지배하려는 볼드모트의 궁극적 목표는, 오늘 밤에 보여주었듯 나를 파괴하는 것이 아니었다. 너를 파괴하는 것이었지. 그자는 조금 전 짧은 시간 동안 너를 지배하면서, 내가 그자를 죽이려는 마음 때문에 널 희생시키기를 원했다. 그래서 내가 너에게 거리를 두려고 애썼던 거란다. 널 보호하려고 말이다, 해리. 이 늙은이의 실수였다만……."

덤블도어는 깊이 한숨을 내쉬었다. 해리는 그 말들이 자기를 스쳐 지나가도록 내버려 두었다. 몇 달 전이라면 이 모든 것을 알고 싶어서 안달했겠지만, 시리우스를 잃은 지금 내면에 깊게 벌어진 틈새에 비하면 아무런 의미도 없었다. 중요한 건 이제 아무것도 없었다.

"네가 아서 위즐리가 공격당하는 장면을 본 바로 그날 밤 네 안에서 볼드모트가 깨어나는 것을 느꼈다고 시리우스가 내게 말해 주었다. 나는 그 즉시 내가 가장 두려워하던 일이 들어맞았다는 것을 깨달았지. 나는 볼드모트의 공격에 대해 네 마음을 무장시키고자 스네이프 교수와의 오클루먼시 수업을 마련했던 거란다."

그는 잠시 말을 멈췄다. 해리는 햇살을 가만히 바라보았다. 덤블도어의 반들반들한 책상 위를 가로지른 햇살이 은빛 잉크병과 멋들어진 진홍색 깃펜을 비췄다. 해리는 사방에 걸린 초상화들이 깨어나서 덤블도어의 설명에 열심히 귀 기울이고 있다는 것을 알 수 있었다. 가끔씩 로브 부스럭거리는 소리와 작게 헛기침하는 소리가 들렸다. 피니어스 나이젤러스는 아직 돌아오지 않았다…….

덤블도어가 다시 입을 열었다. "스네이프 교수는 네가 몇 달 동안 미스터리부로 들어가는 문이 나오는 꿈을 꿨다는 사실을 알아냈다. 물론 볼드모트는 몸을 되찾은 이래 그 예언을 들을 수 있을지도 모른다는 생각에 집착했지. 그자가 그 문에 대해 골똘히 생각할 땐 너도 그랬을 거야. 넌 그게 무슨 의미인지 몰랐겠지만 말이다. 그러다가 너는 룩우드를 보았지. 체포되기 전까지 미스터리부에서 일했던 그자가 우리가 그동안 내내 알고 있던 사실을 볼드모트에게 말하는 장면을. 마법 정부에 보관된 예언들이 엄중한 보호를 받고 있다는 사실 말이다. 예언의 당사자만이 미쳐 버리지 않고 선반에서 그 예언을 꺼낼 수 있다. 그러니까 볼드모트가 직접 모습을 드러내는 위험을 감수하면서 마법 정부에 들어가야 한다는 얘기지. 아니면 그 대신 너에게 그 예언을 가져오게 하든지. 그래서 네가 오클루먼시를 익히는 게 더욱 시급한 문제가 된 거란다."

"하지만 전 그렇게 하지 않았죠." 해리가 웅얼거렸다. 그는 엄청난 무게로 마음속에 들어앉은 죄책감을 덜어 내려고 큰 소리로 말했다. 털어놓으면 심장을 옥죄는 끔찍한 압박이 조금이나마 줄어들 것 같앉다. "연습도 안 했고, 신경도 안 썼어요. 그 꿈을 꾸는 것을 스스로 멈출 수도 있었는데, 헤르미온느가 계속 저한테 그렇게 하라고 했는데, 그렇게만 했다면 볼드모트도 제가 어디로 가야 할지 보여 주지 못했을 텐데, 그랬다면 시리우스도…… 시리우스도……."

해리의 머릿속에서 뭔가가 폭발했다. 변명하고 싶고 설명하고 싶은 욕구가…….

"저는 그자가 정말로 시리우스를 잡아갔는지 확인해 봤어요. 엄브리지의 연구실에 가서 벽난로를 이용해 크리처한테 물어봤어요. 근데 크리처는 시리우스가 거기 없다고 했어요. 시리우스가 나갔다고 했단 말이에요!"

"크리처가 거짓말을 한 거다." 덤블도어가 침착하게 말했다. "너는 크리처의 주인이 아니야. 크리처는 네게 거짓말을 해도 스스로에게 벌을 줄 필요가 없지. 크리처는 네가 마법 정부로 가도록 만들 작정이었다."

"크리처가…… 크리처가 일부러 저를 거기로 보냈다고요?"

"그래. 유감스럽게도 크리처는 몇 달 전부터 여러 주인을 섬기고 있었단다."

"어떻게요?" 해리가 멍하니 말했다. "오랫동안 그리몰드가를 벗어난 적이 없잖아요."

"크리스마스 직전에 기회를 잡았지." 덤블도어가 말했다. "분명 시리우스가 크리처에게 '나가'라고 소리쳤을 때일 거다. 크리처는 시리우스의 말을 곧이곧대로, 집을 떠나라는 명령으로 받아들였다. 그리고 블랙 가문 사람 중에서 아직 조금이나마 존경심이 남아 있는 유일한 사람한테 갔지. 블랙의 사촌인 나르시사, 벨라트릭스의 동생이자 루시우스 말포이의 아내한테 말이다."

"교수님은 그런 걸 다 어떻게 아세요?" 해리가 물었다. 그의 심장이 아주 세차게 뛰었다. 속이 메스꺼웠다. 크리처가 크리스마스 동안 자리를 비운 것을 이상하게 여겼던 일과 그가 다락방에 다시 나타났던 일이 떠올랐다…….

"크리처가 어젯밤에 내게 말해 주었다." 덤블도어가 말했다. "네가 스네이프 교수에게 패드풋이 붙잡혔다는 수수께끼 같은 경고를 했을 때 스네이프 교수는 네가 미스터리부 깊숙한 곳에 갇혀 있는 시리우스의 환각을 봤다는 걸 깨달았다. 스네이프 교수도 너처럼 곧바로 시리우스에게 연락을 시도했지. 불사조 기사단 단원들에게는 덜로리스 엄브리지의 연구실 벽난로보다 더 믿을 만한 의사소통 수단이 있다는 말을 해 줘야겠구나. 스네이프 교수는 시리우스가 그리몰드가에 안전하게 살아 있다는 사실을 알아냈단다. 하지만 네가 덜로리스 엄브리지와 함께 금지된 숲으로 간 뒤에 돌아오지 않자, 스네이프 교수는 네가 계속 시리우스가 볼드모트 경에게 사로잡혔다고 생각할 수도 있다고 걱정했다. 그래서 그 즉시 몇

몇 기사단원에게 연락한 게야."

덤블도어는 크게 한숨을 쉬고 말을 이었다. "그가 연락했을 때 본부에는 앨러스터 무디, 님파도라 통스, 킹슬리 샤클볼트, 리머스 루핀이 있었다. 다들 당장 너를 도우러 가기로 의견을 모았지. 스네이프 교수는 시리우스가 그리몰드가에 남아 있어야 한다고 말했다. 누군가는 본부에 남아서 내게 무슨 일이 일어났는지 말해 줘야 했고, 내가 곧 본부에 도착할 예정이었으니까. 그동안 스네이프 교수 본인은 금지된 숲에 가서 너를 찾아볼 계획이었단다. 하지만 시리우스는 다른 사람들은 널 찾으러 가는데 혼자 남아 있고 싶어 하지 않았다. 내게 무슨 일이 일어났는지 전달하는 임무는 크리처한테 맡겼지. 그래서 다들 정부로 떠나고 얼마 지나지 않아 내가 그리몰드가에 도착했을 때 그 집요정은 크게 웃음을 터뜨리면서 시리우스가 어디 갔는지 내게 말해 주었다."

"웃었다고요?" 해리가 힘없는 목소리로 말했다.

"그래." 덤블도어가 말했다. "그게 말이다, 크리처는 우리를 철저하게 배신할 수는 없었단다. 크리처는 기사단의 비밀 수호자가 아니었기에 말포이 부부에게 우리 위치를 알려 줄 수 없었고, 발설이 금지된 기사단의 비밀 계획을 누설할 수도 없었다. 크리처는 자기 종족에게 걸린 마법에 매여 있었어. 주인인 시리우스가 직접 내린 명령에 거역할 수 없었다는 거지. 하지만 크리처는, 볼드모트한테는 아주 귀중하지만 시리우스한테는 너무나 사소해서 그 말을 다른 사람에게 전하지 못하게 해야겠다는 생각조차 들지 않았던 정보들을 나르시사에게 전해 주었다."

"어떤 정보요?" 해리가 물었다.

"시리우스가 세상에서 가장 아끼는 사람이 너라는 사실 같은 것 말이다." 덤블도어가 나직이 말했다. "네가 시리우스를 아버지이자 형처럼 여기게 됐다는 사실 같은 것. 물론 볼드모트는 시리우스가 기사단 단원이라는 걸 이미 알고 있었고, 네가 시리우스의 소재를 안다는 것도 알고 있었다. 하지만 크리처의 정보는 볼드모트로 하여금 네가 무슨 수를 써서라도 구하러 갈 단 한 사람이 시리우스 블랙이라는 사실을 깨닫게 해 주었지."

해리는 입술이 차갑고 얼얼해지는 것을 느꼈다.

"그래서…… 제가 어젯밤 크리처한테 시리우스가 집에 있느냐고 물었을 때……."

"틀림없이 볼드모트의 지시에 따른 것이겠지만, 말포이 부부는 크리처에게 네가 시리우스가 고문당하는 장면을 본 순간부터 시리우스를 안 보이게 할 방법을 찾아야 한다고 말했다. 네가 시리우스가 집에 있는지 없는지 확인해야겠다고 마음먹으면 크리처가 나서서 시리우스가 없는 척할 수 있도록. 크리처는 어제 히포그리프 벅빅을 다치게 했다. 네가 벽난로에 나타난 그 순간 시리우스는 위층에서 벽빅을 돌보고 있었어."

해리의 숨결은 폐에 공기가 거의 남아 있지 않은 것처럼 빠르고 밭았다.

"근데 크리처가 교수님한테 이 모든 얘기를 하고…… 웃었다고요?" 그가 쉰 목소리로 물었다.

"크리처는 말하고 싶어 하지 않았다." 덤블도어가 말했다. "하지만 나는 누가 나한테 거짓말을 하면 알아차릴 수 있을 만큼 성취를 이룬 레질리먼스란다. 그래서 내가 크리처를, 뭐랄까, 설득해서 전부 이야기하게 했다. 그런 다음에 미스터리부로 간 거란다."

"그런데도……." 해리가 속삭였다. 차가운 두 손은 주먹을 말아 쥔 채 무릎에 놓여 있었다. "그런데도 헤르미온느는 계속 우리더러 크리처한테 잘해 주라고……."

"그건 헤르미온느가 옳았다, 해리." 덤블도어가 말했다. "나는 그리몰드가 12번지를 우리 본부로 결정했을 때 시리우스에게 크리처를 친절과 존중으로 대해야 한다고 경고했다. 또한 크리처가 우리한테 위험한 존재가 될 수 있다고도 얘기했지. 시리우스는 내 말을 별로 진지하게 받아들이지 않은 것 같더구나. 크리처를 인간만큼 예민한 감정을 가진 존재로 보지 않았던 거겠지……."

"비난하지…… 마세요. 시리우스에 대해…… 그렇게 말하지……." 해리는 숨 쉬기가 힘들었다. 말이 제대로 나오지 않았다. 잠깐 잦아들었던 분노가 다시 타올랐다. 덤블도어가 시리우스를 탓하도록 놔둘 생각은 없었다. "크리처는 거짓말이나 하는…… 추잡한…… 그런 취급을 받아도 싼……."

"크리처를 그렇게 만든 건 마법사들이다, 해리." 덤블도어가 말했다. "그래, 크리처는 동정을 받을 만해. 크리처의 삶은 네 친구 도비만큼이나 비참했다. 크리처는 시리우스가 시키는 일을 억지로 해야 했지. 시리우스는 크리처가 섬기는 가문의 마지막 후계자였으니까. 하지만 크리처는 시리우스에게 진심으로 충성하지 않았다. 또 크리처가 무슨 잘못을 했든 간에, 시리우스가 크리처의 운명을 좀 더 편하게 만들어 줄 만한 일은 전혀 하지 않았다는 걸 인정해야……."

"**시리우스에 대해서 그렇게 말하지 말라고요!**" 해리가 소리쳤다.

그는 버럭 화를 내며 벌떡 일어섰다. 덤블도어에게 덤벼들기라도 할 기세였다. 덤블도어는 분명 시리우스를 전혀 이해하지 못했다. 그가 얼마나 용감했는지, 얼마나 큰 고통을 겪었는지…….

"스네이프는요?" 해리가 내뱉었다. "스네이프 얘기는 안 하시네요? 저는 스네이프한테 볼드모트가 시리우스를 붙잡았다고 말했어요. 그런데도 스네이프는 평소처럼 저를 비웃기만 했어요."

"해리, 스네이프 교수 입장에서는 덜로리스 엄브리지 앞에서 네 말을 진지하게 받아들이지 않는 척하는 것밖에는 선택의 여지가 없었다는 걸 알잖니." 덤블도어가 흔들림 없이 말했다. "하지만 내가 설명했듯이, 스네이프 교수는 네가 한 말을 곧바로 기사단에 전했다. 네가 금지된 숲에서 돌아오지 않자 네가 어디로 갔는지 추측한 것도 스네이프 교수였어. 엄브리지 교수가 너한테 시리우스의 위치를 억지로 말하게 하려고 할 때 그녀에게 가짜 베리타세룸을 준 것도 스네이프 교수였다."

해리는 그 말을 못 들은 척했다. 그는 스네이프를 탓하면서 잔인한 쾌감을 느꼈다. 그것이 자신의 끔찍한 죄책감을 덜어 주는 것 같았다. 그는 덤블도어가 자기 말에 동의해 주기를 바랐다.

"스네이프는…… 스네이프는…… 시, 시리우스가 집에만 있다고 약 올렸어요. 시리우스를 겁쟁이라 부르고……."

"시리우스는 그렇게 시시한 조롱에 상처 입을 만큼 어리거나 멍청하지 않았단다." 덤블도어가 말했다.

"스네이프는 저한테 더 이상 오클루먼시 수업을 해 주지 않았어요!" 해리가 으르렁거리듯 말했다. "저를 연구실에서 쫓아냈다고요!"

"알고 있다." 덤블도어가 무겁게 말했다. "내가 너를 직접 가르치지 않은 게 실수였다고 이미 말했지. 그렇지만 당시에는 내가 곁에 있는 상황에서 네 정신을 볼드모트에게 열어 주는 것보다 위험한 일은 없다고 확신했……."

"스네이프가 악화시킨 거예요. 스네이프랑 수업을 하고 나면 항상 흉터가 더 심하게 아팠어요." 해리는 이 문제에 대한 론의 의견이 떠올라 그렇게 밀어붙였다. "스네이프가 볼드모트를 위해 제가 더 쉽게 넘어가도록 만든 건 아닌지 어떻게 알아요? 그자가 더 쉽게 제 머릿속에 들어오도록……."

"나는 세베루스 스네이프를 믿는다." 덤블도어가 딱 잘라 말했다. "하지만 내가 한 가지 사실을 잊었던 게다. 이것도 늙은이가 할 법한 실수인데…… 어떤 상처들은 너무 깊어 치유가 되지 않는단다. 나는 스네이프 교수가 네 아버지에 대한 감정을 극복했다고 생각했다. 내 생각이 틀렸지."

"그런데 그건 괜찮다는 건가요?" 해리가 소리쳤다. 벽에 걸린 초상화들의 아연실색한 표정과 마뜩잖은 웅성거림은 무시했다. "스네이프가 우리 아빠를 싫어하는 건 괜찮지만, 시리우스가 크리처를 싫어하는 건 안 괜찮다고요?"

"시리우스는 크리처를 싫어한 게 아니야." 덤블도어가 말했다. "시리우스는 크리처를 별다른 관심이나 주의를 기울일 가치가 없는 일개 하인으로 여겼다. 무관심과 방치는 노골적인 혐오보다 훨씬 심한 피해를 끼치는 일이 많단다……. 오늘 밤 우리가 파괴한 분수는 거짓된 거야. 우리 마법사들은 너무 오랜 세월 우리 동료들을 차별하고 학대해 왔고, 이제 그 대가를 치르고 있는 거다."

"**그러니까 시리우스는 그런 일을 당해도 싸다는 거예요?**" 해리가 버럭 소리쳤다.

"그렇게 말하지 않았다, 해리. 나한테서 그런 말을 들을 일도 없을 거고." 덤블도어가 조용히 대꾸했다. "시리우스는 잔혹한 사람이 아니었어. 대체로 집요정들에게 친절했다. 다만 크리처에 대한 애정은 없었지. 시리우스가 그렇게 싫어하는 집을 떠올리게 하는 존재였으니까."

"네, 시리우스는 그 집을 싫어했어요!" 해리가 갈라진 목소리로 말했다. 그는 덤블도어에게서 등을 돌리고 멀리 걸어갔다. 이제 햇살은 방 안을 밝게 비추고 있었다. 해리는 자기가 뭘 하는지도 깨닫지 못한 채, 주위는 아예 쳐다보지도 않고 걸어갔다. 모든 초상화가 눈으로 그를 좇았다. "교수님이 시리우스를 그 집에 갇혀 지내게 하셨잖아요. 시리우스는 그걸 싫어했어요. 그래서 어젯밤에 나가고 싶어 했던 거예요."

"나는 시리우스를 살리려고 그랬던 거다." 덤블도어가 나직이 말했다.

"사람은 누구나 갇혀 지내는 걸 싫어해요!" 해리가 그에게로 돌아서며 버럭 화를 냈다. "작년 여름 내내 저한테도 그런 짓을 하셨죠."

덤블도어는 눈을 감고 긴 손가락으로 얼굴을 감쌌다. 해리는 그런 그를 지켜봤지만, 평소의 그답지 않은 피로나 슬픔, 덤블도어한테서 느껴지는 그 어떤 기색에도 마음이 누그러지지는 않았다.

오히려 그는 덤블도어가 나약한 기색을 보이는 것에 더 화가 났다. 해리가 분노하며 고함치려는 이 순산 나약한 모습을 보이다니, 덤블도어는 그럴 자격이 없었다.

덤블도어는 손을 내리고, 반달 안경 너머로 해리를 바라보았다. "그 얘기를 할 때가 됐구나." 그가 말했다. "5년 전에 했어야 했던 얘기 말이다, 해리. 앉아 다오. 모든 걸 이야기해 주마. 다만 조금만 참아 주려무나. 내가 말을 마친 뒤에도 내게 화를 내거나 뭐든 원하는 행동을 할 기회는 있을 테니. 그땐 널 막지 않으마."

해리는 잠시 그를 노려보다가, 다시 덤블도어 맞은편 의자에 털썩 앉아서 그의 말을 기다렸다.

덤블도어는 잠깐 햇빛이 드는 창밖 교정을 바라보더니 다시 해리에게 고개를 돌리고 말했다. "5년 전 너는 호그와트에 도착했다, 해리. 내가 계획하고 의도했던 대로 무사하고 온전한 모습으로. 뭐, 온전하진 않았을지도 모르겠다. 너는 괴로워하고 있었으니까. 너를 네 이모와 이모부네 집 앞 계단에 놓고 올 때부터 그렇게 되리라는 걸 알고 있었다. 내가 너한테 어둡고 혹독한 10년이라는 세월을 선고했다는 사실을 알고 있었어."

그가 말을 멈췄다. 해리는 아무 말도 하지 않았다.

"왜 그래야 했느냐고 물을지도 모르겠구나. 근거 있는 의문이지. 왜 마법사 가족한테 너를 맡기지 않았느냐고 말이야. 많은 사람이 기꺼이 널 맡아 줬을 텐데. 많은 사람이 너를 아들처럼 키우는 것을 명예롭고 기쁜 일로 생각했을 텐데. 내가 해 줄 수 있는 대답은, 너를 살려 놓는 것이 내게 가장 중요한 일이었다는 거야. 내가 아는 한 너는 누구보다도 위험한 처지였어. 볼드모트는 몇 시간 전에 사라졌지만, 상당수가 볼드모트 못지않게 잔인한 그의 추종자들은 아직도 활개를 치고 있었다. 화가 나 있었고, 필사적이고 난폭했지. 그리고 나는 앞으로의 세월에 대해서도 결정을 내려야 했다. 볼드모트가 영영 사라진 걸까? 아니. 나는 10년이 걸릴지, 20년 혹은 50년이 걸릴지는 모르겠지만 그자가 돌아올 거라고 확신했다. 그리고 그자를 잘 아는 만큼, 그자가 너를 죽이기 전에는 멈추지 않으리라는 것도 확신했지. 나는 마법에 대한 볼드모트의 지식이 현재 살아 있는 어떤 마법사보다도 깊다는 것을 알고 있었다. 그자가 힘을 완전히 되찾는다면, 내 가장 복잡하고 강력한 보호 주문과 마법도 절대 깨지지 않으리란 법은 없다는 사실을 알고 있었다는 얘기야. 그러나 동시에, 나는 볼드모트의 약점도 알고 있었다. 그래서 나는 결정을 내렸다. 그자가 알고 있는 고대의 마법, 그가 알고는 있지만 얕잡아보고 그래서 늘 과소평가하던 마법으로 널 보호하기로. 그리고 그자는 그 대가를 치렀지. 지금 나는 네 어머니가 너를 구하기 위해 목숨을 잃은 일을 이야기하는 거란다. 네 어머니는 너에게 그자가 결코 예상하지 못한 지속적인 보호 마법을 걸어 주었다. 지금까지도 네 핏줄에 흐르고 있는 보호 마법 말이야. 그래서 나는 네 어머니의 피를 믿기로 하고 너를 네 어머니의 언니에게, 네 어머니의 유일한 혈육에게 데려다주었다."

"이모는 절 사랑하지 않아요." 해리가 곧바로 입을 열었다. "눈곱만큼도 신경 쓰지 않는……."

"하지만 널 받아 줬지." 덤블도어가 그의 말을 잘랐다. "마지못해서, 화를 내면서, 마뜩잖아하고 억울해하면서 그랬을지 몰라도 어쨌든 너를 받아들였고, 그렇게 함으로써 내가 너에게 건 마법을 완성했다. 네 어머니의 희생 덕분에 핏줄은 내가 너에게 줄 수 있는 가장 강력한 방패가 된 거야."

"전 아직도 잘……."

"네 어머니의 피가 흐르는 곳을 여전히 집이라고 부르는 한, 그곳에 있는 동안에는 볼드모트가 너에게 손댈 수 없고 너를 해칠 수도 없다. 그자는 네 어머니를 피 흘리게 만들었지만, 그 피는 너와 네 어머니 언니의 몸속에 흐르고 있어. 네 어머니의 피가 네 은신처가 될 거란다. 네가 1년에 한 번만이라도 그곳에 돌아가면, 그곳을 집이라고 부를 수만 있다면, 그곳에 있는 한 볼드모트도 너를 해칠 수 없다. 네 이모는 이 사실을 알고 있어. 너를 그 집 현관 계단에 두고 올 때 남겨 놓은 편지에서 내가 한 일을 설명했으니까. 네 이모는 너에게 방을 내준 덕분에 네가 지난 15년간 살아남았다는 것을 알고 있었다."

"잠깐." 해리가 말했다. "잠깐만요."

그는 의자에 기댔던 몸을 꼿꼿이 펴고 덤블도어를 뚫어지게 바라보았다.

"교수님이 그 하울러를 보내신 거군요. 이모한테 기억하라고……. 그건 교수님 목소리였어요."

덤블도어가 머리를 살짝 기울이며 말했다. "나는 네 이모가 널 받아들임으로써 완성한 약속을 상기시킬 필요가 있다고 생각했다. 디멘터의 공격으로 네 이모가 널 아들처럼 데리고 있는 게 얼마나 위험한 일인지 깨달았을 수도 있다고 생각했지."

"맞아요." 해리가 담담하게 말했다. "뭐, 이모보다는 이모부가 그랬죠. 이모부는 절 쫓아내고 싶어 했지만 하울러가 오고 나서 이모는…… 이모가 절 데리고 있어야 한다고 했어요."

해리는 잠시 바닥을 내려다보다가 입을 열었다. "하지만 그게…… 무슨 상관이에요."

그는 시리우스의 이름을 말할 수 없었다.

"그럼, 5년 전으로 돌아가서……." 덤블도어가 지금까지 이야기를 멈춘 적이 없다는 듯 말을 이었다. "너는 호그와트에 왔다. 아마 내가 바랐던 만큼 행복하지도, 영양 상태가 좋지도 않았겠지만, 그래도 건강하게 살아 있었어. 너는 응석받이 꼬마 왕자님이 아니라, 그 상황에서 내가 기대할 수 있을 법한 평범한 남자아이였다. 그때까지는 내 계획이 잘 돌아가고 있었지. 그런데 그때…… 글쎄, 너도 호그와트 1학년 시절에 일어났던 사건들을 나만큼 선명하게 기억하고 있을 테지. 너는 네가 맞닥뜨린 어려움에 훌륭하게 맞섰고, 내가 예상했던 것보다 일찍, 훨씬 일찍 볼드모트와 직접 대면했다. 그리고 또다시 살아남았어. 아니, 그 이상을 해냈지. 너는 그자가 권력과 힘을 완전히 되찾는 것을 지연시켰다. 너는 어른처럼 싸웠어. 나는…… 말로 표현할 수 없을 만큼 네가 자랑스러웠단다. 그러나 내가 세운 이 훌륭한 계획에는 한 가지 결점이 있었다." 덤블도어가 말했다. "그때도 나는 그 결점이 모든 일을 수포로 만들어 버릴 수도 있다는 사실을 알고 있었어. 그만큼 명백한 결함이었다. 그래도 내 계획이 성공하는 것이 얼마나 중요한지 알고 있었던 나는 이 결함 때문에 계획을 망쳐서는 안 된다고 스스로를 다잡았다. 나만이 그걸 예방할 수 있었으니 나만 강해지면 됐어. 그런데 네가 볼드모트와의 싸움으로 약해져서 병동에 누워 있었을 때 내게 첫 번째 시험이 닥쳤다."

"무슨 말인지 이해가 안 가요." 해리가 말했다.

"병동에 누워 있을 때, 나한테 왜 볼드모트가 아기인 너를 죽이려 했느냐고 물었던 거 기억나느냐?"

해리는 고개를 끄덕였다.

"그때 너한테 말해 줬어야 했는지도 모르겠다."

해리는 그 푸른 눈을 들여다보며 아무 말도 하지 않았지만 가슴은 다시 두방망이질 치기 시작했다.

"그 계획의 결점이 뭔지 아직 모르겠니? 모르겠지……. 아마 모를 거다. 그래, 그때 나는 네 물음에 대답하지 않기로 했다. 그런 일을 알기에 열한 살이란 나이는 너무 어리다고 나 자신에게 말했지. 열한 살의 너에게 말해 줄 생각은 단 한 번도 해 본 적이 없다. 그토록 어린 나이에 감당하기에는 너무 힘든 일이니까. 그때 나는 위험의 징조를 알아차렸어야 했어. 네가 언젠가는 끔찍한 답을 들려줄 수밖에 없는 질문을 그토록 일찍 던졌는데 난 왜 별로 심란하지 않았는지 자문해 봐야 했다. 네가 너무 어렸으니까, 너무 많이 어렸으니까 그날 당장 얘기하지 않아도 된다는 게 너무 기뻐서 제대로 생각하지 못했다는 걸 알아차렸어야 했어……. 그렇게 넌 호그와트 2학년이 되었다. 그리고 다시 한 번, 어른 마법사들도 맞닥뜨리지 못했던 난관에 부닥쳤지. 또 한 번 너는 내가 아주 황당한 꿈에서조차 상상하지 못했던 능력을 발휘했다. 하지만 넌 왜 볼드모트가 너에게 그런 흔적을 남겼는지 다시 묻지 않았어. 물론 흉터 얘기를 하기는 했지. 그래…… 그 얘기가 거의, 거의 나올 뻔했다. 그때 나는 왜 모든 걸 이야기해 주지 않았을까? 글쎄, 어쨌든 내가 보기엔 열두 살도 그런 일을 받아들이기에 열한 살보다 별로 나을 게 없는 나이였다. 나는 피범벅이 된 네가 지쳤으면서도 의기양양한 모습으로 돌아가게 내버려 두었어. 그때 너한테 말했어야 한다는 생각이 들면서 잠깐 불편함을 느끼긴 했지만 그 느낌은 빠르게 사라졌다. 왜냐하면, 너는 여전히 너무 어렸고 나는 승리감으로 가득한 그날 밤을 망치고 싶지 않았으니까……. 알겠니, 해리? 이제는 내 잘난 계획이 가진 허점이 보이느냐? 나는 내가 예상했던 함정에 빠지고 말았다. 피할 수 있고 반드시 피해야 한다고 스스로에게 말했던 그 함정에 빠진 거지."

"저는 잘……."

"나는 너를 너무 아낀 거야." 덤블도어가 담담하게 말했다. "네가 진실을 아는 것보다 네가 행복해지는 데 더 신경을 쓴 거다. 내 계획보다는 네 마음의 평화에 신경을 쓰고, 계획이 실패할 경우 잃을 수도 있는 목숨들보다는 너의 목숨을 더 많이 중요시했다. 다시 말해 나는 결국 볼드모트의 기대대로 사랑에 빠진 바보들이 저지르곤 하는 행동을 한 거야. 뭐라 변명할 말이 있을까? 나처럼 너를 지켜본 사람이라면 누구든 네가 이미 겪은 것 이상의 고통을 겪지 않게 해 주고 싶은 마음이 들 거다. 나는 네가 상상한 것보다 더 가까이에서 널 지켜봐 왔단다. 막연한 미래에, 이름도 모르고 얼굴도 모르는 수많은 사람과 생명체가 학살을 당한들 내가 무슨 상관이겠느냐? 네가 지금 여기에 잘 살아 있고 행복한데 말이다. 나는 그렇게 한 사람을 책임지게 될 줄은 꿈에도 몰랐다. 그리고 너는 3학년이 되었지. 나는 네가 디멘터들을 물리치려고 애쓰는 모습, 시리우스를 발견하고 그의 정체를 알아내고 그를 구출하는 모습을 멀리서 지켜보았어. 그때 말해 줬어야 했을까? 네가 당당하게 네 대부를 정부의 손아귀에서 구해 낸 순간에 말이다. 하지만 열셋이라는 나이에는 댈 수 있는 핑계도 이미 없었다. 너는 어리긴 해도 특출한 아이라는 걸 증명했지. 나는 마음이 불편했단다, 해리. 그때가 곧 다가오리라는 걸 알았어……. 그런데 작년에 너는 그 미로에서 빠져나왔다. 세드릭 디고리의 죽음을 목격하고, 너 자신도 죽음에서 아슬아슬하게 탈출했지……. 그런데도 나는 네게 말하지 않았다. 이제 볼드모트가 돌아왔으니 머잖아 진실을 말해야 했는데도 말이야. 그리고 이렇게 오늘 밤이 되어서야 깨달았지. 내가 그토록 오랜 시간 간직해 왔던 것을 너는 이미 오래전에 받아들일 준비가 돼 있었다는 사실을. 넌 이런 일이 닥치기 전에 내가 그 짐을 너에게 내려놨어야 했다는 걸 입증했어. 내 변명은 이것뿐이다. 네가 이 학교를 거쳐 간 어느 학생보다도 무거운 짐에 시달리는 모습을 지켜본 나는 도저히 너에게 또 하나의 짐을, 그 어떤 것보다 무거운 짐을 더해 줄 수가 없었다."

해리는 기다렸지만 덤블도어는 다시 입을 열지 않았다.

"아직도 모르겠는데요."

"네가 어린아이였을 때 볼드모트가 널 죽이려 한 긴, 네가 태어나기 직전에 있었던 예언 때문이다. 볼드모트는 예언이 있었다는 사실은 알았지만 그 내용 전체를 알지는 못했지. 네가 아직 아기일 때 그자는 자기가 예언의 내용을 완수한다고 믿으면서 너를 죽이려 했다. 하지만 그자에게는 불행하게도, 그는 널 죽이려고 날린 저주가 튕겨 나오자 자신이 착각했다는 사실을 깨달았다. 그래서 자기 몸을 되찾은 이후, 특히 작년에 네가 그자에게서 비범한 탈출을 감행한 이후 예언의 내용 전체를 알기로 결심했지. 그자가 돌아온 이후 그토록 찾으려고 부단히 애쓰던 무기가 바로 그것이다. 너를 파괴하는 방법에 관한 정보."

이제는 해가 완전히 떠올라 있었다. 덤블도어의 연구실은 그 햇빛에 잠겼다. 고드릭 그리핀도르의 칼이 들어 있는 유리 상자가 하얗고 투명하게 빛났다. 해리가 바닥에 내던진 기구의 파편들이 빗방울처럼 반짝거렸다. 등 뒤에서 아기 폭스가 잿더미 위에서 조용히 지저귀는 소리가 들렸다.

"예언은 부서졌어요." 해리가 멍하니 말했다. "그…… 그 아치문이 있던 방에서 제가 네빌을 끌고 계단을 올라갈 때 네빌의 로브가 찢어지는 바람에 예언이 떨어져서……."

"부서진 것은 그저 미스터리부에 보관되어 있던 예언의 기록일

뿐이란다. 예언은 누군가에게 전달되었고, 그 사람은 예언의 내용을 완벽하게 떠올릴 방법을 알고 있지."

"그 사람이 누군데요?" 이미 답을 알고 있다는 생각이 들면서도 해리는 물었다.

"나다." 덤블도어가 말했다. "16년 전 춥고 비 오던 어느 날 밤, 호그스 헤드 바 위층에 있는 방에서였다. 나는 그곳에서 점술 교수 자리에 지원한 사람을 만나기로 돼 있었단다. 점술이란 과목을 계속 가르치게 하는 건 내 성향에 어긋나는 일이었지만 말이다. 하지만 그 지원자가 아주 유명하고 실력 있는 예언자의 고손녀였기 때문에 나는 그 사람을 만나는 것이 최소한의 예의라고 생각했단다. 물론 실망스러웠지. 내가 볼 때 그 사람한테는 손톱만큼의 재능도 없는 것 같더구나. 그래서 나는 그녀에게 되도록 예의 바르게, 그 자리에 적합하지 않은 것 같다고 말하고 돌아섰다."

덤블도어는 자리에서 일어나 해리를 지나쳐 폭스의 횃대 옆에 서 있는 검은색 캐비닛으로 걸어갔다. 그는 허리를 구부려 빗장을 열고 그 안에서 가장자리에 룬문자가 새겨진 얕은 돌 대야를 꺼냈다. 해리는 그 안에서 아버지가 스네이프를 괴롭히는 장면을 본 적이 있었다. 덤블도어는 책상으로 돌아와 펜시브를 올려놓고 마법 지팡이를 자신의 관자놀이로 들어 올렸다. 그의 머리에서 거미줄처럼 가느다란 은빛 생각의 실이 빠져나와 마법 지팡이에 달라붙자 그는 그것을 대야 안에 넣었다. 덤블도어는 다시 책상 뒤에 앉아 자신의 생각들이 잠시 펜시브 안에서 소용돌이치며 흘러 다니는 모습을 지켜보았다. 이윽고 그는 한숨을 쉬며 마법 지팡이를 들어 올려 은빛 물질을 쿡 찔렀다.

어떤 형상이 떠올랐다. 숄을 걸치고 눈이 안경알 뒤에서 엄청난 크기로 확대되어 보이는 여자가 대야에 발을 담근 채 천천히 회전했다. 하지만 시빌 트릴로니가 입을 열었을 때 흘러나온 목소리는 평소의 지극히 여리고 신비스러운 목소리가 아니었다. 해리가 그녀에게서 예전에 한 번 들은 적 있는 목소리, 거칠고 잔뜩 쉰 목소리였다.

"어둠의 왕을 물리칠 힘을 가진 자가 온다……. 세 차례 그를 거역한 자들에게서, 일곱 번째 달이 저물 때 태어나리니…… 어둠의 왕은 그 아이가 자신과 같다는 표시를 남길 것이나, 그는 어둠의 왕이 알지 못하는 힘을 가질 것이다……. 한쪽이 살아 있는 한 다른 쪽은 온전히 살 수 없나니, 한쪽은 반드시 상대방의 손에 죽어야 하느니라……. 어둠의 왕을 물리칠 힘을 가진 자가 일곱 번째 달이 저물 때 태어나리라……."

천천히 돌아가던 트릴로니 교수의 모습이 아래쪽 은색 덩어리 속으로 가라앉으며 사라졌다.

연구실은 완벽한 침묵에 휩싸였다. 덤블도어도, 해리도, 초상화

중 어느 누구도 소리를 내지 않았다. 심지어 폭스마저도 조용했다.

"덤블도어 교수님?" 해리가 아주 작은 소리로 그를 불렀다. 덤블도어는 여전히 펜시브를 응시하면서 생각에 완전히 잠겨 있는 것처럼 보였다. "저게…… 저 말이…… 대체 무슨 뜻이죠?"

"저 말은" 하고 덤블도어가 입을 열었다. "볼드모트 경을 영원히 굴복시킬 유일한 기회를 가진 사람이 근 16년 전 7월 끝 무렵에 태어났다는 뜻이다. 이미 볼드모트를 세 번 거역한 부모에게서 말이지."

해리는 뭔가가 바짝 다가오는 듯한 기분을 느꼈다. 숨 쉬기가 다시 어렵게 느껴졌다.

"그게…… 저라는 말씀이세요?"

덤블도어는 깊은 한숨을 내뱉었다.

"이상한 건 말이다, 해리." 그가 가만히 말을 이었다. "너를 가리킨 게 전혀 아니었을지도 모른다는 거다. 시빌의 예언은 두 명의 마법사 소년에게 적용될 수 있었어. 둘 다 그해 7월 말에 태어난 데다, 둘 다 부모가 불사조 기사단에 있었고, 둘 다 부모가 볼드모트한테서 세 차례 아슬아슬하게 도망쳤지. 한 명은 물론 너였다. 다른 아이는 네빌 롱보텀이었고."

"근데 그렇다면…… 그렇다면 왜 네빌이 아니라 제 이름이 그 예언에 붙어 있었던 거죠?"

"볼드모트가 어린 너를 공격한 뒤로 공식적인 기록에 다시 이름이 붙은 거란다." 덤블도어가 말했다. "예언의 방을 관리하는 사람은 볼드모트가 널 죽이려 한 건 분명 시빌이 언급한 사람이 바로 너라는 사실을 알았기 때문이라고 본 거지."

"그럼, 그게 제가 아닐지도 모른다는 건가요?" 해리가 물었다.

"유감스럽게도……." 한 마디 내뱉을 때마다 엄청난 노력이 드는 듯 덤블도어가 천천히 말했다. "네가 맞다는 데는 의심의 여지가 없다."

"하지만 교수님이 말씀하셨잖아요. 네빌도 7월 끝 무렵에 태어났고, 네빌의 엄마 아빠도……."

"예언의 그다음 구절을 잊었구나. 볼드모트를 물리칠 수 있는 소년을 특징짓는 마지막 특성에 관한 내용 말이다. 볼드모트가 직접 '그 아이가 자신과 같다는 표시를 남길 것'이라고 했지. 그리고 볼드모트는 예언대로 했다, 해리. 네빌이 아니라 너를 선택했어. 그자는 너에게 축복이자 저주로 밝혀진 그 흉터를 남겼다."

"하지만 그자가 잘못 골랐을 수도 있잖아요!" 해리가 말했다. "엉뚱한 사람에게 표시를 남겼을지도 몰라요!"

"볼드모트는 자기가 생각하기에 스스로에게 가장 위협이 될 가능성이 높은 소년을 선택한 거다." 덤블도어가 말했다. "그리고 명심하거라, 해리. 그자는, 그 자신의 신념에 따르면 유일하게 존재할 가치가 있고 알고 지낼 가치가 있는 순수 혈통 마법사가 아니라 자신처럼 머글 집안의 피가 섞인 마법사를 선택했어. 그자는 너를 직접 보기도 전에 너에게서 자기 자신을 봤고, 그 흉터를 표시로 남기면서 의도했던 대로 널 죽이지 못하고 너에게 힘과 미래를 주었다. 네가 한 번이 아니라 지금까지 네 번이나 그자의 손아귀에서 도망칠 수 있었던 미래 말이야. 그건 너희 부모님도, 네빌의 부모님도 해내지 못한 일이다."

"그럼 왜 그런 거예요?" 해리가 멍한 기분으로 한기를 느끼며 말했다. "왜 아기였던 저를 죽이려 한 거죠? 네빌이랑 제가 좀 더 클 때까지 기다렸다가 누가 더 위협적인지 보고 그때 가서 죽이려 했어야……."

"사실은 그게 더 현실성 있는 방법이었을지 모른다." 덤블도어가 말했다. "예언과 관련해서 볼드모트가 가진 정보가 불완전했다는 점을 빼면 말이야. 시빌이 비용이 싸다는 이유로 골랐던 호그스 헤드는 오랫동안 스리 브룸스틱스보다, 뭐랄까, 더 흥미로운 손님들을 끌어들였지. 너와 네 친구들이 큰 대가를 치르고 알게 된 것처럼 나도 그날 밤에 알게 됐는데, 그곳은 엿듣는 사람이 없을 거라고 생각하기엔 결코 안전하지 않은 장소란다. 물론, 시빌 트릴로니를 만나러 가면서 그 사람 입에서 누군가가 엿들을 만한 가치가 있는 말이 나올 거라고는 꿈도 꾸지 않았다만. 나의, 아니

우리의 단 한 가지 행운이라면, 예언이 시작되고 얼마 지나지 않아 엿듣던 사람이 들켜서 건물 밖으로 쫓겨났다는 거지."

"그러니까 그 사람은 단지……."

"그자는 앞부분, 볼드모트를 세 번 거역한 부모에게서 7월에 한 소년이 태어난다는 부분만 들었다. 결과적으로 그자는 널 공격하는 것은 오히려 너에게 힘을 전달할 위험을 무릅쓰는 일이며, 네가 그자와 같다는 표시를 남기는 일이라는 것을 자기 주인에게 경고하지 못했어. 그래서 볼드모트는 너를 공격하는 일에 위험이 따른다는 걸 몰랐고, 뭔가를 알게 될 때까지 기다리는 게 더 현명한 일일 수도 있다는 점을 알지 못했다. 그자는 네가 '어둠의 왕이 알지 못하는 힘'을 갖게 되리라는 걸 몰랐어."

"하지만 전 아니에요!" 해리가 목멘 소리로 말했다. "저한테 그자가 갖지 못한 힘 같은 건 없어요. 오늘 밤 그자가 싸운 것처럼 싸울 수 없다고요. 저는 사람들을 지배하거나…… 죽일 수도……."

"미스터리부에는……." 덤블도어가 그의 말을 끊었다. "언제나 잠겨 있는 방이 있다. 그 방에는 죽음이나 인간의 지성, 자연의 힘보다 더 놀랍고 더 무서운 힘이 들어 있지. 또한 그것은 어쩌면 미스터리부에 있는 수많은 연구 주제 가운데 가장 불가사의한 것일지도 모른다. 그 방에 있는 힘은, 너는 잔뜩 가지고 있지만 볼드모트는 전혀 갖지 못한 힘이다. 오늘 밤 너로 하여금 시리우스를 구하러 가게 한 힘. 그 힘은 또한 네가 볼드모트에게 지배당하는 것을 막아 줬다. 그자는 자기가 경멸하는 힘으로 가득 찬 몸에 깃드는 걸 견딜 수 없었지. 결국 네가 정신을 닫아걸 수 있느냐 없느냐는 중요하지 않았던 셈이다. 너를 구한 건 네 마음이었으니까."

해리는 눈을 감았다. 그가 시리우스를 구하러 가지 않았더라면 시리우스는 죽지 않았을 것이다……. 무엇보다도 시리우스를 다시 생각해야 할 순간을 미루기 위해, 해리는 어떤 대답이 돌아올지에는 별 신경을 쓰지 않고 물었다. "예언의 끝 부분은…… 한쪽이 살아 있는 한……."

"*다른 쪽은 온전히 살 수 없나니.*" 덤블도어가 말을 받았다.

"그러니까……." 해리는 마음속 깊은 절망의 샘에서 단어들을 건져 올리며 말했다. "그러니까 그 말은 결국…… 둘 중 하나가 상대를 죽여야 한다는 건가요?"

"그래." 덤블도어가 말했다.

한참 동안 둘 중 누구도 입을 열지 않았다. 연구실 벽 너머 저 멀리 어딘가에서 목소리들이 들렸다. 이른 아침 식사를 하려고 대연회장으로 향하는 학생들인 것 같았다. 이 세상에 여전히 뭔가를 먹고 싶어 하고, 웃음을 터뜨리고, 시리우스 블랙이 영원히 떠났다는 사실을 알지도 못하고 신경 쓰지도 않는 사람들이 있다니 말도 안 되는 일이었다. 시리우스는 이미 수백만 킬로미터는 떨어져 있는 것 같았지만 지금도 해리의 일부는 여전히 그 베일을 젖히기만 했다면 시리우스가 그를 마주 보고 있었을 거라고, 아마도 특유의 짖는 듯한 웃음소리로 자신을 반겼을 거라고 믿었다.

"설명할 게 한 가지 더 있다, 해리." 덤블도어가 머뭇거리며 입을 열었다. "아마 내가 왜 너를 반장으로 뽑지 않았는지 궁금했겠지. 고백해야겠구나……. 나는 뭐랄까…… 네가 이미 지고 있는 책임만으로도 충분하다고 생각했단다."

해리는 그를 올려다봤다. 눈물 한 방울이 덤블도어의 얼굴을 따라 그의 긴 은색 턱수염으로 흘러내리고 있었다.

38장
두 번째 전쟁의 시작

이름을 말해서는 안 되는 그 사람이 돌아오다

 마법 정부 총리 코닐리어스 퍼지는 금요일 밤의 짧은 입장 표명을 통해, 이름을 말해서는 안 되는 그 사람이 이 나라에 귀환해 다시 활동하고 있음을 확인해 주었다.

 "스스로를 무슨무슨 경이라고 부르는 마법사가…… 뭐, 여러분도 제가 누굴 말하는지 아시겠지만, 살아 돌아왔다는 사실을 알리게 되어 심히 유감스럽게 생각합니다." 퍼지가 피곤하고 당황한 표정으로 기자들에게 밝혔다. "그동안 우리 정부에 계속 고용되는 것에 반발해 왔던 디멘터들의 집단 반란 소식을 전하게 된 것도 마찬가지로 유감스러운 일입니다. 정부는 디멘터들이 현재 그…… 아무개 경에게서 지시를 받고 있다 판단하고 있습니다. 마법사 세계의 여러분께 경계를 늦추지 말 것을 당부 드립니다. 정부는 현재 기초적인 가정 및 개인용 방어 지침서를 제작 중이며, 해당 책자는 다음 달 마법사 가정 전체에 무료로 배포될 것입니다."

최근인 지난 수요일까지도 정부에서는 "'그 사람'이 다시 돌아와 활동하고 있다는 끈질긴 소문에는 아무런 근거가 없다"고 밝혀 왔기에, 마법사 사회는 총리의 이 입장 표명에 경악을 금치 못하며 불안해하고 있다.

정부로 하여금 입장을 바꾸게 한 사건들의 세부 내용은 여전히 잘 알려져 있지 않다. 다만, 이름을 말해서는 안 되는 그 사람과 (죽음을 먹는 자들로 알려진) 선택받은 추종자들의 무리가 목요일 저녁, 다름 아닌 마법 정부에 침입한 것으로 보인다.

호그와트 마법학교 교장과 국제 마법사 연맹 회원, 위즌가모트 최고위원장에 복직한 알버스 덤블도어는 지금까지 아무런 논평도 남기지 않고 있다. 그는 지난 1년 동안 대중의 기대나 믿음과는 달리 '그 사람'이 죽지 않았으며, 다시 권력을 쥐고자 추종자들을 모으고 있다고 주장해 왔다. 한편, '살아남은 아이'는…….

"여기 너 나왔다, 해리. 어떻게든 너를 끌어들일 줄 알았어." 헤르미온느가 신문 너머로 그를 쳐다보며 말했다.

그들은 병동에 있었다. 해리는 론의 침대 끝에 앉아 있었고, 헤르미온느가 둘에게 일요판《예언자일보》1면을 읽어 주고 있었다. 지니는 폼프리 선생이 단번에 발목을 고쳐 준 덕분에 헤르미온느의 침대 발치에 몸을 웅크리고 앉아 있었으며, 마찬가지로 코의 크기와 모양이 원래대로 돌아온 네빌은 두 침대 사이의 의자에 앉아 있었다. 병문안을 하러 들른 루나는《이러쿵저러쿵》최근호를 쥔 채 잡지를 뒤집어 읽고 있었다. 헤르미온느가 하는 말은 한 마디도 듣고 있지 않은 게 틀림없었다.

"이제 다시 '살아남은 아이'인가 보지?" 론이 험악하게 말했다. "더 이상 정신 나간 관심종자가 아니네?"

그는 침대 옆 보관함 위에 잔뜩 쌓인 개구리 초콜릿을 한 움큼 집어 해리와 지니와 네빌에게 몇 개 던져 주고 자기 것의 포장지를 이로 뜯었다. 뇌의 촉수들에 휘감겼던 그의 팔에는 아직도 깊게 부르튼 자국이 남아 있었다. 폼프리 선생에 따르면, 생각은 그 어떤 것보다도 깊은 상처를 남길 수 있다고 했다. 어블리 박사의 망각 연고를 잔뜩 바르기 시작한 뒤로 좀 나은 것처럼 보이긴 했지만.

"그래, 이제는 너를 극찬하고 있어, 해리." 헤르미온느가 기사를 훑어보며 말했다. "'진실을 말하는 외로운 목소리'…… '정신이 나갔다는 취급을 받았지만 단 한 번도 말을 바꾸지 않았다'…… '조롱과 중상모략을 견딜 수밖에 없었다'……. 흠." 그녀가 얼굴을 찌푸렸다. "그 모든 조롱과 중상모략을 하던 게 《예언자일보》 자신들이라는 사실을 언급하지 않은 점이 눈에 띄네."

그녀는 살짝 움찔거리더니 옆구리에 손을 댔다. 돌로호프가 그녀에게 날린 저주는 주문을 소리 내어 말했을 경우에 비해 효과는 약했지만, 어쨌거나 폼프리 선생의 말을 빌리면 "당분간 지속될 법한 손상"을 남겼다. 헤르미온느는 매일 열 가지 다른 종류의 마법약을 마셔야 했다. 상태가 많이 나아진 그녀는 이미 병동 생활에 싫증을 느끼고 있었다.

"2면에서 4면까지, '세계를 정복하려는 '그 사람'의 마지막 시도', 5면, '정부가 알렸어야 하는 것', 6면에서 8면, '왜 아무도 알버스 덤블도어의 말에 귀 기울이지 않았나', 9면, '해리 포터와의 독점 인터뷰……." 헤르미온느가 신문을 접어 옆으로 던지며 말했다. "뭐, 확실히 기삿거리는 많겠네. 게다가 해리랑 한 인터뷰는 독점이 아니야. 몇 달 전에 《이러쿵저러쿵》에 실린 거잖아……."

"아빠가 그 사람들한테 파셨어." 루나가 《이러쿵저러쿵》을 한 페이지 넘기며 흐리멍덩하게 말했다. "값을 아주 잘 받으셨어. 그래서 우리는 올여름에 스웨덴으로 탐험을 떠나서 굽은뿔 스노캑을 잡을 수 있는지 알아볼 거야."

헤르미온느는 잠시 뭔가 말하고 싶은 걸 애써 참는 듯하더니 입을 열었다. "그것 참 멋지겠다."

지니가 해리와 눈을 마주치고 씩 웃으며 재빨리 눈길을 돌렸다. "그래서, 아무튼." 헤르미온느가 자세를 곧게 펴다가 다시 움찔거리며 말했다. "학교에서는 무슨 일이 벌어지고 있어?"

"뭐, 플리트윅 교수님이 프레드랑 조지가 만든 늪을 없앴어." 지니가 말했다. "한 3초 정도 걸렸나. 하지만 창문 밑에 일부를 아주 작게 남겨 놓고 주위에 밧줄을 둘러 놨어."

"왜?" 헤르미온느가 놀란 표정으로 물었다.

"글쎄, 그냥 정말 뛰어난 마법이라고만 하던데." 지니가 어깨를 으쓱하며 말했다.

"프레드랑 조지를 기념하려고 남겨 둔 것 같아." 론이 한입 가득 초콜릿을 물고 말했다. "있잖아, 이것도 다 형들이 보내 준 거야." 그가 옆에 쌓인 작은 개구리 초콜릿 산을 가리키며 해리에게 말했다. "장난감 가게가 잘되는 게 틀림없어. 그치?"

헤르미온느가 조금 못마땅한 얼굴로 물었다. "그래서, 덤블도어 교수님이 돌아왔으니까 더 이상 문제는 없는 거지?"

"응." 네빌이 말했다. "모든 게 바로 정상으로 돌아왔어."

"필치는 행복하겠네?" 론이 덤블도어가 그려진 개구리 초콜릿 카드를 물주전자에 기대 세우며 물었다.

"전혀." 지니가 말했다. "사실은 정말정말 비참해하고 있어……."

두 번째 전쟁의 시작

그녀가 목소리를 낮추고 속삭였다. "엄브리지가 부임했던 게 호그와트에 일어났던 일 중에서 가장 좋았다고 계속 말하는데……."

여섯 사람 모두 주위를 둘러보았다. 엄브리지 교수가 맞은편 침대에 누워 천장을 올려다보고 있었다. 덤블도어는 혼자서 금지된 숲으로 성큼성큼 들어가 그녀를 켄타우로스들에게서 구해 왔다. 그가 어떻게 그런 일을 해냈는지, 그러니까 어떻게 긁힌 상처 하나 없이 엄브리지 교수를 부축한 채 나무들 사이에서 나타났는지는 아무도 몰랐다. 엄브리지는 확실히 아무 말도 하지 않았다. 그들이 아는 한, 그녀는 성으로 돌아온 이래 한 마디도 내뱉지 않았다. 그녀에게 무슨 문제가 생겼는지 정말로 아는 사람은 아무도 없었다. 평소 깔끔했던 그녀의 칙칙한 갈색 머리카락은 아주 지저분했고, 아직도 군데군데 잔가지와 나뭇잎 부스러기가 붙어 있었다. 하지만 그 밖에 다친 곳은 거의 없는 것처럼 보였다.

"폼프리 선생님 말로는 그냥 놀란 거래." 헤르미온느가 속삭였다.

"그보다는 삐친 거지." 지니가 말했다.

"그래, 이렇게 하면 살아 있는 징후를 보이거든." 론이 말하더니 혀로 작게 따가닥따가닥 하는 소리를 냈다. 엄브리지가 몸을 벌떡 일으키고 미친 듯이 주위를 두리번거렸다.

"어디가 안 좋으신가요, 교수님?" 폼프리 선생이 사무실 문으로 고개를 내밀며 소리쳤다.

"아니…… 아뇨……." 엄브리지가 다시 베개 위로 드러누우며 말했다. "아니에요, 꿈을 꾸고 있었나 봐요……."

헤르미온느와 지니는 침대보로 웃음을 틀어막았다.

"켄타우로스 얘기가 나와서 말인데……." 약간 정신을 수습한 헤르미온느가 말했다. "지금 점술 교수님은 누구야? 피렌지가 계속 가르쳐?"

"그래야겠지." 해리가 말했다. "다른 켄타우로스들이 다시 받아 주지 않을걸?"

"피렌지랑 트릴로니 둘 다 가르치는 것 같던데." 지니가 말했다.

"덤블도어는 분명 트릴로니를 영원히 쫓아내고 싶었을 거야." 론이 이제 열네 개째 개구리를 씹어 먹으며 말했다. "뭐랄까, 내 생각엔 그 과목 자체가 별 쓸모가 없는 것 같아. 피렌지도 딱히 아주 훌륭한 건 아니고……."

"어떻게 그런 말을 할 수 있어?" 헤르미온느가 따졌다. "진짜로 예언들이 *존재한다는* 걸 방금 알았잖아?"

해리의 심장이 두방망이질 치기 시작했다. 그는 론이나 헤르미온느, 혹은 어느 누구에게도 그 예언의 내용을 말하지 않았다. 네빌이 그들에게 해리가 죽음의 방에서 자신을 계단 위로 끌어 올리던 중에 예언이 깨져 버렸다고 말해 주었고, 해리는 그 오해를 아직 바로잡지 않았다. 그는 자신이 살인자 혹은 살인 피해자 중 하나가 되어야만 하고, 그 밖에 다른 길은 없다는 얘기를 했을 때 친구들의 얼굴에 떠오를 표정을 마주할 준비가 되어 있지 않았다.

"깨진 건 안타까운 일이야." 헤르미온느가 고개를 저으며 조용히 말했다.

"그래, 맞아." 론이 말했다. "하지만 적어도 '그 사람'은 그 안에 무슨 내용이 들어 있는지 못 알아냈…… 너 어디 가?" 해리가 일어서자 그는 놀라기도 하고 섭섭하기도 한 얼굴로 물었다.

"어…… 해그리드한테." 해리가 말했다. "해그리드가 방금 돌아왔거든. 내가 가서 해그리드한테 너희 둘 상태를 말해 주기로 약속했어."

"아, 그렇구나." 론이 병동 창문으로 밝은 파란색 하늘을 내다보며 시무룩하게 말했다. "우리도 갈 수 있으면 좋을 텐데."

"안부 전해 줘!" 해리가 병동을 나서려는데 헤르미온느가 외쳤다. "그리고 해그리드의…… 그 꼬마 친구는 어떻게 지내는지도 물어봐 주고!"

해리는 손을 흔들어 알아들었다는 표시를 하며 병동을 나섰.

성은 일요일치고도 아주 조용한 것 같았다. 모두가 햇볕 가득한 교정에 나가 시험이 끝난 기분을 만끽하면서, 학기가 끝날 때까지 며칠 동안은 시험공부나 숙제 때문에 괴로워하지 않아도 된다는 생각을 즐기고 있는 게 분명했다. 해리는 인적 없는 복도를 천천히 걸으며 창밖을 내다보았다. 사람들이 퀴디치 경기장 위를 이리저리 날아다니고, 학생 두어 명이 대왕오징어와 함께 호수에서 수영하는 광경이 보였다.

그는 사람들과 함께 있고 싶은 건지 아닌지 알 수가 없었다. 사람들과 함께 있을 때면 항상 거기서 벗어나고 싶었고, 혼자 있을 때면 같이 있을 사람이 필요했다. 정말로 해그리드를 만나러 가야겠다는 생각이 들었다. 해그리드가 돌아온 뒤로 한 번도 그와 제대로 이야기 나눈 적이 없었으니…….

현관홀로 들어서는 대리석 계단을 막 내려왔을 때, 말포이와 크래브와 고일이 오른쪽 문에서 나타났다. 해리는 그 문이 슬리데린 휴게실로 이어진다는 사실을 알고 있었다. 그는 우뚝 멈춰 섰다. 말포이와 그 일행도 마찬가지로 멈춰 섰다. 들리는 소리라고는, 열린 성문을 통해 교정에서 흘러들어 오는 고함과 웃음소리, 물이 철썩대는 소리뿐이었다.

말포이가 주위를 쓱 둘러보았다. 해리는 그가 주위에 선생들이 있는지 확인하고 있다는 것을 알았다. 잠시 후 그가 다시 해리를 보고 낮은 목소리로 말했다. "넌 죽었어, 포터."

해리는 눈썹을 치켜올렸다.

"웃기네." 그가 말했다. "네 눈엔 내가 걸어 다니는 게 안 보이나 보지……."

말포이는 그 어느 때보다도 화가 나 보였다. 해리는 말포이의 허여멀겋고 갸름한 얼굴이 격한 분노로 일그러진 모습을 보고 심드렁한 만족감 비슷한 것을 느꼈다.

"넌 대가를 치르게 될 거야." 말포이가 귓속말보다 살짝 큰 목소리로 말했다. "우리 아버지한테 저지른 짓에, *내가* 꼭 대가를 치르도록 만들 거야……."

"우아, 무서워라." 해리가 빈정대듯 말했다. "너희 셋에 비하면 볼드모트 경은 그냥 준비운동이었나 보구나……. 왜 그래?" 그가 물었다. 말포이, 크래브, 고일 모두 볼드모트의 이름을 듣고 기겁한 표정을 지었기 때문이다. "너희 아빠 친구 아냐? 설마, 무서운 건 아니지?"

"넌 네가 엄청 대단한 인물이라고 생각하나 본데, 포터." 말포이가 이제는 크래브와 고일을 양옆에 거느리고 앞으로 나서며 말했다. "두고 봐, 다 갚아 줄 테니까. 넌 우리 아버지를 감옥에 집어넣을 수 없……."

"방금 집어넣은 줄 알았는데." 해리가 말했다.

"디멘터들은 아즈카반을 떠났어." 말포이가 조용히 말했다. "아빠랑 다른 분들은 금방 나올 거야."

"맞아, 내 생각도 그래." 해리가 말했다. "하지만 적어도 이젠 그자들이 얼마나 쓰레기 같은 인간들인지 다들 알게 됐잖아."

말포이의 손이 마법 지팡이 쪽으로 빠르게 뻗어 갔지만 해리가 훨씬 빨랐다. 해리는 말포이의 손가락이 로브 주머니에 들어가기도 전에 자신의 마법 지팡이를 꺼내 들고 있었다.

"포터!"

어떤 목소리가 현관홀을 쩌렁쩌렁 울렸다. 스네이프가 그의 연구실로 통하는 계단에 서 있었다. 그를 본 해리는 말포이를 향한 모든 감정을 넘어서는 엄청난 증오가 솟구치는 것을 느꼈다. 덤블도어가 뭐라고 하든 그는 절대 스네이프를 용서하지 않을 것이다……. 절대로…….

"뭘 하는 거지, 포터?" 스네이프가 네 사람 쪽으로 성큼성큼 다가오면서 여느 때처럼 차가운 목소리로 물었다.

"말포이한테 어떤 저주를 쓸지 고민하던 중이었는데요, 교수님." 해리가 사납게 말했다.

스네이프가 그를 바라보았다.

"당장 그 마법 지팡이 치워라." 그가 딱 잘라 말했다. "그리핀도르는 10점 감……."

스네이프는 벽에 걸린 거대한 모래시계들을 보더니 비웃는 미소를 지어 보였다.

"아. 이제 보니 그리핀도르 모래시계에는 깎을 점수가 더 이상 남아 있지 않군. 이런 경우에는, 포터, 아무래도 그냥……."

"점수를 좀 더할까요?"

맥고나걸 교수가 막 성으로 들어오는 돌계단을 쿵쿵거리며 올라왔다. 격자무늬 여행용 손가방을 들지 않은 손으로 지팡이를 짚고 거기에 몸무게를 싣고 있었지만, 그것만 빼면 꽤 건강해 보였다.

"맥고나걸 교수님!" 스네이프가 앞으로 성큼성큼 나서며 말했다. "세인트 멍고에서 나오셨군요!"

"그래요, 스네이프 교수님." 맥고나걸 교수가 어깨에 둘렀던 여행용 망토를 벗으며 말했다. "새것처럼 좋아졌습니다. 너희 둘! 크래브, 고일……."

그녀가 명령조로 손짓하자 그들은 커다란 발을 질질 끌며 어색한 태도로 다가왔다.

"자." 맥고나걸 교수가 자신의 여행용 손가방을 크래브의 가슴팍에, 망토는 고일의 가슴팍에 떠밀며 말했다. "이걸 내 연구실에 갖다 놓거라."

그들은 몸을 돌려 쿵쿵거리며 대리석 계단을 올라갔다.

"그럼, 좋습니다." 맥고나걸 교수가 벽에 걸린 모래시계들을 올려다보며 말했다. "뭐, 저는 포터와 그 친구들이 '그 사람'이 돌아왔다는 사실을 온 세상에 알렸으니 각각 50점씩 받아야 한다고 생각합니다! 어떻게 생각하시죠, 스네이프 교수님?"

"뭐라고요?" 스네이프가 쏘아붙였다. 해리는 그가 그 말을 완벽하게 들었다는 것을 알고 있었다. "아, 글쎄요. 그런가요……."

"그럼 포터와 위즐리 남매, 롱보텀과 그레인저 양에게 각각 50점씩이군요." 맥고나걸 교수가 말하자 그리핀도르 모래시계 아래쪽으로 루비가 쏟아져 내렸다. "아, 그리고 러브굿 양에게도 50점을 줘야겠네요." 그녀가 덧붙이자, 래번클로 모래시계에서 엄청난 양의 사파이어가 와르르 떨어졌다. "자, 포터 군에게서 10점 감점하고 싶으셨던 것 같은데요, 스네이프 교수님. 그렇게 되면……."

루비 몇 개가 위쪽으로 도로 올라갔지만 어쨌든 상당한 양은 아래쪽에 남아 있었다.

"자, 포터, 말포이, 이렇게 눈부신 날에는 밖에 나가야 할 것 같다만." 맥고나걸 교수가 활기차게 말을 이었다.

해리는 두말할 필요도 없이 마법 지팡이를 로브에 도로 집어넣고, 스네이프와 말포이에게 눈길 한 번 주지 않은 채 곧장 현관으로 향했다.

해그리드의 오두막을 향해 잔디밭을 걸어가는데 뜨거운 태양이 훅 끼치듯 그의 위로 내리쬐었다. 잔디밭에 누워 일광욕을 하면서 이야기를 나누고 일요판 《예언자일보》를 읽으며 사탕을 먹던 아이들이 해리가 지나가자 눈을 들어 그를 바라보았다. 몇몇은 소리를 치거나 손을 흔들었다. 《예언자일보》처럼 그들도 해리를 영웅 대접 하기로 했다는 것을 보여 주고 싶어서 안달이 난 게 분명했다. 해리는 그들 중 누구에게도 대꾸하지 않았다. 그들이 사흘 전에 일어난 일을 얼마나 알고 있을지 해리는 전혀 알지 못했다. 그러나 지금까지는 질문을 받는 것을 피해 왔고 앞으로도 그럴 생각이었다.

처음 해그리드의 오두막 문을 두드렸을 때 해리는 그가 외출한 줄 알았다. 하지만 곧 팽이 모퉁이를 돌아서 돌진해 오더니 그를 거의 쓰러뜨릴 것처럼 열렬하게 환영해 주었다. 자세히 보니 해그리드는 뒤뜰 정원에서 깍지콩을 따고 있었다.

"해리구나!" 해리가 울타리에 다가서자 그가 활짝 웃으며 말했다. "들어와라, 들어와. 민들레 주스나 한잔하자."

각자 얼음을 넣은 주스 잔을 들고 나무 탁자 앞에 앉자 해그리드가 물었다. "어떻게 지내냐? 어…… 좀 괜찮니?"

해리는 해그리드의 얼굴에 떠오른 걱정스러운 표정을 보고, 그가 자신의 몸 상태를 얘기하는 게 아니라는 걸 알아차렸다.

"괜찮아요." 해리가 재빨리 말했다. 해그리드의 머릿속에 들어 있을 게 뻔한 그 일에 대해 이야기하는 건 견딜 수 없었기 때문이다. "그래서, 아저씨는 어디에 가 계셨어요?"

"산에 숨어 있었지." 해그리드가 말했다. "동굴에. 예전에 시리우스가 숨었……."

해그리드는 말을 뚝 멈추고 걸걸하게 목을 가다듬더니 해리를 보며 주스를 길게 한 모금 들이켰다.

"아무튼, 이제 돌아왔다." 그가 힘없이 말했다.

"아저씨…… 전보다 좋아 보이네요." 이야기를 시리우스에 관한 것에서 멀리 돌릴 작정으로 해리가 말했다.

"응?" 해그리드가 큼직한 손으로 자기 얼굴을 더듬어 보며 말했다. "아…… 아, 그래. 뭐, 그로피는 이제 행동이 훨씬 나아졌어. 전보다 훨씬. 솔직히 내가 돌아오니까 되게 기뻐하는 것 같더라. 정말 착한 녀석이야……. 실은, 그 녀석한테 여자 친구를 찾아 줄까 생각하고 있어."

여느 때의 해리였다면 그런 생각은 집어치우라고 즉시 해그리드를 설득하려 애썼을 것이다. 그롭보다 더 거칠고 잔인할지도 모를 또 다른 거인이 금지된 숲에 살게 된다는 생각만 해도 무척 걱정스러웠다. 하지만 어쩐지 해리는 논쟁에 필요한 기운을 끌어 올릴 수가 없었다. 그는 다시 혼자 있고 싶어졌고, 빨리 여기를 떠나야겠다는 생각에 민들레 주스를 꿀꺽꿀꺽 들이켜 잔을 반쯤 비웠다.

"이젠 다들 네가 진실을 말해 왔다는 걸 알아, 해리." 갑자기 해그리드가 부드럽게 입을 열었다. "좀 낫지?"

해리는 어깨를 으쓱했다.

"들어 봐라……." 해그리드가 탁자 너머로 그에게 몸을 기울였다. "나는 너보다 시리우스를 오래 알았어. 그 친구는 싸우다가 죽었다. 그 자신이 항상 바랐던 대로 죽었…….."

"시리우스는 전혀 죽고 싶어 하지 않았어요!" 해리가 화를 내며 말했다.

해그리드는 크고 덥수룩한 머리를 숙였다.

"그래, 나도 그랬을 거라고는 생각하지 않아." 그가 나직이 말했다. "그래도 말이다, 해리…… 시리우스는 다른 사람들이 싸우는 동안 집에 주저앉아 있을 사람이 결코 아니었어. 도우러 가지 않았다면 시리우스는 살아도 사는 게 아니었을 거야."

해리가 벌떡 일어섰다.

"병동에서 론이랑 헤르미온느를 만나야 해요." 그가 기계적으로 말했다.

"아." 해그리드가 조금 당황한 얼굴로 말했다. "아…… 그래라, 그럼. 해리…… 몸조심하고, 시간 날 때 다시 들러……."

"네…… 알았어요……."

해리는 되도록 빠르게 방을 가로질러 가서 문을 열었다. 그러고는 해그리드가 작별 인사를 마치기도 전에 다시 햇볕 아래로 나와 잔디밭을 걸어갔다. 이번에도 그가 지나가자 사람들이 그를 소리쳐 불렀다. 그는 잠시 눈을 감고 모두가 사라지기를 바랐다. 눈을 떠 보니 어느새 교정에 혼자 남아 있길 바라면서…….

해리는 며칠 전만 해도, 그러니까 시험이 아직 끝나지 않았고 볼드모트가 그의 머릿속에 심어 놓은 환각을 보기 전까지만 해도, 마법사 세계가 자신이 진실을 말하고 있다는 것을 알아만 준다면, 볼드모트가 돌아왔다는 사실을 믿고 자신이 거짓말쟁이도 미치광이도 아니라는 것을 알게 된다면 무엇이든 내놓을 수 있었다. 하지만 지금은…….

그는 호수 주위를 잠깐 걷다가 호숫가에 앉았다. 지나다니는 사람들의 시야에서 가려진, 뒤엉킨 관목들 뒤였다. 그는 반짝이는 수면을 응시하며 생각에 잠겼다…….

그가 혼자 있고 싶은 이유는 어쩌면 덤블도어와의 대화 이후 모두에게서 동떨어진 기분을 느꼈기 때문일지도 몰랐다. 눈에 보이지 않는 장벽이 그를 세상과 갈라놓았다. 그는 예전부터 늘 낙인 찍힌 사람이었다. 그것이 뭘 의미하는지 진정으로 이해하지 못했을 뿐이었다.

하지만 시리우스를 잃은 일이 너무나 생생하게 아파 와서 엄청난 슬픔의 무게에 짓눌린 채 호숫가에 앉아 있자니 두려운 감정 같은 건 조금도 들지 않았다. 햇빛은 쨍쨍했고 교정은 웃고 있는 사람들로 가득했다. 다른 종족이라도 된 양 거리감이 느껴지긴 했지만, 여기 앉아 있으니 그의 인생이 누군가를 죽이거나 누군가에게 죽도록 예정되어 있다는 사실을 좀처럼 믿을 수 없었다…….

해리는 오랫동안 그 자리에 앉아 수면을 바라다보면서, 대부 생각을 하지 않으려고 애를 썼다. 시리우스가 한때 100명에 이르는 디멘터들을 막아내려다가 쓰러진 곳이 이곳 바로 맞은편 기슭이라는 사실 또한 떠올리지 않으려고 애썼다.

해리가 춥다는 사실을 깨닫기도 전에 해가 졌다. 그는 일어나서 소매로 얼굴을 닦으며 성으로 돌아갔다.

론과 헤르미온느는 학기가 끝나기 사흘 전에 완전히 회복되어 병동을 나왔다. 헤르미온느는 계속 시리우스 얘기를 꺼내고 싶어 하는 기색을 보였지만, 론은 그녀가 그의 이름을 언급할 때마다 "쉿" 소리를 내곤 했다. 해리는 대부 얘기를 하고 싶은지 아닌지 아직도 확신이 서지 않았다. 기분에 따라 생각이 달라졌다. 하지만 한 가지만은 분명했다. 당장은 불행해도, 프리빗가 4번지에 돌아가 있을 며칠 뒤에는 호그와트를 몹시 그리워하게 될 거라는 사실이었다. 그는 이제 매년 여름 그곳으로 돌아가야 하는 이유를 정확하게 이해하고 있었지만 그렇다고 기분이 나아진 건 결코 아니었다. 사실, 이번처럼 돌아가기 두려웠던 적도 없었다.

엄브리지 교수는 학기가 끝나기 전날 호그와트를 떠났다. 저녁 식사 시간에 병동을 살그머니 빠져나간 모양이었다. 누구의 눈에도 띄지 않고 떠나고 싶었던 게 틀림없었다. 하지만 그녀에게는 불행하게도 나가는 길에 피브스를 맞닥뜨리고 말았다. 피브스는 프레드가 일러 준 것을 행동으로 옮길 마지막 기회를 잡아, 분필을 잔뜩 넣은 양말과 지팡이로 그녀를 번갈아 내리치면서 신나게 성 밖으로 내쫓았다. 교문을 향해 달아나는 그녀를 보기 위해 수많은 학생이 현관홀로 몰려 나왔고, 기숙사 담임 교수들은 그런 학생들을 건성으로 제지할 뿐이었다. 실제로 맥고나걸 교수는 몇 차례 약하게 잔소리를 했을 뿐 다시 교직원 식탁 의자에 주저앉았다. 피브스가 그녀가 짚고 다니던 지팡이를 빌려 간 탓에 직접 엄브리지를 뒤쫓아 뛰면서 환호성을 지르지 못해 유감이라고 말하는 소리가 똑똑히 들렸다.

학교에서의 마지막 저녁이 다가왔다. 학생들은 대부분 이미 짐을 챙기고 종강 연회장으로 향하고 있었지만 해리는 짐 싸는 일을 시작조차 하지 않았다.

"그냥 내일 해!" 침실 문 앞에서 기다리던 론이 말했다. "가자, 배고파 죽겠어."

"오래 안 걸려……. 너 먼저 가……."

하지만 론이 나가고 침실 문이 닫히자 해리는 서둘러 짐을 싸려고 들지 않았다. 그가 절대로 하고 싶지 않은 일이 있다면 그건 종강 연회에 참석하는 일이었다. 덤블도어가 연설을 하면서 자기 얘기를 조금이라도 할까 봐 걱정됐다. 그는 분명 볼드모트의 귀환을 언급할 것이다. 어쨌든 작년에도 그 이야기를 했으니…….

개어 둔 로브를 집어넣을 수 있도록 짐 가방 밑바닥에서 구겨진 로브 몇 벌을 꺼내던 해리는 가방 한구석에서 서둘게 포장한 꾸러미를 발견했다. 처음에는 그게 왜 거기 있는지 생각나지 않았다. 해리는 허리를 숙여 운동복 바지 밑에서 꾸러미를 꺼내 살펴보았다.

그게 무엇인지 깨닫기까지는 몇 초 걸리지 않았다. 시리우스가 그리몰드가 12번지의 현관문 앞에서 그에게 쥐어 준 물건이었다. "내가 필요할 때 이걸 썼으면 좋겠다. 알았지?"

해리는 침대에 털썩 주저앉아 꾸러미를 풀어 보았다. 그 안에서 떨어진 것은 작고 네모난 거울이었다. 그것은 낡아 보였고, 확실히 더러웠다. 해리는 거울을 들어 올리고 거기에 비친 그를 마주 보는 얼굴을 바라보았다.

그는 거울을 뒤집었다. 뒷면에는 시리우스가 휘갈겨 쓴 메모가 있었다.

이건 양면 거울이다. 내가 갖고 있는 것과 한 쌍이야. 나한테 말을 걸어야 할 일이 있으면 그냥 여기에 대고 내 이름을 말하거라. 그러면 너는 내 거울에 나타날 테고, 나는 네 거울에 나타나 이야기 나눌 수 있어. 제임스랑 나는 따로 방과 후 징계를 받게 됐을 때 이걸 사용하곤 했단다.

해리의 심장이 마구 두근거리기 시작했다. 4년 전, 소망의 거울에서 죽은 부모님을 보았던 일이 떠올랐다. 그는 시리우스와 다시 이야기 나눌 수 있을 것이다. 지금 당장, 틀림없이…….

그는 다른 사람이 있는지 확인하려고 주위를 둘러보았다. 침실은 비어 있었다. 해리는 다시 거울로 눈을 돌려서 떨리는 손으로 그것을 얼굴 앞으로 들어 올린 뒤 크고 또렷한 목소리로 말했다.

"시리우스."

그의 숨결이 거울 표면을 부옇게 흐렸다. 그는 거울을 더욱 가까이 들었다. 흥분이 몸속 가득 흘러넘쳤지만, 부옇게 서린 김 너머로 그를 향해 마주 깜빡이는 두 눈은 틀림없이 그 자신의 것이었다.

그는 거울을 깨끗하게 닦고, 한 글자 한 글자가 방 안에 또렷이 울리도록 외쳤다.

"시리우스 블랙!"

아무 일도 일어나지 않았다. 여전히 거울에서 마주 내다보는 좌절한 얼굴은 명백히 그의 얼굴이었다…….

시리우스는 아치문을 넘어갈 때 이 거울을 갖고 있지 않았어. 해리의 머릿속에서 작은 목소리가 말했다. *그래서 통하지 않는 거야…….*

해리는 잠깐 동안 가만히 있다가 거울을 짐 가방 안에 던졌다.

거울은 짐 가방 바닥에 부딪혀 박살 났다. 빛나는 짧은 순간 동안 시리우스를 보고 그와 다시 이야기하게 될 거라고 믿었는데…….

 말할 수 없는 실망감으로 목구멍이 불타는 듯했다. 그는 침대에서 일어나 깨진 거울 위로 물건들을 뒤죽박죽 던져 넣기 시작했다.

 하지만 그때 어떤 생각이 떠올랐다……. 거울 같은 것보다 나은…… 훨씬 중대한 생각이……. 어떻게 이 생각을 한 번도 안 해 봤을까? 왜 한 번도 물어보지 않았을까?

 그는 침실에서 전속력으로 달려 나가 나선형 계단을 내려갔다. 달려가면서 벽에 마구 부딪쳤지만 거의 알아차리지도 못했다. 그는 텅 빈 휴게실을 가로질러 초상화 구멍을 나가 복도를 달렸다. 뒤에서 들려오는 뚱뚱한 귀부인의 외침은 무시했다. "좀 있으면 연회가 시작되느니라. 아주 아슬아슬해!"

 하지만 해리는 연회에 참석하려는 게 아니었다…….

 어떻게 이럴 수가 있을까! 전혀 필요 없을 때는 그토록 유령들로 가득하던 곳이 지금은…….

 그는 계단을 내려가 복도를 달렸지만 산 사람이든 죽은 사람이든 아무도 만나지 못했다. 모두 대연회장에 가 있는 게 분명했다. 그는 일반 마법 교실 앞에 멈춰 서서 숨을 헐떡이며 참담한 마음으로 생각했다. 나중에, 연회가 끝날 때까지 기다려야 할까…….

 하지만 막 기대를 버렸을 때, 해리는 어떤 반투명한 형상이 복도 끝을 둥둥 떠다니는 것을 보았다.

"저기…… 저기요, 닉! **닉!**"

유령이 벽 밖으로 다시 머리를 내밀었다. 화려한 깃털 장식이 달린 모자와 위험하게 흔들거리는 니컬러스 드 밈시포핑턴 경의 머리가 나타났다.

"잘 있었나?" 그가 단단한 돌에서 몸을 마저 빼내고 해리에게 미소를 지으며 말했다. "그럼 나만 늦은 게 아닌가 보군? 물론……." 그가 한숨을 쉬었다. "의미는 좀 다르지만……."

"닉, 뭐 하나 물어봐도 돼요?"

목이 달랑달랑한 닉은 생각할 시간을 벌려는 듯 아주 이상한 표정을 지으며, 뻣뻣한 목깃에 손가락을 집어넣고 잡아당겨 똑바로 폈다. 그는 잘리다 만 목이 완전히 떨어지기 직전에야 그 짓을 그만두었다.

"어…… 지금 말인가, 해리?" 닉이 당황스러운 듯 물었다. "연회가 끝날 때까지 기다릴 수는 없겠나?"

"안 돼요, 닉. 부탁드려요." 해리가 말했다. "정말로 아저씨랑 얘기해야 해요. 여기 들어가서 얘기할 수 있을까요?"

해리는 가장 가까운 교실 문을 열었다. 목이 달랑달랑한 닉이 한숨을 쉬었다.

"아, 뭐 좋네." 그가 체념한 듯 말했다. "예상 못 한 척하기도 힘들군."

해리가 문을 열어 주었지만 그는 대신 벽을 통과해 들어갔다.

"예상하셨다고요?" 해리가 문을 닫으며 물었다.

"자네가 나를 찾아올 거라는 것 말일세." 그는 창가로 미끄러져 가서 어두워지는 교정을 내다보며 말했다. "가끔 그런 일이 벌어지거든. 누군가가…… 상실을 경험했을 때 말이야."

"네." 해리는 이야기가 딴 데로 새지 않도록 서둘러 말을 이었다. "맞아요, 전…… 저는 닉을 찾아왔어요."

닉은 아무 말도 하지 않았다.

"그게……." 예상했던 것보다도 말 꺼내기가 어렵다는 것을 깨닫고 해리가 말했다. "그게…… 아저씨는 돌아가셨잖아요. 하지만 아직도 여기에 있고요. 맞죠?"

닉은 한숨을 쉬더니 계속해서 교정을 내다보았다.

"그렇잖아요. 아니에요?" 해리가 그를 재촉했다. "아저씨는 돌아가셨지만, 제가 아저씨한테 말을 걸고 있잖아요. 아저씨는 호그와트를 돌아다니고, 이것저것 다 할 수 있잖아요. 안 그래요?"

"그렇다네." 목이 달랑달랑한 닉이 조용히 대답했다. "그래, 나는 돌아다니면서 말도 하지."

"그러니까, 돌아오신 거 아닌가요?" 해리가 다급히 물었다. "사람들이 돌아올 수 있는 거 맞죠? 유령으로요. 완전히 사라지진 않는 거죠? 네?" 닉이 여전히 아무 말도 하지 않자 해리는 참지 못하고 덧붙였다.

목이 달랑달랑한 닉은 망설이다가 입을 열었다. "모두가 유령으로 돌아올 수 있는 건 아니네."

"무슨 말씀이세요?" 해리가 재빨리 물었다.

"오직…… 오직 마법사들만."

"아." 해리가 말했다. 그는 안도감에 하마터면 웃음을 터뜨릴 뻔했다. "뭐, 그럼 괜찮아요. 제가 여쭤보려는 사람은 마법사거든요. 그러니까 돌아올 수 있는 거 맞죠?"

닉은 창문에서 몸을 돌려 슬픔에 잠긴 얼굴로 해리를 바라보았다. "그는 돌아오지 않을 걸세."

"누구요?"

"시리우스 블랙." 닉이 말했다.

"하지만 닉은 돌아왔잖아요!" 해리가 화를 내며 말했다. "아저씨는 돌아왔어요. 아저씨는 죽었지만 사라지지 않고……."

"마법사들은 이 땅에 자신의 발자취를 남길 수 있고, 그래서 살아 있을 때 자신이 밟았던 곳을 희미한 형상으로 배회할 수 있네." 닉이 서글픈 듯 말했다. "하지만 그 길을 선택하는 마법사들은 극히 드물지."

"왜요?" 해리가 말했다. "아무튼, 그건 상관없어요. 시리우스는 그게 평범한 일이 아니어도 신경 쓰지 않을 거예요. 돌아올 거예요. 제가 알아요!"

이런 믿음이 너무 강력한 나머지 해리는 실제로 고개를 돌려 문을 확인했다. 아주 짧은 순간, 진주처럼 부옇고 반투명하면서도 환하게 웃음 지으며 그 문으로 들어와 자기를 향해 다가오는 시리우스를 보게 될 거란 확신이 들었다.

"그는 돌아오지 않을 걸세." 닉이 되풀이했다. "그는…… 계속 나아갈 거야."

"그게 무슨 말이에요, '계속 나아간다'니?" 해리가 다급히 물었다. "어디로 계속 간다는 거예요? 아니, 아무튼 죽고 나면 무슨 일이 벌어져요? 어디로 가요? 왜 모두가 돌아오는 건 아니죠? 이곳은 왜 유령들로 가득 차 있지 않나요? 왜……?"

"나는 대답할 수 없네." 닉이 말했다.

"아저씨는 죽었잖아요." 해리가 짜증을 내며 말했다. "누가 아저씨보다 더 잘 대답할 수 있겠어요?"

"나는 죽음이 두려웠네." 닉이 차분하게 말했다. "나는 남기를 선택했지. 가끔은 그러지 말았어야 했나 싶기도……. 뭐, 그건 여기에도 저기에도 없는 거나 마찬가지니까……. 사실 나는 여기에도 저기에도 없다네……." 그가 작은 소리로 서글프게 큭큭 웃었다. "나는 죽음의 비밀 같은 건 전혀 모른다네, 해리. 나는 대신

어설프게나마 삶을 흉내 내는 길을 선택했으니까. 나는 박식한 마법사들이 미스터리부에서 이 문제를 연구하고 있다고 믿네."

"그곳 얘기는 꺼내지 마세요!" 해리가 사납게 말했다.

"더 도움이 되어 주지 못해서 미안하네." 닉이 부드럽게 말했다. "뭐…… 그럼, 실례하겠네……. 자네도 알다시피 연회가……."

그는 해리를 홀로 남겨 둔 채 교실을 나갔다. 해리는 닉이 사라진 벽을 멍하니 바라보고 있었다.

다시 한 번 시리우스를 만나 이야기 나눌 수 있을지도 모른다는 희망을 잃자 대부를 또다시 완전히 잃어버린 것 같은 기분이 들었다. 그는 비참한 마음으로 천천히 텅 빈 성을 되짚어 갔다. 언젠가 다시 즐거운 기분을 느낄 수 있을지 의문이 들었다.

뚱뚱한 귀부인의 복도로 향하는 모퉁이를 돌았을 때, 저 앞에서 누군가가 벽 게시판에 공고문을 붙이고 있는 모습이 보였다. 다시 한 번 힐끗 보니 그 사람은 루나였다. 근처에는 몸을 숨길 만한 곳이 없었고, 그녀는 틀림없이 그의 발소리를 들었을 것이다. 하긴, 해리는 지금 누군가를 피할 기력조차 끌어 올리기 힘들었다.

"안녕." 루나가 게시판에서 물러나 그를 쓱 돌아보며 희미하게 인사했다.

"왜 연회에 안 갔어?" 해리가 물었다.

"음, 소지품을 거의 다 잃어버렸거든." 루나가 평온하게 말했다. "애들이 가져다가 숨겼어. 하지만 오늘은 마지막 날 밤이니까 돌려받아야 해서 공고문을 붙이고 있어."

그녀는 게시판을 가리켰다. 거기에는 돌려 달라는 부탁의 말과 함께 없어진 책과 옷의 목록이 붙어 있었다.

해리의 마음속에서 이상한 기분이 솟구쳤다. 시리우스의 죽음 이후 그를 가득 채웠던 분노나 슬픔과는 완전히 다른 감정이었다. 잠깐 시간이 지나서야 해리는 자기가 루나를 안쓰럽게 여기고 있다는 사실을 깨달았다.

"애들이 왜 네 물건을 숨기는데?" 그는 이마를 찌푸리며 그녀에게 물었다.

"아…… 뭐……." 그녀는 어깨를 으쓱했다. "다들 내가 약간 이상하다고 생각하는 것 같아. 어떤 사람들은 나를 '루니' 러브굿이라고 부르잖아."

해리는 그녀를 바라보았다. 새로운 연민의 감정이 고통스러울 만큼 강해졌다.

"그게 네 물건을 가져갈 이유는 안 되지." 그가 딱 잘라 말했다. "찾는 거 도와줄까?"

"아아, 괜찮아." 그녀가 미소 지으며 말했다. "돌아올 거야. 마지막엔 항상 돌아오거든. 그냥 오늘 밤에 짐을 싸고 싶어서 그래. 아무튼…… 너는 왜 연회에 안 갔어?"

해리는 어깨를 으쓱했다. "그냥 그럴 기분이 아니라서."

"그래." 루나가 툭 튀어나온, 이상하게 촉촉한 눈으로 그를 살피며 말했다. "그럴 거야. 죽음을 먹는 자들이 죽인 그 사람이 네 대부님이지? 지니가 말해 줬어."

해리는 짧게 고개를 끄덕였다. 어째서인지 루나가 시리우스 이야기를 하는 건 괜찮았다. 문득 그녀도 세스트럴들을 볼 수 있다는 사실이 떠올랐다.

"너는……." 그가 입을 열었다. "누가…… 그러니까, 너랑 가까운 사람 중에 누가 죽었어?"

"아." 루나가 아무렇지도 않게 대답했다. "우리 엄마. 꽤 비범한 마법사였어. 실험하기를 좋아하셨거든. 그러다가 어느 날 엄마의 주문이 좀 잘못됐어. 내가 아홉 살 때 일이야."

"유감이야." 해리가 웅얼거렸다.

"그래, 정말 끔찍했어." 루나가 스스럼없이 말했다. "아직도 가끔 그 일을 생각하면 아주 슬퍼져. 그래도 아빠가 있잖아. 그리고 어쨌든 다시는 엄마를 못 볼 것도 아니고. 안 그래?"

"어…… 그런가?" 해리가 머뭇거리며 말했다.

그녀는 믿을 수 없다는 듯 고개를 흔들었다.

"아, 왜 그래. 너도 들었잖아, 베일 바로 뒤에서 나는 소리. 아니야?"

"그렇다면……."

"아치문이 있는 그 방 말이야. 사람들은 보이지 않는 곳에 숨어 있을 뿐이야. 그게 다야. 너도 소리 들었잖아."

그들은 서로를 바라보았다. 루나는 살짝 미소 짓고 있었다. 해리는 무슨 말을 해야 할지, 무슨 생각을 해야 할지 알 수 없었다. 루나는 이상한 것들을 너무 많이 믿고 있긴 했지만…… 그는 자신도 그 베일 너머에서 목소리들을 들었다고 확신했다.

"물건 찾는 거 진짜 안 도와줘도 돼?" 그가 물었다.

"아, 응." 루나가 말했다. "괜찮아. 그냥 내려가서 디저트나 먹으면서 모든 게 나타나기를 기다릴까 해……. 마지막에는 꼭 돌아오거든……. 음, 방학 잘 보내, 해리."

"그래…… 그래, 너도."

그녀는 멀어져 갔다. 그녀가 떠나는 모습을 지켜보던 해리는 가슴속을 무겁게 짓누르던 끔찍함이 조금 줄어드는 것을 느꼈다.

다음 날, 집으로 돌아가는 호그와트 급행열차에서의 여정은 몇 가지 사건으로 다사다난했다. 먼저, 1주일 내내 지켜보는 선생이 없는 상황에서 공격할 기회만 노리고 있었을 말포이와 크래브와 고일이 해리가 화장실에서 돌아가는 길에 숨어 있다가 그를 기습하려고 했다. 아무것도 모르고 D.A. 회원들로 가득한 객실 밖에서 일을 벌이지만 않았어도 성공했을지 모를 계획이었다. 객실 유리창으로 무슨 일이 벌어지고 있는지를 본 D.A. 회원들은 동시에 자리를 박차고 해리를 도우러 달려갔다. 어니 맥밀런, 해너 애벗, 수전 본즈, 저스틴 핀치플레츨리, 앤서니 골드스틴, 테리 부트가 해리가 가르쳐 준 다양한 종류의 공격 마법과 저주를 다 썼을 때쯤, 말포이와 크래브와 고일의 몰골은 호그와트 교복에 욱여넣어진 세 마리의 거대한 민달팽이 이상도 이하도 아니었다. 해리, 어니, 저스틴은 그들을 짐 선반에 올려놓고 점액을 질질 흘리게 내버려 두었다.

"말포이가 기차에서 내릴 때 저 녀석 어머니 표정이 정말 기대되는걸." 어니가 머리 위에서 꿈틀대는 말포이를 올려다보며 만족스러운 듯 말했다. 그는 말포이가 잠깐 장학관 직속 선도부 활동을 하면서 후플푸프의 점수를 깎았을 때의 모욕감을 전혀 극복하지 못한 것 같았다.

"하지만 고일네 엄마는 정말 기뻐할 거야." 소동의 원인을 살펴보러 와 있던 론이 말했다. "지금이 훨씬 잘생겨 보이잖아. 아무튼, 해리. 방금 간식 수레가 왔어. 뭐라도 먹고 싶으면······."

해리는 다른 아이들에게 고맙다는 인사를 하고 론을 따라 객실로 돌아갔다. 그는 커다란 솥단지 케이크와 호박 파이를 샀다. 헤르미온느는 또 《예언자일보》를 읽고 있었고, 지니는 《이러쿵저러쿵》에 실린 퀴즈를 풀고 있었으며, 네빌은 밈뷸러스 밈블토니아를 쓰다듬고 있었다. 그 식물은 1년 사이 엄청나게 자라서, 이제는 손길이 닿을 때마다 노래를 흥얼거리는 듯한 이상한 소리를 냈다.

해리와 론은 마법사 체스를 두면서 대부분의 시간을 보냈다. 그러는 동안 헤르미온느가 《예언자일보》를 토막토막 읽어 주었다. 이제 그 신문은 디멘터들을 몰아내는 방법이라든가 죽음을 먹는 자들을 쫓는 정부의 노력에 관한 기사들, 볼드모트 경이 바로 그날 아침 자기 집 앞을 걸어가는 것을 보았다고 주장하는 사람들의 겁에 질린 목격담으로 가득했다.

"아직 본격적으로 시작된 건 아니야." 헤르미온느가 신문을 접으며 우울하게 한숨을 쉬었다. "하지만 이제 머지않아……."

"야, 해리." 론이 통로 쪽 유리창을 고갯짓하며 조용히 말했다.

해리는 그쪽을 돌아보았다. 초가 방한모를 쓴 매리에타 에지콤과 함께 지나가고 있었다. 그와 초의 눈이 잠깐 마주쳤다. 초는 얼굴을 붉히고 계속 걸어갔다. 해리는 다시 체스판을 내려다보고, 때마침 자신의 폰 하나가 론의 나이트에게 쫓겨 칸을 벗어나는 것을 보았다.

"왜…… 어…… 아무튼 너랑 쟤는 어떻게 되어 가고 있어?" 론이 작은 목소리로 물었다.

"아무 일도 없어." 해리가 사실대로 말했다.

"난, 어…… 초가 지금은 다른 애하고 사귄다는 얘기를 들었어." 헤르미온느가 머뭇거리며 말했다.

해리는 그 소식을 듣고도 전혀 속상하지 않다는 것을 깨닫고 놀랐다. 초에게 잘 보이고 싶어 하던 일이 이제는 그와 아무 상관 없는 과거의 일처럼 느껴졌다. 시리우스가 죽기 전에 그가 원했던 너무나 많은 일들이 요즘에는 그렇게 느껴졌다……. 시리우스를 마지막으로 만난 이후 흘러간 한 주는 훨씬, 훨씬 더 길게 느껴졌다. 그 한 주가 두 개의 세상, 시리우스가 있는 세상과 없는 세상을 갈라놓고 있었다.

"잘 끝냈다, 친구." 론이 힘차게 말했다. "내 말은, 초는 꽤 예쁘고 뭐 그렇지만 너한텐 좀 더 밝은 사람이 필요하단 얘기야."

"다른 사람하고 있을 때는 쟤도 더 밝겠지." 해리가 어깨를 으쓱하며 말했다.

"아무튼, 지금은 누구랑 사귀는데?" 론이 헤르미온느에게 물었지만 대답한 사람은 지니였다.

"마이클 코너." 그녀가 말했다.

"마이클이라면…… 하지만……." 론이 앉은 자리에서 고개를 길게 빼고 그녀를 돌아보며 말했다. "하지만 걔는 너랑 사귀고 있었잖아!"

"이젠 아냐." 지니가 단호하게 말했다. "퀴디치 시합에서 그리핀도르가 래번클로를 이기니까 아주 뾰로통하길래 차 버렸더니 대신 초를 위로하러 쪼르르 달려가더라." 그녀는 깃펜 끝으로 건성건성 코를 긁적이다가, 《이러쿵저러쿵》을 거꾸로 들고 정답을 표시하기 시작했다. 론은 무척 기뻐 보였다.

"뭐, 난 전부터 그놈이 좀 멍청하다고 생각했어." 그가 벌벌 떨고 있는 해리의 룩을 향해 퀸을 쭉 밀며 말했다. "잘했네. 다음번에는…… 더 나은…… 사람을 골라."

그는 이 말을 하면서 이상하게 해리를 힐끔거렸다.

"그래서, 딘 토머스를 골랐어. 좀 나은 것 같아?" 지니가 애매모호하게 물었다.

"**뭐라고?**" 론이 체스판을 뒤집어엎으며 소리쳤다. 크룩섕스가 체스 말들을 쫓아 좌석에서 뛰어내렸고, 헤드위그와 피그위전은 화를 내며 머리 위에서 쨱쨱거리고 부엉부엉 울었다.

킹스크로스역에 다다르면서 기차가 속력을 늦추자, 해리는 지금만큼 여기서 내리기 싫었던 적이 없었던 것 같은 기분이 들었다. 잠깐이지만 심지어 그냥 내리지 않고 9월 1일이 되어 기차가 그를 다시 호그와트로 데려다줄 때까지 고집스럽게 남아 있으면 무슨 일이 벌어질지 생각해 보았다. 그러나 기차는 마침내 김을 뿜으며 멈췄고, 그는 헤드위그의 새장을 내린 뒤 평소처럼 기차에서 짐가방을 끌고 내릴 준비를 했다.

역무원이 해리, 론, 헤르미온느에게 9번과 10번 승강장 사이의 마법 벽을 통과해도 안전하다는 신호를 보냈을 때, 해리는 벽 건너편에서 자신을 기다리고 있는 깜짝 선물을 발견했다. 그가 전혀 예상하지 못한 사람들이 그를 마중하러 나와 있었다.

마법 눈 위로 중산모를 푹 눌러쓰고 있어, 모자를 쓰지 않았을 때와 마찬가지로 수상해 보이는 매드아이 무디가 아주 큰 여행용 망토로 몸을 감싼 채 거칠고 울퉁불퉁한 손으로 긴 지팡이를 짚고 있었다. 그의 뒤에 서 있는 통스의 풍선껌 같은 밝은 분홍색 머리카락이 역 천장의 더러운 유리창으로 걸러져 들어오는 햇빛을 받아 반짝였다. 그녀는 여기저기 기운 청바지에, '운명의 세 여신' 로고가 찍혀 있는 밝은 보라색 티셔츠 차림이었다. 통스 옆에는 루핀이 있었다. 창백한 얼굴에 머리카락은 희끗희끗했으며, 초라한 점퍼와 바지 위로 다 떨어진 긴 외투를 걸친 모습이었다. 맨 앞에는 위즐리 부부가 그들이 가진 것 중에서 가장 좋은 머글 옷을 입고 서 있었고, 프레드와 조지는 둘 다 비늘 같은 재질의 요란한 초록색 새 재킷 차림이었다.

"론, 지니!" 위즐리 부인이 얼른 달려 나와 자기 아이들을 꽉 끌어안으며 소리쳤다. "아, 해리 애야…… 좀 어떠니?"

"괜찮아요." 위즐리 부인이 끌어당겨 꼭 안아 줬을 때 해리는 거짓말을 했다. 그녀의 어깨 너머로 론이 눈을 휘둥그렇게 뜨고 쌍

둥이의 새 옷을 바라보는 모습이 보였다.

"그 꼴이 대체 뭐야?" 그가 그들이 입은 재킷을 가리키며 물었다.

"최고급 용 가죽이란다, 동생아." 프레드가 지퍼를 살짝 올렸다 내렸다 하면서 말했다. "사업이 대박 나서 우리 자신에게 선물을 줘야겠다고 생각했거든."

"안녕, 해리." 위즐리 부인이 해리를 놓아주고 헤르미온느를 맞아 주러 몸을 돌리자 루핀이 말했다.

"안녕하세요." 해리가 말했다. "전 예상도 못 했는데…… 다들 여기서 뭐 하시는 거예요?"

"뭐……." 루핀이 살짝 미소 지으며 말했다. "너희 이모와 이모부가 널 집으로 데려가시기 전에 그분들이랑 수다나 좀 떨어 보려고."

"좋은 생각인지 잘 모르겠네요." 해리가 곧바로 말했다.

"아, 좋은 생각일 거다." 무디가 절뚝거리면서 조금 더 다가와 걸걸한 목소리로 말했다. "저 사람들이겠지? 맞나, 포터?"

그가 엄지손가락으로 어깨 너머를 가리켰다. 마법 눈이 뒤통수와 중절모를 뚫고 등 뒤를 보고 있는 게 분명했다. 해리는 왼쪽으로 몸을 약간 기울여 매드아이가 가리키는 곳을 바라보았다. 역시 그곳에는 더즐리 가족 세 사람이 서 있었다. 그들은 해리의 환영단을 보고 아주 경악한 얼굴이었다.

"아, 해리!" 위즐리 씨가 방금 전까지 열정적으로 인사를 나누고 이제는 번갈아 가며 딸을 끌어안고 있는 헤르미온느의 부모님에게서 눈을 돌리며 말했다. "자, 그럼 시작할까요?"

"그래, 그래야겠군, 아서." 무디가 말했다.

그와 위즐리 씨가 앞장서서, 바닥에 뿌리박힌 듯 보이는 더즐리 가족을 향해 걸어갔다. 헤르미온느가 슬그머니 어머니에게서 떨어져 그들 쪽으로 왔다.

"안녕하세요?" 위즐리 씨가 버넌 이모부 바로 앞에 멈춰 서며 유쾌하게 말했다. "기억하실지 모르겠는데, 제 이름은 아서 위즐리입니다."

2년 전 위즐리 씨 혼자서 더즐리네 거실을 날려 버린 적이 있기 때문에, 버넌 이모부가 그를 잊었다면 해리는 아주 놀랐을 것이다. 역시나 버넌 이모부는 얼굴색이 짙은 토사물 색깔로 변해서 위즐리 씨를 노려봤지만 대꾸하지 않는 편을 택했다. 아마 더즐리 가족이 2 대 1로 수적으로 열세인 탓도 있었을 것이다. 피튜니아 이모는 겁에 질린 동시에 창피해하는 표정이었다. 그녀는 혹시라도 아는 사람이 그녀가 이런 사람들과 어울리는 모습을 볼까 두려운 듯 주위를 계속 힐끔거렸다. 한편 더즐리는 작고 연약하게 보이려 애쓰고 있었지만 별 소용이 없었다.

"그냥 해리에 대해서 몇 마디 나눴으면 해서요." 위즐리 씨가 여전히 미소 지으며 말했다.

"그렇소." 무디가 말했다. "해리가 당신네 집에 있을 때 어떤 대접을 받느냐에 관해서 말이지."

버넌 이모부의 콧수염이 분노로 쭈뼛 서는 듯했다. 아마도 중산모를 보고 상대가 자기와 비슷한 사람이라는 완전히 잘못된 인상을 받았기 때문인지, 그는 무디에게 말을 걸었다.

"내 집에서 벌어지는 일을 왜 댁들이 신경 쓰는지 모르겠군."

"당신이 모르는 걸 다 쓰면 책 몇 권은 될걸, 더즐리." 무디가 으르렁거리듯 말했다.

"아무튼, 그게 문제가 아니고요." 통스가 끼어들었다. 피튜니아 이모는 다른 일행 모두를 합친 것보다 그녀의 분홍색 머리카락이 더 불쾌하다는 듯 아예 눈을 감아 버렸다. "요점은, 만약 당신들이 해리한테 끔찍하게 굴었다는 소식이 들리면……."

"두고 보세요. 우린 꼭 그 소식을 듣게 될 겁니다." 루핀이 유쾌하게 덧붙였다.

"그래요." 위즐리 씨가 말했다. "해리가 천화를 못 쓰게 한다 해도……."

"*전화*예요." 헤르미온느가 조그맣게 말했다.

"그래, 포터가 어떤 식으로든 학대를 당하고 있다는 말을 조금이라도 듣게 되면, 당신들은 우리에게 해명해야 할 거요." 무디가 말했다.

버넌 이모부가 몸집을 불길하게 부풀렸다. 이 괴상한 무리에 대한 두려움보다 분노가 더 큰 것 같았다.

　"날 협박하는 거요, 선생?" 그는 지나가는 사람들이 실제로 고개를 돌려 쳐다볼 만큼 큰 소리로 말했다.

　"그렇소." 매드아이가 말했다. 그는 버넌 이모부가 그 사실을 그토록 빨리 알아차려서 오히려 기쁜 듯했다.

　"그런다고 내가 겁먹을 것 같소?" 버넌 이모부가 바락바락 소리쳤다.

　"뭐……." 무디가 중산모를 뒤로 젖혀 섬뜩하게 뱅글뱅글 돌아가는 마법 눈을 드러내며 말했다. 버넌 이모부는 겁에 질려 뒤로 펄쩍 물러서다가 짐수레에 세게 부딪혔다. "그렇소, 그래 보인다고 말할 수밖에 없겠군, 더즐리."

　그는 버넌 이모부에게서 해리에게로 고개를 돌렸다.

　"그럼, 포터…… 우리가 필요하면 얘기하거라. 너한테서 사흘 연속으로 소식이 들리지 않으면 사람을 보내마."

　피튜니아 이모가 애처롭게 훌쩍거렸다. 이런 사람들이 정원을 걸어오는 모습을 본 이웃들이 뭐라고 말할지 생각하고 있는 게 틀림없었다.

　"그럼 잘 가라, 포터." 무디가 울퉁불퉁한 손으로 해리의 어깨를 잡았다 놓으며 말했다.

"몸조심해라, 해리." 루핀이 조용히 말했다. "연락하고."

"해리, 가능한 한 빨리 데리러 가마." 위즐리 부인이 그를 껴안으며 속삭였다.

"곧 보자, 친구." 론이 해리와 악수하면서 걱정스럽게 말했다.

"정말 곧 보게 될 거야, 해리." 헤르미온느가 진심을 담아 말했다. "약속해."

해리는 고개를 끄덕였다. 모두가 그의 곁에 모여 있는 모습을 볼 수 있다는 게 자신에게 어떤 의미인지, 해리는 어쩐지 그들에게 설명할 말을 찾을 수 없었다. 대신 그는 빙긋 웃으며 손을 들어 올려 작별 인사를 하고 몸을 돌렸다. 그리고 퍼뜩 정신을 차린 버넌 이모부와 피튜니아 이모, 더들리가 다급히 그의 뒤를 따르는 가운데, 역을 나서서 햇빛이 비치는 거리로 향했다.

(제6권 《해리 포터와 혼혈 왕자 1》에서 계속됩니다.)

강동혁은 서울대학교 영문학과와 사회학과를 졸업하고 같은 학교 대학원에서 영문학 석사학위를 받았다. 옮긴 책으로는 《신비한 동물사전 원작 시나리오》, 《일곱 건의 살인에 대한 간략한 역사》, 《레스》, 《이 소년의 삶》 등이 있다.

해리 포터와 불사조 기사단 5

초판 1쇄 발행 2024년 11월 28일
초판 3쇄 발행 2025년 8월 14일

지은이 | J.K. 롤링
옮긴이 | 강동혁
발행인 | 강봉자, 김은경

펴낸곳 | (주)문학수첩
주소 | 경기도 파주시 회동길 503-1(문발동 633-4) 출판문화단지
전화 | 031-955-9088(마케팅부), 9532(편집부)
팩스 | 031-955-9066
등록 | 1991년 11월 27일 제16-482호

홈페이지 | www.moonhak.co.kr
블로그 | blog.naver.com/moonhak91
이메일 | moonhak@moonhak.co.kr

ISBN 979-11-93790-55-7 04840
        979-11-93790-50-2 (세트)

* 파본은 구매처에서 바꾸어 드립니다.